Pour quelques confidences de plus...

TIFFANY REISZ

Les profondeurs du plaisir

ALISON RICHARDSON

Le pouvoir des sens

LAUREN HAWKEYE

Ce fut comme un déclic

PORTIA DA COSTA

L'éducation de Madame

EDEN BRADLEY

Un inconnu pour amant

CHARLOTTE FEATHERSTONE

Quelques mots brûlants...

TIFFANY REISZ

Les profondeurs du plaisir

éditions HARLEQUIN

Collection : Spicy

Titre original :
IMMERSED IN PLEASURE

Traduction française de LAURA PALMER

Spicy® est une marque déposée par le groupe Harlequin

ÉDITIONS HARLEQUIN

83-85, boulevard Vincent Auriol, 75646 PARIS CEDEX 13.

Service Lectrices — Tél. : 01 45 82 47 47
www.harlequin.fr

ISBN 978-2-2803-1504-3 – ISSN 1958-0223

— Croyez-moi, les mecs, ce sont des créatures mythiques. Elles sont un peu comme... je ne sais pas... des licornes ou des sirènes, dit Christian.

A la mention de sirènes, Derek prêta de nouveau attention à la conversation. Au cours des cinq dernières minutes, tandis que Mark et Christian évoquaient leurs problèmes avec les femmes — et plus précisément le nombre d'ex de leur petite amie actuelle — il avait cessé de les écouter, le regard fixé sur une table vide, de l'autre côté du night-club.

— Ce n'est pas une légende, elles existent, commenta-t-il alors, portant son cocktail à ses lèvres. J'en ai rencontré une, autrefois.

— Une vierge ? demanda Mark. Une vierge de plus de vingt et un ans ? Je n'y crois pas une seconde. Ça n'existe pas.

Derek réprima un sourire.

— Si, elle était vierge. Et c'était une sirène.

— Arrête tes conneries ! lança Christian.

— Non, il est sérieux, dit Mark en dévisageant longuement Derek. En plus, c'est lui le beau gosse de la bande. Si l'un d'entre nous a la moindre chance de tomber sur une sirène vierge, c'est bien Derek Prince.

Derek eut un petit rire gêné. Elle aussi lui avait dit qu'il était beau. Cela faisait… un an… Une année, déjà ? Il glissa la main dans sa poche et en sortit quelque chose. Il ne le montra pas aux deux autres, mais le serra simplement entre ses doigts, avant de le remettre dans sa poche.

— Vous n'êtes pas forcés de me croire, mais c'est vrai. Et la première fois que je l'ai vue, c'était là-bas…

Il montra du doigt la table qu'il observait un peu plus tôt.

— Là-bas ? répéta Christian, avec une pointe d'inquiétude dans la voix. A la table VIP ? La table de Kingsley Edge ?

Kingsley Edge, un homme d'affaires moitié français aussi renommé que de mauvaise réputation, était le propriétaire du Cirque de Nuit, le club que Derek, Mark et Christian fréquentaient au moins une fois par semaine. D'après la rumeur, le Cirque de Nuit était construit au-dessus d'un réseau de catacombes qui s'étendait à travers New York comme des tentacules souterrains. Selon la légende, on pouvait se rendre dans l'ensemble des clubs de Kingsley Edge en passant par les catacombes.

— Je ne le savais pas à l'époque, dit Derek. C'était il y a un an. J'attendais Ireland…

— Mec, je suis tellement content que tu te sois débarrassé d'elle, déclara soudain Mark.

— Et j'ai vu cette fille, poursuivit Derek, son esprit s'égarant déjà loin du présent. Cette fille incroyable aux cheveux mouillés…

Au premier regard, il avait pensé que c'était une de ces femmes qui avaient la main lourde sur le gel coiffant. Mais lorsqu'elle bougea, ses cheveux ondulèrent au même rythme qu'elle. Ce n'était pas du gel, juste de l'eau. Le caraco blanc qu'elle portait était devenu presque transparent sous ses cheveux mouillés. Lorsqu'elle pénétra dans le halo de lumière bleue, il aperçut les pointes de ses seins sous le tissu. Ce détail seul aurait pu monopoliser son attention toute la nuit. Mais elle n'était pas seulement trempée et habillée de vêtements transparents. Elle était magnifique. Ses cheveux bruns s'égouttaient sur son visage et jusqu'au bas de son dos. Elle paraissait très jeune… Peut-être n'avait-elle que vingt ou vingt et un ans mais, quoi qu'il en soit, elle était trop jeune pour être dans ce club. Ses grands yeux noirs et sa peau mate ne laissaient percevoir aucun maquillage apparent. En l'observant, il remarqua qu'elle se déplaçait avec une gêne à peine perceptible. Un bruit résonna et elle tressaillit, comme un animal effarouché. Visiblement tendue, elle semblait peu à l'aise.

Il n'avait pu détacher les yeux d'elle. En dehors de son caraco blanc, elle portait une jupe blanche taille basse qui révélait son ventre plat et une magnifique chute de reins. La jupe épousait les formes de son corps jusqu'à ses chevilles.

Elle dut sentir son regard sur elle, car elle se tourna vers lui et le regarda à son tour. Il savait qu'il n'aurait pas dû la fixer ainsi… Il devait lui faire l'effet d'un dingue. Mais le regard qu'elle lui renvoyait n'était pas chargé de colère ; il était seulement inquisiteur. Penchant la tête sur le côté, tel un chat curieux, elle l'observait la dévorer des yeux.

— Elle était habillée tout en blanc et était mouillée de la tête aux pieds ? demanda Christian, visiblement émoustillé.

Derek hocha la tête.

— Ouais, je sais, ça a l'air dingue… Mais la suite l'est encore plus.

— Que s'est-il passé ?
— Ma table a pris feu. Et elle est venue à mon secours.

Un homme brun d'environ trente-cinq ans avec un catogan était assis avec elle. Il portait un élégant costume gris foncé et des bottes d'équitation. Derek prêtait rarement attention aux autres hommes, mais il ne pouvait nier que cet homme possédait une rare beauté et dégageait une puissante, une mystérieuse aura… L'homme claqua des doigts et la fille tourna aussitôt la tête. Elle se rapprocha de lui et l'homme lui murmura quelque chose à l'oreille.

La fille sourit, puis s'éloigna. Derek sentit son estomac se nouer lorsqu'il la vit quitter le carré VIP, descendre les escaliers et avancer lentement dans sa direction. Tandis qu'elle marchait, il remarqua qu'elle ne portait pas de chaussures.

— Bonjour, dit-elle en s'asseyant face à lui.

Elle le dévisagea brièvement, puis ajouta :

— Votre table a pris feu.

Il se demanda un instant si elle plaisantait, mais ne vit rien d'autre dans ses yeux qu'une innocente sincérité.

— Pardon ?

Elle désigna du doigt la table. Une bougie noire et une rose bleue en décoraient le centre. La rose avait fléchi un peu trop près de la flamme et se consumait lentement.

— Merde !

Jetant un rapide coup d'œil autour de lui, il saisit son verre, mais prit conscience juste à temps qu'il contenait un cocktail. Et l'alcool ajouté au feu équivalait à une boîte de nuit réduite en cendres. La fille laissa échapper un petit rire cristallin. Lentement, elle se leva et se pencha au-dessus de la table. Saisissant alors ses longs cheveux, elle les tordit, les essorant juste assez pour éteindre le feu naissant.

Ne sachant que faire d'autre, il se mit à rire.

— Je suis content qu'il y ait de si beaux pompiers de service dans ce club !

Elle passa la main dans ses cheveux mouillés et les sépara en trois.

— Je ne suis pas pompier, répondit-elle avec un sourire malicieux, commençant à tresser ses cheveux de ses doigts agiles.

— Qui êtes-vous, alors ?

— Je suis une sirène.

Elle étendit une jambe vers lui. Il ne savait pas ce qu'il était censé regarder, mais le comprit assez rapidement. Il pensa d'abord qu'elle portait un bijou en argent au pied. Mais c'était un tatouage argenté qui représentait des nageoires sur le haut de ses jolis petits pieds.

— Je ne te crois pas ! l'interrompit Mark. C'était une de ces fameuses sirènes ?

— Oui, répondit Derek, buvant une gorgée de son cocktail. Je ne pensais pas qu'elles existaient, moi non plus. Enfin, pas jusqu'à cette nuit-là.

Les sirènes de Manhattan. On disait que c'étaient les plus belles femmes de la ville et qu'elles divertissaient les hommes les plus riches et les plus puissants de ce monde. Kingsley Edge n'était pas seulement le propriétaire du Cirque de Nuit, il possédait également quatre ou cinq autres clubs, dont certains si mystérieux qu'ils ne portaient même pas de nom. L'un des plus sélects était connu sous le nom de Fathoms. Il figurait parmi les plus luxueux de la ville, avec son décor opulent, et avait une chose que les autres n'avaient pas : les sirènes. On reconnaissait une sirène à deux choses, d'après ce que Derek avait entendu dire : elles portaient une figurine de sirène en pendentif autour du cou et un tatouage bleu et argent à la cheville.

Derek la détailla minutieusement.

— Etes-vous une véritable sirène ?

Elle le regarda, un sourire malicieux aux lèvres.

— Venez vérifier par vous-même…

C'est à cet instant précis qu'Ireland choisit de faire son entrée — avec une heure de retard. Pendant tout ce temps, il avait désespérément attendu qu'elle arrive. Maintenant qu'il la voyait franchir la porte d'entrée et se diriger vers lui, il regrettait amèrement qu'elle ne lui ait pas posé un lapin.

— Je ne peux pas, dit-il.

Une imperceptible lueur de déception brilla dans le regard bleu nuit de la jeune fille. Il regretta la tristesse qu'il discerna sur ce visage qui semblait tellement innocent. Il eut l'impression d'avoir envoyé une balle de base-ball dans un vitrail précieux.

— Alors, je vous dis adieu, soupira-t-elle. Je ne vous reverrai pas.

Elle avait prononcé ces mots avec tant d'ardeur que Derek pensa qu'il serait idiot de laisser passer cette chance. Ce n'était pas seulement parce que les sirènes de Manhattan étaient de telles légendes qu'il avait encore du mal à croire qu'il venait d'en rencontrer une. C'était cette fille, et non les rumeurs et les légendes, qui l'avait touché. Elle lui avait sauvé la vie… Ou du moins son centre de table. Et elle dégageait une telle innocence… Une chose qu'il ne rencontrait guère dans le milieu professionnel dans lequel il évoluait… En tant qu'avocat de la défense, il était souvent qualifié de requin. Il se demanda, l'espace d'un instant, si les requins et les sirènes étaient des ennemis ou des alliés naturels.

Tandis qu'Ireland approchait de la table, il prit une décision.

— Tu es en retard, dit-il.

— Je ne savais plus si on avait rendez-vous à 21 ou 22 heures, répondit-elle en haussant les épaules.

A cet instant précis, il ne se rappelait plus pourquoi il sortait avec elle. Elle avait de magnifiques cheveux blonds et des jambes interminables ; de plus, contrairement à son ex-femme, elle était très douée dans le domaine sexuel et n'avait pas peur de s'aventurer en territoire inconnu. Mais elle pouvait aussi être froide et arrogante, quand elle voulait l'être.

Et ce soir-là, elle avait apparemment décidé de l'être.

— Je suppose donc que c'était 21 heures…

— Eh bien, disons que nous avions rendez-vous à 23 heures. On se retrouve chez toi à 23 heures, et cette fois, c'est moi qui aurai une heure de retard, déclara-t-il, avant de se lever. On se voit donc à minuit.

— Attends une minute ! Qu'est-ce que tu fais, bon sang ? Je viens juste d'arriver !

— Et moi, je vais juste partir.

Il se précipita alors en direction de la table VIP, et la trouva désespérément vide. Sa sirène et l'homme aux cheveux noirs avaient disparu. Le seul indice de sa présence était une petite flaque d'eau qui brillait sur le sol, près de la chaise où elle était assise.

De l'eau… Il arrêta de regarder autour de lui pour se concentrer sur le sol. A quelques mètres de là, il aperçut une minuscule flaque briller sur le sol bleu nuit. Les gouttelettes menaient à une porte située dans un angle de la salle.

Une pancarte *Réservé aux employés* était affichée sur la porte et Derek marqua un temps d'arrêt. Dans un club appartenant à Kingsley Edge, enfreindre les règles exposait à des conséquences fâcheuses. Mais il avait abandonné à sa table une des femmes les plus sexy de New York pour pouvoir saisir cette opportunité, et il n'allait pas la laisser passer !

Il ouvrit la porte d'un geste brusque et se retrouva face à un escalier. Il se précipita au bas des marches, priant pour que les traces d'eau sur le sol soient celles de la jeune femme, et non celles laissées par une serveuse maladroite.

Arrivé deux étages plus bas, il sut qu'il était sur la bonne voie. Reprenant son souffle, il inhala de l'air chaud et humide, ainsi qu'une légère odeur de chlore. Il franchit une nouvelle porte et s'arrêta instantanément en découvrant qu'il n'était plus au Cirque de Nuit.

Il se trouvait au Fathoms — aucun doute là-dessus. Le Fathoms était situé juste au-dessous du Cirque de Nuit. Regardant autour de lui dans la salle faiblement éclairée, il n'arrivait pas à croire que la légende était vraie. Les catacombes reliaient donc véritablement entre eux tous les clubs de Kingsley Edge…

Il se dissimula derrière une colonne et observa autour de lui. Le club comportait une douzaine de piscines disséminées dans la vaste salle et reliées entre elles. Elles étaient bordées de tables et de chaises, occupées par les plus grands de ce monde. Derek reconnut plusieurs visages — un magnat de l'immobilier, un adjoint du maire… Il n'y avait là que des gens riches et célèbres. Partout où son regard se posait, il voyait l'argent et le pouvoir.

Au centre du lieu, une colonne transparente d'une dizaine de mètres de largeur s'élevait sur deux étages. A l'intérieur, une fille nageait, totalement nue à l'exception d'une chaîne argentée qu'elle portait autour de la taille. Les nageoires tatouées sur son pied, sa cheville et sa cuisse brillaient à la lumière.

Derek détacha son regard de la colonne pour observer un autre bout de la pièce. Une fille tout aussi belle et tout aussi dénudée était assise sur une grosse pierre, au bord d'une des piscines. Un homme qu'il identifia comme un des conseillers municipaux de la ville vint lui dire quelque chose. Elle leva les yeux au ciel et lui éclaboussa le visage. Son geste déclencha le rire de l'homme, comme si c'était une sorte d'honneur d'être éclaboussé par une telle fille.

Derek détourna le regard et scruta le club à la recherche de sa sirène. Levant les yeux, il aperçut l'éclat d'une jupe blanche sur une passerelle métallique, en haut d'une colonne majestueuse. Derrière lui se trouvait un escalier, dont il monta prestement les marches. Arrivé en haut, il se retrouva face à face avec sa sirène.

— Salut, fit-elle, debout dans une alcôve qui surplombait la piscine centrale. Je pensais ne jamais vous revoir.

— J'ai oublié de vous remercier d'avoir éteint l'incendie, dit-il, puis il grimaça, prenant conscience de la stupidité de ses propos.

Elle passa la main dans ses cheveux et dénoua sa natte.

— Je vous écoute…

— Pardon ?

— J'attends vos remerciements. Vous avez dit que vous aviez oublié.

Derek secoua la tête.

— Très bien. Merci d'avoir éteint mon incendie. Je ne voulais pas vous dévisager ainsi, mais je n'avais encore jamais vu de sirène.

— Moi aussi, je vous ai dévisagé, dit-elle simplement.

— C'est vrai. Pourquoi ?

— Votre visage m'a plu.

— Mon visage vous a plu ?

— Oui, je le trouve beau. J'ai eu l'impression de voir un prince apparaître sous mes yeux. Et vos cheveux ondulent comme des vagues. Même vos yeux ont la couleur de l'eau, ainsi que votre chemise. Je vous ai sans doute pris pour un triton.

Derek baissa les yeux. Il portait un pantalon noir et une chemise bleu foncé. C'était un peu trop métrosexuel à son goût, mais Ireland adorait qu'il s'habille ainsi.

— Je ne suis pas un triton, en revanche je suis bien un prince. Derek Prince, se présenta-t-il en lui tendant la main.

— Xenia, dit-elle, ignorant sa main pour se pencher vers lui et lui déposer un baiser sur la joue.

Il frémit en sentant ses lèvres chaudes et douces sur sa peau.

— Je dois y aller, mais vous pouvez rester ici si vous voulez.

— Où allez-vous ?

— Sous l'eau.

Au même instant, elle recula d'un pas, ôta son caraco. Elle enleva ensuite sa jupe et se retrouva complètement nue devant lui.

Il en resta pantois. C'était une vision merveilleuse et tout sembla soudain plus terne autour d'elle. Mince, mais pourvue néanmoins de courbes féminines discrètes, Xenia semblait à peine humaine. Les tatouages argentés mettaient en valeur ses pieds, ses mollets, ainsi que le haut de ses cuisses. Ses seins parfaits semblaient faits pour reposer dans la paume de sa main. Embrasé par cette vision, il ne pouvait détacher les yeux de ses seins et de son sexe, totalement épilé. Elle était l'image de la jeunesse éternelle.

Il sentit son corps se raidir à la vue d'une chair aussi virginale, exposée avec une telle impudeur.

Xenia saisit alors une chaîne argentée et l'attacha autour de sa taille. De petites écailles pendaient aux maillons et se balançaient sur ses hanches. Elle referma des bracelets d'argent autour de ses poignets et les relia aux bagues en argent qu'elle portait. Puis elle mit autour de sa tête une chaîne plus large, qui formait comme un petit bandeau. Les bijoux miroitaient sur son corps, faisant d'elle une créature à la beauté éthérée.

Elle avança alors d'un pas assuré le long de la grande piscine, avant de plonger avec grâce. Derek redescendit les escaliers à toute allure, puis se rapprocha de la colonne. Elle nageait en tournoyant à l'infini, ses longs cheveux bruns flottant derrière elle. Elle se cambrait d'avant en arrière, semblant ne pas avoir besoin d'air. Derek la dévora des yeux, incapable de regarder ailleurs. Elle nagea jusqu'au bord de la colonne et lui sourit sous l'eau.

Il posa la main contre la paroi et elle vint à sa rencontre, pressant la sienne de l'autre côté. Puis elle fit aussitôt demi-tour et s'éloigna à la nage.

— Ah, cette petite... C'est peut-être celle que je préfère, dit une voix avec un léger accent derrière lui.

Derek se retourna et vit l'homme du Cirque de Nuit, celui qui portait un costume élégant et un catogan. Il se tenait derrière lui, un cocktail à la main.

— Elle est incroyable, confirma Derek. C'est la plus belle fille que j'aie jamais vue.

— *Merci*. C'est moi qui l'ai trouvée.

Derek dévisagea l'homme. Il avait dit merci. En français. C'était lui qui l'avait trouvée...

— Oh ! Vous êtes Kingsley Edge ? Je suis désolé, je

n'avais pas l'intention de faire irruption ainsi dans votre club. Elle m'a dit que je devrais…

Edge fit un petit geste pour l'interrompre.

— Je sais qui vous êtes, monsieur Prince. Et je sais aussi qui sont vos parents. Considérez que vous faites partie de la liste de mes invités.

Derek le suivit jusqu'au bar. Ils s'assirent côte à côte sur des tabourets et restèrent silencieux jusqu'à ce que la barmaid — une très belle jeune femme blonde vêtue d'une robe scintillante vert d'eau — leur apporte de nouveaux cocktails.

— Ah, Ursula, dit Kingsley à la jeune femme en prenant son verre. Tu es trop gentille avec moi.

— Rien n'est trop bon pour notre King, répondit-elle en se penchant pour l'embrasser sur la joue, comme Xenia l'avait fait avec Derek.

— Vous êtes donc vraiment Kingsley Edge ? demanda Derek.

Tandis que ses clubs étaient réputés, lui-même était plutôt tristement célèbre.

Kingsley haussa les épaules, un petit sourire aux lèvres.

— C'est mon job.

— Un job que vous faites très bien. Ces filles sont incroyables !

Derek compta au moins une douzaine de filles d'une beauté à couper le souffle nageant nues, ou se prélassant sur de grosses pierres, leurs jambes repliées sur le côté, leurs pieds savamment décorés, exposés. Même les sirènes des contes n'étaient pas aussi spectaculaires que celles qu'il avait sous les yeux.

— En effet, elles sont incroyables et de bien des façons, convint Kingsley. Elles sont ma fierté et ma joie. Je suis allé au Japon, il y a dix ans, et j'y ai rencontré une geisha.

Je n'avais jamais vu une femme pareille auparavant… J'étais fasciné par la façon dont elle parlait, excitait et divertissait les hommes. Je me rappelle avoir pensé que le monde avait besoin de davantage de femmes comme elle, belles, mystérieuses, intouchables…

— *Intouchables* ? s'étonna Derek, avant de regarder en direction de Xenia, qui continuait à nager avec grâce et sensualité dans la colonne transparente.

— *Oui*, répondit Kingsley en français. Intouchables et intactes. Ceci n'est pas un club de strip-tease, ni une maison close. Si c'est ce que vous pensiez, vous vous êtes trompé d'adresse. Toutes mes sirènes sont vierges.

Derek faillit s'étrangler avec son cocktail.

— Vierges ?

— Bien sûr. Les hommes viennent ici pour voir quelque chose d'exceptionnel, de magique. Des femmes d'une grande beauté, nues, parfaites, virginales.

— Même Xenia ?

— Même elle.

— Mais elle doit avoir au moins vingt ans…

— Oui. Elle a commencé à travailler ici à dix-huit ans et elle est sirène depuis trois ans. J'avais lu un article dans le journal à propos d'une fille qui avait battu un record de nage en apnée. Je l'ai rencontrée la semaine suivante et elle est ici depuis.

— Mais c'est fou ! Pourquoi une femme aussi belle qu'elle choisirait…

— Si je vous offrais une somme extraordinaire pour ne pas avoir de relations sexuelles pendant un an, accepteriez-vous ?

Derek regarda Kingsley, avant d'éclater de rire.

— C'est donc le contraire de la prostitution ?

— Je les paie pour qu'elles ne fassent pas l'amour.

Tant qu'elles restent intactes, elles peuvent travailler en ne faisant que quelques heures par semaine, rencontrer les hommes les plus riches et les plus puissants du monde, et partir quand elles le souhaitent. La plupart s'en vont au bout d'un an ou deux avec un riche petit ami, un compte bancaire bien rempli, ou les deux. Et certaines restent plus longtemps, comme Xenia.

A cet instant, une sirène à la chevelure rousse glissa sur son rocher et plongea dans l'eau.

— Revenez, Alanna, dit un homme assis à la table la plus proche. S'il vous plaît…

— Non, allez-vous-en, lança-t-elle lorsqu'elle revint à la surface. Je n'aime pas votre cravate. Elle est horrible.

Kingsley sourit, visiblement amusé par la scène.

— Les sirènes sont sans pitié, dit-il. Conquérir le cœur de l'une d'entre elles demande beaucoup de persévérance.

Secouant la tête, Derek regardait autour de lui, émerveillé. Il comprenait mieux à présent. On apprenait à de belles femmes vierges à ne pas être impressionnées par la richesse et le pouvoir… Pas étonnant que le club attire une clientèle de cette envergure ! Séduire une stripteaseuse était un jeu d'enfant. Mais prendre dans ses filets une sirène virginale relevait de l'exploit.

— Comment savez-vous qu'elles sont bien vierges ? demanda Derek. Ne peuvent-elles pas s'éclipser quand elles le souhaitent ?

— Nous avons les moyens de le savoir, répondit Kingsley, buvant une gorgée de son cocktail.

— Quels moyens ?

Kingsley se contenta de faire tournoyer ses glaçons au fond de son verre.

— Notre pays est vaste, monsieur Prince, reprit-il au bout de quelques secondes, mais l'antre des sirènes réserve bien des surprises. Et certains jours, il est bon d'être le maître des lieux.

Sur ces mots, il s'éloigna et alla s'asseoir près d'un homme en qui Derek reconnut le procureur général de l'Etat de New York.

Levant les yeux, il vit Xenia regagner le haut de la colonne à la nage. Il remonta alors les marches qui menaient à l'étage supérieur et y parvint au moment où elle sortait de l'eau.

— Vous êtes resté ? dit-elle, souriant, nue et ruisselante devant lui.

Elle ne fit pas un geste pour attraper l'une des nombreuses serviettes séchant à sa portée. Rien dans son attitude ne laissait percevoir la moindre manœuvre de séduction. Pourtant, il mourait d'envie de sécher avec ses lèvres l'eau qui s'écoulait sur ses magnifiques courbes. Elle semblait presque inconsciente de sa nudité et de l'effet qu'elle produisait sur lui.

— Je suis resté. Mais je dois partir maintenant. Pourrai-je vous revoir ?

— Si vous revenez, vous me reverrez. Sinon, non…

— Alors, je reviendrai. Sans l'ombre d'un doute.

— Partez maintenant, dit-elle en commençant à s'éloigner. J'aime bien votre visage et j'ai envie de savoir s'il va me manquer.

Derek ne put réprimer un sourire et hocha la tête. Il n'aurait jamais pensé qu'il pouvait être aussi agréable d'être congédié.

Il retourna au Cirque de Nuit, où il apprit qu'Ireland était partie depuis longtemps. Mais il lui avait dit qu'il la verrait chez elle plus tard, et même si elle était incapable de tenir une promesse, lui le pouvait.

Il se présenta donc à son appartement à 23 heures.

Frappant à la porte, il espéra presque qu'elle ne réponde pas. Cela faisait un mois déjà qu'il reportait le sempiternel « ça ne marche pas entre nous ». Ils ne s'étaient pas juré fidélité éternelle. Chaque fois qu'il avait envisagé que les choses deviennent plus sérieuses, elle l'en avait dissuadé par une crise d'hystérie… Ce qui avait aussitôt balayé chez lui toute envie de se projeter dans l'avenir.

Elle lui ouvrit, vêtue d'une simple chemise blanche, une des siennes qu'il avait laissée chez elle, et elle avait les cheveux mouillés. Elle prenait toujours une longue douche chaude lorsqu'elle était en colère. Ce n'était pas bon signe.

— J'ai du mal à croire que tu sois venu, dit-elle en s'écartant de la porte pour le laisser entrer.

— Je t'ai dit que je viendrais. Je suis même en avance.

Il entra et s'assit sur le canapé. Il s'en voulut de la trouver si attirante, les cheveux mouillés. Comme s'il était devenu fétichiste des cheveux mouillés en une seule nuit !

Ireland vint se planter face à lui.

— Derek, je suis désolée. Je n'aurais pas dû arriver avec autant de retard sans te prévenir. Tu me pardonnes ?

Il secoua la tête en soupirant. Il détestait ce genre de conversation.

— Ireland, tu es une fille intelligente, tu es belle et… commença-t-il avant de s'interrompre, déjà à court de compliments. C'est super, mais nous ne faisons rien d'autre ensemble que l'amour ou nous disputer. Si nous ne faisons pas l'un, nous faisons l'autre.

— Et alors ?

— Alors, on peut difficilement appeler ça une relation. Ecoute…

Elle l'interrompit en posant un doigt sur ses lèvres.

— Tu sais quoi ? dit-elle en s'asseyant à califourchon sur lui. J'en ai fini avec les disputes.

— Arrête, Ireland…

— Pourquoi ? lui demanda-t-elle en déboutonnant la chemise qu'elle portait, avant de la laisser tomber sur le sol. Elle commença à l'embrasser dans le cou, puis effleura le lobe de son oreille avec les lèvres.

Contre sa volonté, le corps de Derek commença à réagir aux gestes experts d'Ireland. Elle porta ses seins à son visage et il en lécha les pointes, tandis qu'elle déboutonnait son pantalon. Puis il embrassa ses seins à pleine bouche et, dans le feu de l'action, elle s'empala sur lui.

— Ireland, arrête…, répéta-t-il en éloignant sa bouche de son corps sculptural.

— Tu veux vraiment que j'arrête ? demanda-t-elle en ondulant sur lui de façon lascive.

Sans interrompre le mouvement de ses hanches, elle lui déboutonna sa chemise et caressa son torse musclé, son ventre plat. Il retint son souffle tout en détestant le pouvoir qu'elle avait sur lui. Elle se servait du sexe comme d'une arme redoutable.

Elle se pencha plus près de lui et ses longs cheveux mouillés vinrent lui caresser le torse. Leur contact sur sa peau nue le fit basculer. Il lui ordonna de se lever et de prendre appui sur le dos du canapé. La saisissant par les épaules, il entra en elle sans ménagement. Elle aimait une certaine brutalité pendant l'amour et fut électrisée, mais cette fois ce fut pour son seul plaisir qu'il la prit avec force, tandis qu'elle prononçait son nom d'une voix haletante. Toute l'eau de l'océan n'aurait pu éteindre le feu qui brûlait en lui ce soir-là.

Ireland gémissait sous ses assauts et Derek suspecta

que ses prouesses vocales étaient destinées à s'assurer qu'il resterait sous l'emprise de ses charmes.

Il jouit en silence et interrompit son étreinte aussitôt après.

— Tu vois bien, dit Ireland en ramassant sa chemise sur le sol, nous nous entendons très bien.

En colère contre lui-même de lui avoir cédé une fois de plus, Derek se rhabilla avec humeur.

— Nous ne nous entendons bien que dans un lit.

— Nous étions sur le canapé, corrigea-t-elle en rejetant ses cheveux en arrière d'un geste arrogant.

— Et ce n'était pas si bien que ça, ajouta-t-il.

— Derek, où est le problème ? Tu es beau, sexy et riche, et moi aussi. Tu m'as dit toi-même que tu n'avais pas l'intention de te remarier. Et je ne veux certainement pas d'un mari, ni d'une flopée de gosses hurlant et vomissant sur mon tapis, ou renversant des céréales dans ma Porsche ! Nous sommes parfaits l'un pour l'autre.

— Nous ne sommes rien l'un pour l'autre, dit Derek en enfilant sa veste à la hâte, détestant le genre d'homme qu'il était lorsqu'il était avec elle. On ne peut même pas dire que nous faisons l'amour. Je ne ressens rien avec toi. Ce soir, j'ai embrassé une fille sur la joue et j'ai ressenti beaucoup plus de choses qu'il y a cinq minutes, quand je te baisais sur ce canapé.

— Que veux-tu dire ?

Pendant un instant, elle lui sembla presque humaine.

Que voulait-il dire ? Eh bien… que pendant les brefs instants passés avec Xenia, il avait ri. Qu'il s'était senti comme un adolescent, comme un idiot, comme un homme qui avait un but — toutes ces choses qu'il n'avait jamais ressenties avec Ireland, ni même avec son ex-femme.

— Je suis désolé, Ireland… Je veux plus que ça.

Le court instant d'humanité n'avait été que pure comédie. Tandis qu'il se dirigeait vers la porte, Ireland l'abreuva d'insultes. Il ne répondit pas. Il se contenta de sortir, regagna sa voiture et rentra chez lui.

Sur le chemin du retour, il essaya de songer à Ireland, mais ses pensées le ramenaient sans cesse à Xenia. Il était le fils du maire adjoint de New York, avait été un associé au sein de son propre cabinet d'avocats à l'âge de trente ans et, à présent, il affichait un sourire niais à l'idée de revoir une jeune vierge de vingt et un ans qui travaillait en tant que sirène dans un night-club. Mark et Christian seraient morts de rire s'il leur racontait ça ! avait-il alors pensé, décidant aussitôt de garder cela pour lui.

— Quel salaud ! s'écria Mark. Tu aurais pu nous le dire !

— Sérieusement, Mark, je vous en ai déjà trop dit... Personne ne veut se mettre Kingsley Edge à dos.

— Oui, mieux vaut éviter de le contrarier, d'après ce qu'on m'a dit, confirma Christian.

— Bon, vous voulez que je vous raconte toute l'histoire, oui ou non ?

— L'histoire devient plus intéressante ? Parce que, jusque-là, rien de très sexuel en dehors d'Ireland, et encore, tu as éludé le plus intéressant...

— Il n'y avait rien d'intéressant avec Ireland. Mais oui, la suite devient plus intéressante. Plus bizarre aussi. Et je vous rassure... ça devient beaucoup plus sexuel !

Le lendemain de sa rencontre avec Xenia, il s'était trouvé dans l'incapacité de se concentrer sur ses dossiers. Chaque heure lui avait semblé une éternité, et il avait eu l'impression d'attendre la tombée de la nuit pendant dix ans au moins. Il avait pris une douche, s'était changé, optant pour un pantalon et une chemise noirs. A 22 heures, il retourna au Cirque de Nuit et descendit les marches qui menaient au Fathoms.

Après avoir trouvé un siège libre au bar, d'un luxe insolent, il avait commandé un verre, mais toute son attention était concentrée sur Xenia qui nageait. Il la vit enfin sortir de l'eau et s'installer sur un rocher situé près d'une table. Il ne put détacher les yeux de son corps scintillant, tandis qu'elle repliait ses jambes sur le côté, avant de bavarder avec l'un des nombreux clients à la richesse indécente du club.

Il essaya d'attirer son regard, sans succès. Presque désespéré à l'idée de ne pouvoir lui parler, il se demanda s'il ne ferait pas mieux de quitter les lieux.

— Quel plaisir de vous revoir parmi nous, monsieur Prince !

Derek se retourna ; Kingsley Edge se tenait debout devant lui. Cette fois, il portait un costume Armani noir, plus moderne que le précédent, et avait les cheveux lâchés. Il avait une allure aristocratique et semblait légèrement tendu et excité à la fois.

— Monsieur Edge, Xenia m'a demandé de revenir. C'est permis, n'est-ce pas ? Je voulais juste lui parler.

— Bien sûr. Mes sirènes sont employées ici, elles ne sont pas prisonnières. Elles voient qui elles souhaitent. Xenia m'a demandé de vous remettre ce message…

Kingsley lui tendit une feuille de papier bleu outremer couverte d'éclaboussures d'eau.

— Un message ?

— Vous devriez vous sentir flatté. Je ne daigne pas jouer les messagers très souvent. Mais vous avez de la chance, je suis de très bonne humeur.

— Je ne suis pas sûr de vouloir savoir pourquoi..., dit Derek en dépliant la feuille de papier bleu.

— Vous la voyez ? demanda Kingsley en désignant du doigt une magnifique sirène aux longs cheveux bruns dotée de seins voluptueux et d'un sourire étincelant. C'est mon Emelia... C'est sa dernière soirée ici. Elle part rejoindre Les Corps de la paix ou une connerie dans le genre.

Il avait dit « conneries », mais Derek avait entendu une pointe de fierté dans sa voix.

— Et ça vous met de bonne humeur ?

— Disons simplement que, à sa demande, elle bénéficiera d'adieux très particuliers...

Derek avait du mal à imaginer ce qu'il entendait par là. Il approcha le mot de Xenia d'une source de lumière et lut ce qu'il put des mots mouillés.

« Bonjour, mon beau Prince Derek,

« Si vous restez jusqu'à minuit, je risque de me transformer en citrouille. Mince, je crois m'être trompée d'histoire... J'aime votre sourire quand vous me regardez, même quand vous pensez que je ne vous vois pas. »

— Elle vous aime bien, commenta Kingsley.

— Moi aussi. Mais nous n'avons pas beaucoup eu l'occasion de parler.

— Elle est délicieuse — intelligente, peu commune et, bien sûr, très belle. Mais je suis inquiet à son sujet.

— Pourquoi ? Elle est exceptionnelle.

— Elle est ici depuis si longtemps que j'ai bien peur qu'elle ait oublié à quoi ressemble le soleil. Peut-être pourriez-vous le lui rappeler.

— Bien sûr. Avec plaisir. Elle redevient citrouille à minuit ?

— C'est l'heure à laquelle elle termine ici. Il y a un

salon à l'étage, sur la gauche. Vous pouvez l'y attendre, si vous promettez de ne jamais divulguer à quiconque ce que vous verrez ici ce soir. Je suis très protecteur envers mes sirènes.

Derek fit vœu de silence, puis se rendit à l'endroit indiqué. Au bout d'un long couloir, il trouva un salon lounge luxueux à l'atmosphère feutrée dans lequel il n'y avait encore personne. Impatient de parler à Xenia, il erra dans les couloirs, attendant minuit.

Face au salon, il aperçut une autre pièce aménagée en salon de massage, avec sa table matelassée et ses huiles de massage exotiques. Alanna, la sirène rousse qu'il avait vue la veille, passa devant lui, vêtue d'une simple serviette. Sans même attendre qu'il détourne les yeux, elle fit tomber sa serviette et s'installa sur la table, allongée sur le ventre. Un beau jeune homme âgé de vingt-sept ou vingt-huit ans environ la suivit à l'intérieur et se lava les mains. Ensuite, il versa l'huile transparente dans ses mains et les passa dans les longs cheveux de la sirène. Puis il arrosa le corps nu de la jeune fille d'huile et commença à la masser.

Tous deux bavardèrent pendant le massage. A un moment donné, elle se retourna pour lui donner accès à l'autre côté de son corps et ne sembla pas du tout déconcertée lorsqu'il déversa de l'huile sur ses seins et ses cuisses.

De toute évidence, les massages quotidiens à l'huile chaude étaient un des avantages en nature de la fonction de sirène. Pas étonnant que Xenia n'ait pas envie de quitter cet endroit ! Derek pensa à instaurer des massages dans son cabinet d'avocats. Peut-être que Christian et Mark seraient plus motivés au boulot, s'il leur offrait un tel avantage.

— Mec, je n'aime pas beaucoup ce commentaire ! l'interrompit Christian.

— Mais je ne dirais pas non à des massages au cabinet, ajouta Mark. Enfin, que ça ne t'empêche pas de continuer ton histoire…

Il avait tout d'abord songé qu'il s'agissait d'un massage de soins. Les jeunes femmes passaient tellement de temps dans l'eau que leur peau réclamait certainement des soins intensifs. Mais le massage ordinaire ne tarda pas à se transformer en massage beaucoup plus intime lorsque le masseur écarta les jambes d'Alanna pour la frictionner jusqu'en haut des cuisses. Poussant un soupir béat, elle écarta encore davantage les jambes et le jeune homme s'y affaira, écartant les replis de son sexe.

— Tu nous fais marcher ! s'écria Mark, les yeux écarquillés de stupéfaction. Une vérification d'hymen ?
— Exactement, répondit Derek, rougissant légèrement au souvenir de l'intensité de cet instant. Mais pas seulement.

L'homme commença à l'effleurer, remontant un peu plus haut, caressant son clitoris. Elle ferma les yeux, releva légèrement les hanches et après quelques minutes de ce traitement, jouit en poussant un petit cri, secouée de frémissements. A aucun moment de ce processus le masseur ne l'avait pénétrée, de quelque façon que ce fût. Pourtant, son visage radieux indiquait qu'elle venait d'avoir un très puissant orgasme.

— On pourrait inclure ce petit supplément à nos massages au bureau, suggéra Mark avant de commander un nouveau verre auprès de leur serveuse légèrement vêtue. Derek comprit que Mark et Christian étaient captivés par son récit au fait qu'aucun d'eux ne s'était donné la peine de la draguer.

— Oublie un peu le boulot, fit Christian, visiblement estomaqué. Je vais trouver ce type et lui piquer son boulot. Massages aux fins heureuses. Quel pied !

Alanna se releva, ramassa sa serviette, puis sortit nonchalamment de la pièce. En sortant, elle tapota Derek sur la joue, avant de poursuivre son chemin. Pour elle, c'était juste un jour comme un autre.

— Je suppose que nager nues au milieu du gratin de la société new-yorkaise rend ces sirènes particulièrement immodestes, présuma Christian.

Derek secoua la tête, ayant encore du mal à croire ce qu'il avait vu au Fathoms au cours de l'année écoulée.

— Vous n'avez encore rien entendu, dit-il, avant de reprendre son récit.

Tandis qu'il regagnait le salon lounge, Derek tomba nez à nez avec la magnifique barmaid blonde de la veille.

— Le spectacle vous a plu ? lui demanda-t-elle d'une voix sèche.

Il prit un air coupable. Il n'avait aucune excuse, en dehors du fait que personne ne lui avait interdit de se trouver là.

— Je suis désolé. Ursula, c'est ça ?

La fille ne cilla pas.

— J'attendais Xenia. Kingsley m'a dit que je pouvais monter et l'attendre ici.

La colère de la fille s'atténua à peine en entendant le nom de Kingsley.

— Xenia est heureuse ici. Elle y est chez elle. Pour vous, cet endroit ressemble peut-être à un cirque exposant des phénomènes de foire mais, pour nous, c'est le paradis. Kingsley prend grand soin de ses employés. Les sirènes gagnent énormément d'argent, vivent gracieusement dans de magnifiques appartements et, comme vous venez de le voir, nous avons d'excellents bénéfices en nature.

— Kingsley m'a dit que Xenia était là depuis trois ans. Ne pensez-vous pas qu'elle ait envie d'avoir une relation avec quelqu'un, à un moment donné ?

— Avec quelqu'un qui la considérera comme une sorte de trophée et se servira d'elle avant de la laisser tomber quand il se sera lassé d'elle ? Quand il se rendra compte qu'elle est juste une fille tatouée qui avait un boulot très sympa, mais qui est devenue aussi humaine que lui ? Ce genre de relation ?

— Non, une véritable relation. Un mariage peut-être, des enfants. Ou du moins une relation saine avec quelqu'un qu'elle aime. Va-t-elle continuer à faire ça, quand elle aura soixante ans ?

— Voudrez-vous toujours d'elle, quand elle aura soixante ans ?

— Je veux juste apprendre à la connaître. Elle est belle et singulière, et je ne peux m'empêcher de penser à elle sans cesse. Et non, je ne pensais pas uniquement à coucher avec elle. Croyez-le ou non, j'aimerais vraiment l'inviter à déjeuner et discuter avec elle. Est-ce si horrible ?

— Non, ce n'est pas horrible, convint-elle d'une voix dans laquelle le regret avait remplacé l'amertume. Mais elle est beaucoup mieux ici, faites-moi confiance.

Derek ne sut que répondre. Il baissa les yeux et vit briller l'éclat d'un tatouage argenté sur la cheville de la jeune femme.

— Vous étiez une sirène ? lui demanda-t-il, comprenant soudain son ressentiment.

— Oui, mais j'ai été stupide, je suis partie.

— Que s'est-il passé ?

— Un connard beau et riche… Ça vous rappelle quelque chose ? Il m'a fait une offre qu'il était difficile de refuser.

— Et ?

— Je ne l'ai pas refusée, répondit-elle en s'éloignant.

Derek retourna dans le salon. Les paroles amères d'Ursula résonnaient encore à ses oreilles. Si Xenia était heureuse au Fathoms, pourquoi abandonnerait-elle ce lieu pour l'incertitude qui allait de pair avec le monde réel et les véritables relations ?

— Bonjour, mon beau Derek…, entendit-il derrière lui.

Il se retourna et vit Xenia. Elle se tenait nue, le corps ruisselant, dans l'embrasure de la porte. Les gouttelettes d'eau scintillaient sur ses seins et son ventre.

— Je suis désolé, je crois que j'ai perdu mon latin, dit-il, un petit sourire aux lèvres.

— C'est mignon de voir que vous ne pouvez détacher les yeux de mes seins.

— Mignon vaut toujours mieux que pervers. Mais je vous promets que je sais à quoi ressemble votre visage.

— Vraiment ? fit-elle en mettant les mains sur les hanches. Fermez les yeux…

Derek reprit son souffle, passablement nerveux, et obéit. Il entendit des petits pas humides sur le carrelage s'approcher de lui.

— Maintenant, dites-moi de quelle couleur sont mes yeux.

Derek sourit.

— Bleu marine, comme l'océan la nuit. Et vous avez de longs cils qui les font paraître encore plus bleus.

— Très bien. Vous pouvez ouvrir les…, commença-t-elle, mais il n'avait pas terminé.

— Vous avez un grain de beauté sous l'œil gauche et un autre, près de la bouche. On dirait un peu de rouge à lèvres qui aurait débordé et je meurs d'envie de l'embrasser. Vous avez aussi une tache de naissance sur le derrière, que je ne détesterais pas non plus embrasser.

Christian ne put réprimer un rire sous l'effet de sa légère ivresse.

— Tu as vraiment dit « derrière » ? demanda-t-il.

— J'essayais de la faire rire.

— Et elle a ri ? demanda Mark.

— Mieux que ça, mon vieux !

Les yeux fermés, il avait essayé de penser à quelques détails supplémentaires avec lesquels il aurait pu l'impressionner — la façon dont ses cheveux ressemblaient à un voile de soie sous l'eau, celle dont elle fronçait le nez quand elle riait…

Mais avant qu'il ait eu le temps de formuler ses pensées, les lèvres fraîches et douces de Xenia se posèrent sur les siennes, déjà brûlantes. Il s'attendit à un baiser bref et doux, mais là encore elle le surprit en passant sa langue sur sa lèvre inférieure.

Il réprima un gémissement, résistant à l'envie d'enlacer son corps nu, pour se concentrer sur sa bouche.

Douces et pleines, les lèvres de la jeune femme explorèrent les siennes avec autant de curiosité que d'ardeur. Son goût était aussi pur que celui de l'eau. Il avait envie de la boire.

Lorsqu'elle s'écarta enfin de lui, il ouvrit les yeux. Elle lui sourit et ce fut à cet instant qu'il décida que, à sa mort, il voulait que ses cendres soient dispersées dans l'océan.

*
* *

— Quel imbécile tu fais ! dit Christian.

— Tu as sans doute raison, mais j'étais un imbécile amoureux.

— Que s'est-il passé après le baiser fulgurant ?

— Rien de torride, répondit Derek, lisant sur le visage de Mark et Christian la même déception qu'auraient affichée deux gamins n'ayant pas eu ce qu'ils avaient commandé pour Noël. Pas encore, du moins…

Leur visage s'éclaira de nouveau.

— Hélas, elle s'est habillée.

— Que portait-elle ? demanda Mark. La petite jupe blanche sexy et le caraco de sirène ?

— Non, un short blanc, un petit haut blanc à bretelles et des chaussettes blanches. Elle était adorable.

— Je veux une sirène ! soupira Mark.

— Et moi, je veux quelque chose de torride, dit Christian en faisant signe à Derek de poursuivre son récit.

— Il y a bien eu un épisode torride, cette nuit-là. Mais pas entre Xenia et moi. Restez attentifs, ça va devenir encore plus bizarre. Et plus excitant.

— J'ai l'impression d'être ivre… A moins que je ne sois victime d'un mirage, dit Derek en la regardant dans les yeux.

— Ce serait plutôt le chant des sirènes, répondit Xenia en lui faisant un clin d'œil.

Il laissa fuser un petit rire, content qu'elle ait le sens de l'humour.

— Je vois que vous avez des relations, dit-il en la suivant dans les couloirs, jusqu'à sa chambre.

Ce premier rendez-vous était décidément en très bonne voie ! Il était déjà arrivé jusqu'au lit de Xenia, sur lequel ils s'assirent, poursuivant leur conversation.

— Mais vous n'êtes pas la seule à avoir des relations, ajouta-t-il. Mon père est l'adjoint du maire de New York.

— Le gouverneur du Vermont m'a offert cinquante mille dollars pour ma virginité. Que dites-vous de ça ?

— Vous êtes sérieuse ?

— Non, dit Xenia en s'installant confortablement. C'était le Connecticut.

Poussant un soupir, il se mit à l'aise à son tour.

— Si cinquante mille dollars et un gouverneur ne sont pas suffisants pour vous, alors je n'ai aucune chance…

— Le gouverneur du Connecticut n'a jamais joué au jeu des devinettes avec moi sur mon lit. En plus, il est laid. Vous, non. Alanna a dit que vous ressembliez à Paul Walker. Je n'ai aucune idée de qui il est, mais apparemment c'était un compliment.

— Et vous, vous ressemblez…

Il essaya de trouver une actrice assez belle pour lui être comparée, mais il ne trouva personne.

— A personne d'autre… C'est le meilleur compliment que je puisse vous faire.

Xenia rougit, puis baissa les yeux, visiblement nerveuse. Il avait envie de l'embrasser de nouveau, pendant au moins trois heures, mais même s'il était assis sur son lit, il n'osait tenter quoi que ce soit. Le fait qu'elle fût vierge constituait certes un obstacle, mais pas autant que les trois compagnes de chambre de Xenia. Il s'était demandé comment Kingsley pouvait être sûr que ses sirènes avaient une conduite irréprochable. Elles étaient logées dans des appartements d'un luxe inouï — celui de Xenia avait un magnifique parquet et une très grande hauteur sous plafond…

*
* *

— Derek, pour être franc, on se fiche complètement de savoir comment était son appartement ! l'interrompit Christian.

— Désolé, dit Derek. Ma mère est dans l'immobilier, je suppose que c'est une sorte de déformation professionnelle familiale. Bref, l'appartement était magnifique, mais hélas, Xenia le partageait avec trois autres filles. Et les quatre lits se trouvaient tous dans la grande pièce principale.

— C'est ennuyeux... Mais je suppose que c'est un moyen comme un autre de s'assurer qu'elles conservent leur virginité, déclara Mark en secouant la tête. Ce Kingsley est diablement malin.

Ils poursuivirent leur conversation, toujours installés sur le lit. Il apprit qu'elle avait grandi près de l'océan.

— C'est sans doute pour ça que je suis encore vierge, lui dit-elle. Mes parents ont des chambres d'hôtes sur l'île de Hilton-Head. Lorsque je vivais chez eux, je ne rencontrais que des gens de passage. Ils restaient une semaine, un mois tout au plus, puis ils partaient. On apprend à se protéger et à ne pas s'attacher. L'océan était la seule chose permanente de mon existence.

Elle lui ouvrit son cœur, et il lui parla de son bref mariage qui s'était terminé en désastre et avait pour un temps entamé sa confiance envers les femmes. Il évoqua même ses deux meilleurs amis, Mark et Christian, qui l'avaient aidé à traverser cette période difficile, trois ans plus tôt.

— Je suis touché, mec, dit Mark, faisant mine d'écraser une larme furtive.

— Ferme-la ! répliqua Christian. J'ai l'impression que l'histoire est sur le point de devenir torride.

— Ce n'est pas faux, confirma Derek.

*
* *

A 3 heures du matin, Xenia et lui étaient toujours allongés sur le lit, à discuter, tandis qu'il lui caressait les cheveux. A 3 h 15, il décida qu'il se fichait de la présence de sa compagne de chambre — une déesse nubienne prénommée Alara, qui était en train de lire, assise sur son lit, à l'autre bout de la pièce. Se penchant vers Xenia, il lui donna un long baiser langoureux. Laissant échapper un soupir de volupté, elle l'enlaça et l'attira contre elle. Il se sentit alors comme un adolescent embrassant une très jolie fille avec laquelle il n'avait aucune chance de coucher. Il avait envie de sentir sa peau, de passer les mains sous son haut et de lui caresser les seins. Il aurait voulu glisser une main dans son short pour découvrir si elle était aussi humide qu'il était dur. Mais il la tint simplement dans ses bras, l'embrassa et décida que, si les choses devaient un jour aller plus loin entre eux, il n'aurait rien contre.

Vers 3 h 30, ils furent interrompus par un coup frappé à la porte. Une fille, si belle qu'elle ne pouvait être qu'une autre sirène, entra sans attendre de réponse.

— Vous venez, les filles ? demanda-t-elle.

Elle ne sembla absolument pas étonnée par la présence de Derek dans la pièce.

— Je ne sais pas, répondit Xenia, roulant sur le lit en se recoiffant. Je déteste les adieux.

— Je sais, convint l'intruse. Mais Emelia veut que nous soyons présentes.

Hochant la tête, Xenia se leva.

— Où…, commença Derek, avant que Xenia ne pose ses lèvres sur les siennes pour un rapide baiser.

— Ne pose pas de questions, lui murmura-t-elle avant de lui prendre la main.

Tous suivirent alors la jeune fille dans le couloir, puis

ils entrèrent dans une autre chambre. Une fois à l'intérieur, Derek ne vit rien d'autre qu'un lit couvert de draps de satin blanc entouré de bougies.

Ils restèrent dans l'ombre, dans un des recoins de la chambre, et s'assirent sur de grands coussins disposés sur le sol. Derek mit un bras autour des épaules de Xenia et la laissa s'adosser contre lui.

— Est-ce que ça va ? lui demanda-t-il en voyant une larme couler sur sa joue.

— Je suis triste, quand l'une d'entre nous s'en va… Emelia est comme une sœur. Je voulais faire comme si elle ne partait pas vraiment, mais maintenant je ne peux plus nier l'évidence.

— Est-ce qu'il s'agit d'une fête donnée pour son départ ? demanda Derek en voyant une douzaine de sirènes s'asseoir au fond de la pièce.

Xenia secoua la tête et s'appuya un peu plus contre lui.

— Non, ce n'est pas une fête.

Une minute ou deux plus tard, Emelia entra dans la chambre, portant une magnifique chemise de nuit de soie blanche au décolleté profond, assez longue pour traîner jusqu'au sol. Ses cheveux noirs bouclés retombaient avec splendeur jusqu'au bas de son dos. Elle ne portait aucun autre bijou que son collier de sirène. En voyant son visage radieux, Derek pensa qu'elle ressemblait à une jeune vierge, le soir de sa nuit de noces.

Mais si elle était la mariée, il se demanda qui pouvait être le jeune marié. C'est à cet instant que Kingsley Edge entra et referma la porte derrière lui. Il avança jusqu'à Emilia, qui se tenait debout, près du lit, visiblement nerveuse. Il approcha ses lèvres de son oreille, puis lui murmura quelque chose en lui caressant doucement la joue.

— Xenia…, murmura Derek, ils ne vont pas…

Mais elle ne répondit pas. Elle se tourna seulement vers lui, l'embrassa et regarda de nouveau Kingsley et Emelia. Kingsley prit le visage de la jeune femme entre ses mains et l'embrassa avec une grande douceur. Puis le baiser se fit plus profond, plus passionné. Kingsley lui caressa le dos, les hanches. Derek se sentit légèrement oppressé quand il prit conscience de ce qui était en train de se dérouler sous ses yeux.

La bouche de Kingsley quitta les lèvres d'Emelia et descendit lentement jusqu'à ses seins. Il fit glisser les bretelles de sa chemise de nuit, qui ondula jusqu'au sol, comme une chute d'eau. Assis au bord du lit, il attira Emelia contre lui et prit un de ses tétons dans sa bouche tandis qu'il continuait de caresser ses hanches et ses cuisses. Ensuite, il prononça quelques paroles à voix basse, semblant donner un ordre à la jeune femme. Elle s'allongea alors sur le lit avec docilité et écarta les jambes.

Rapidement, à l'aide de foulards de soie blanche, il lui attacha les poignets aux colonnes du lit, les bras écartés. Une fois qu'elle fut ainsi immobilisée, il se mit à califourchon sur elle et embrassa de nouveau ses seins. Sa bouche glissa ensuite de ses tétons à son ventre, puis descendit entre ses cuisses.

Déchiré entre son tempérament volcanique de mâle qui avait envie d'observer tout ce qui allait se passer et sa conscience qui lui soufflait qu'il n'aurait pas dû être le témoin d'un moment aussi intime, Derek regarda Xenia et vit qu'elle suivait la scène avec attention. Il ne perçut aucun désir dans son regard, juste de la tristesse, mêlée à de l'intérêt. A l'évidence, elle était peinée par le départ de la jeune fille et malgré tout, semblait fascinée d'assister à un acte auquel elle n'avait jamais pris part.

Les seins d'Emelia se soulevaient au rythme de ses

soupirs. Elle serra les foulards qui lui liaient les poignets, soulevant ses hanches, avant de jouir en poussant un cri strident.

Tandis qu'elle relâchait son emprise sur ses liens et se laissait retomber sur le lit, le souffle court, Kingsley se redressa et glissa un doigt en elle.

Un deuxième doigt vint rejoindre le premier et Derek vit Emelia se convulser, sans pouvoir dire si c'était de plaisir ou de douleur. Kingsley fit aller et venir ses doigts en elle avec lenteur. Puis il les écarta en elle et le son qui s'échappa des lèvres d'Emelia indiqua sans le moindre doute la douleur. Mais Kingsley continuait avec patience et, quelques minutes plus tard, il inséra un troisième doigt, tout en faisant des mouvements circulaires en elle.

Lentement, avec un soin méticuleux, il l'ouvrit de plus en plus, plongeant ses doigts de plus en plus profondément en elle, caressant son clitoris de l'autre main. Une fois encore, elle tira sur ses liens, se cambra et elle fut emportée par un nouvel orgasme.

Kingsley retira ses doigts. Il déboutonna sa chemise et la jeta de côté. Derek eut envie de détourner les yeux lorsque Kingsley déboutonna son pantalon, enfila un préservatif, puis se positionna entre les cuisses largement écartées d'Emelia. Il n'en fit rien cependant et, au lieu d'avoir l'impression de regarder un spectacle érotique sordide, il eut la sensation d'assister à quelque chose de beau et de presque héroïque. Particulièrement bien doté par la nature, Kingsley, bien que riche, beau et français, n'était peut-être pas le meilleur choix possible pour être le premier amant d'Emelia.

Derek regarda Emelia reprendre son souffle. Kingsley se pencha près d'elle et lui murmura quelques mots à l'oreille. Elle lui murmura quelque chose en retour, plongea dans son regard, hocha la tête et inspira largement. En un instant, Kingsley lui prit sa virginité d'un coup de hanches bref et intense.

Xenia tressaillit dans les bras de Derek et il la serra encore plus fort. Pendant un long moment, Kingsley resta immobile. Il laissa simplement Emelia respirer et pleurer. Se cambrant sous l'effet de la douleur, elle tira de nouveau sur ses liens de soie, tandis que Kingsley continuait à lui murmurer des paroles de réconfort.

Quelques minutes plus tard, sa respiration affolée se calma. Alors, avec précaution, Kingsley commença à aller et venir en elle. Elle continua de gémir, mais quand Kingsley glissa une main entre leurs deux corps pour caresser son point sensible, ses petits cris se firent plus frénétiques, plus enthousiastes.

Xenia remua dans les bras de Derek, et il étouffa un gémissement lorsque son joli derrière s'appuya contre son érection. Il ne put s'empêcher d'imaginer la jeune femme sous lui. Quel honneur ce serait d'être son premier amant et d'être celui pour qui elle quitterait le Fathoms ! Mais il repensa aussitôt à Ursula, à l'amertume et aux regrets qu'il avait perçus dans sa voix. Elle avait quitté le club pour quelqu'un comme lui et à présent elle ne pouvait y revenir, si ce n'était pour y jouer un rôle mineur. Xenia regretterait-elle de quitter le Fathoms ?

Après une série de va-et-vient qui avaient l'allure d'un très lent supplice, Kingsley commença à évoluer plus rapidement en Emelia. La vague de douleur semblait passée et seul le son de la volupté s'échappait d'entre ses lèvres.

Derek se raidit lorsque Kingsley accéléra le rythme, entrant plus intensément en elle. Puis il la serra contre lui et elle enfouit sa tête au creux de sa poitrine. Son corps fut saisi de frissons lorsqu'elle jouit pour la troisième fois.

Kingsley vint alors une dernière fois en elle et jouit, en retenant son souffle.

Lentement il se retira et Derek vit le sang sur lui. Il reboutonna son pantalon, renfila sa chemise et détacha Emelia. Se redressant, la jeune femme remit sa chemise de nuit, puis elle porta une main à son collier de sirène et le détacha. Elle tendit la main vers celle de Kingsley et plaça le pendentif au creux de sa paume. Il referma les doigts sur le collier comme s'il s'agissait d'un don précieux et embrassa le dos de la main d'Emelia.

La jeune femme se détourna de lui et quitta la pièce, un soupçon de larmes au coin des yeux.

— Oh ! Mon Dieu…, souffla Christian, tandis que Derek se retenait de rire en voyant l'expression médusée de ses amis.

— Je sais, acquiesça-t-il. J'ai ressenti la même chose que vous.

— Je n'arrive pas à croire que tu aies pu regarder Kingsley Edge attacher une fille et lui prendre sa virginité sous tes yeux ! T'es un sacré veinard ! s'exclama Mark.

— Je ne me sentais pas si chanceux que ça, à ce moment-là. Privilégié, peut-être, mais aussi un peu paniqué. Sans exagérer, la tache de sang sur le lit était aussi large que ta main. Kingsley s'est montré très attentionné, mais c'est un cap difficile à franchir pour n'importe quelle fille. C'était excitant et grisant, mais aussi un rappel constant à la réalité.

— La première fille avec laquelle j'ai couché était vierge, dit Mark. Elle avait quinze ans et moi seize. Après cette première fois, elle n'a plus voulu que je la touche pendant trois mois. C'est une expérience vraiment délicate.

— Je crois plutôt qu'elle en avait assez de toi et qu'elle s'est servie de ça comme excuse, objecta Christian.
— C'est plus que probable, convint Mark, mais continue ton histoire espèce de pervers, j'ai hâte de connaître la suite !
— Ce qui s'est passé ensuite, poursuivit Derek, c'est que je suis resté assis par terre pendant deux bonnes minutes à essayer de contrôler mon érection. Et j'ai eu beau penser à la mort de mes proches ou à mes parents en train de faire l'amour, rien n'y fit. Xenia s'est assise en face de moi et a commencé à me parler d'Emelia. Elle m'a raconté qu'elle venait d'une famille pauvre de huit enfants et qu'elle n'avait pas les moyens d'aller à l'université jusqu'à sa rencontre avec Kingsley, alors qu'elle travaillait dans une institution caritative catholique. Elle avait alors dix-neuf ans.
— Une organisation caritative catholique ? s'étonna Mark.
— Il semble que le meilleur ami de Kingsley Edge soit un prêtre. Ne m'en demande pas plus, je n'ai pas posé de questions. Bref, envisager Emelia comme une personne qui ne voulait rien d'autre que faire le bien autour d'elle m'a aidé à atteindre le but que je m'étais fixé et j'ai enfin été en état de me lever sans crainte du ridicule.
— Et ensuite, qu'est-ce que tu as fait ? demanda Christian, proche de l'hilarité.
— A ce moment-là, j'ai fait un truc complètement dingue : j'ai demandé à Xenia si elle voulait passer la journée du lendemain avec moi. Et elle a dit oui.

Derek avait quitté le club peu de temps après. Xenia et lui avaient tous deux besoin de dormir. Mais il lui avait promis de venir la chercher quelques heures plus tard et de l'attendre devant le Cirque de Nuit.

Une fois de retour dans son appartement, il prit une très

longue douche. Mais seules les cinq premières minutes qu'il passa sous l'eau pouvaient être véritablement qualifiées de douche ; les minutes suivantes furent consacrées à relâcher la tension, après les quatre heures les plus frustrantes de sa vie, sexuellement parlant.

Il dormit d'un sommeil de plomb jusqu'à midi, prit une nouvelle douche, relâcha la pression une fois encore et s'habilla pour sortir.

A 13 heures, il se gara devant le Cirque de Nuit, juste à l'instant où Xenia sortait par la porte principale, portant une robe blanche en coton sans manches et des lunettes noires.

— Tu veux rester incognito ? lui demanda-t-il en lui ouvrant la portière de son Audi.

— Ça fait un moment que je n'ai pas pris le soleil, admit-elle. J'avais oublié à quel point la lumière du jour était vive. Si tu arrives à convaincre quelqu'un de baisser l'intensité des rayons du soleil, j'enlèverai mes lunettes.

— Tu es magnifique. Mais tes yeux me manquent. On peut rester à l'ombre, si tu veux.

Elle fit non d'un mouvement de tête.

— Allons nous promener au parc. Je n'y suis pas allée depuis une éternité.

Ils arrivèrent à Central Park peu de temps après et flânèrent dans les allées sinueuses, esquivant les joggeurs et les chiens qu'ils croisaient.

— Ce fut une nuit très étrange…, commença prudemment Derek.

— Tu penses que nous sommes dingues ?

— Un peu. Mais pas dans le mauvais sens du terme. Est-ce que c'est… habituel ?

Xenia se mit à rire et mordit dans le bretzel qu'il lui avait offert.

— Kingsley nous a fait les honneurs plus d'une fois. Beaucoup d'entre nous n'auraient rien sans lui. Et nous vivons toutes ensemble, nous nageons nues ensemble... C'est pour ça qu'Emelia voulait partager ce moment très important de sa vie avec nous.

— Tu n'as pas l'intention de faire la même chose, si ? demanda-t-il.

— J'aime beaucoup Kingsley. Mais seulement comme un frère. Promis !

Elle dut lire le soulagement sur son visage, et un petit rire lui échappa.

— Je suppose que, pour une première fois, on peut trouver bien pire que lui, commenta-t-elle. Le type pour lequel Ursula nous a quittés était un vrai connard. Il a payé pour sa virginité — une somme si astronomique qu'elle n'a pu refuser — et ensuite, après lui avoir infligé une expérience sexuelle des plus pénibles, il a décidé que les vierges étaient très surestimées et il l'a plaquée au bout d'une semaine.

Coucher avec une petite amie vierge présentait manifestement des désavantages, mais l'idée même d'apprendre à Xenia à faire l'amour, d'apprendre avec elle à connaître son corps, l'excitait tellement qu'il risquait d'avoir besoin d'une nouvelle douche thérapeutique !

— Quel con ! Je connais des types qui tueraient pour avoir la chance de sortir avec une fille aussi belle et qui ne trimbale pas son lot d'ex-petits amis, dit Derek, qui n'imaginait pas une seconde pouvoir se comporter ainsi avec Xenia.

— Moi, par exemple ! l'interrompit Mark. Tu as le numéro de cette Ursula ? Elle paraît vive et n'a pas eu peur de t'engueuler. Elle me plaît déjà !

— Non, désolé. Mais attends que je raconte la suite… La demoiselle a de sérieux problèmes de tempérament…

Ils continuèrent de discuter en marchant, et une fois que Xenia eut terminé son bretzel, elle enlaça les doigts de Derek aux siens, et ils continuèrent leur promenade main dans la main.

— Tu as mal aux pieds ? demanda-t-il, remarquant qu'elle ralentissait le pas.

— Un peu. D'habitude, quand je fais de l'exercice, je suis dans l'eau et je pèse beaucoup moins lourd.

— Viens, prenons une voiture.

La « voiture » en question comportait également un cheval. Derek avait toujours trouvé les promenades en calèche dans Central Park horriblement cliché mais, quand il vit le visage de Xenia s'éclairer à la vue du cheval, le projet lui sembla presque romantique.

— C'est fantastique ! s'extasia-t-elle. Je ne me rappelle pas la dernière fois où j'ai passé toute une journée au soleil !

— Le club occupe toute ton existence, n'est-ce pas ?

Elle hocha la tête.

— Oui. Je rencontre les gens les plus intéressants qui soient, mais ça bouleverse complètement mon emploi du temps. Je suis debout toute la nuit et je dors toute la journée.

— Tu es un vampire ou une sirène ?

— Les deux ! répondit-elle en lui mordillant le cou avec malice.

La fausse morsure se transforma en baiser et le baiser en une très longue séance de caresses, pendant laquelle ils s'excitèrent dans la calèche.

— Il va falloir arrêter de se chauffer, Derek ! s'impatienta

Mark. Il faut que tu passes à la vitesse supérieure avec cette fille !

— O.K… O.K… La journée s'est très bien passée. C'était le meilleur rencard de ma vie. On a parlé, ri… Elle était intelligente et drôle, et avait des tas d'histoires à me raconter sur les drôles de types très célèbres qu'elle rencontrait.

— On s'en fout ! Passe directement à la partie intéressante, le pressa Christian à son tour.

— Chaque seconde passée avec elle était intéressante, reprit Derek, ressentant au fond de lui à quel point ce qu'il venait de dire était vrai.

Avec elle il s'était senti vivant, lui-même, et aussi un autre homme. Il n'était plus Derek Prince, il avait parfois l'impression d'être le prince Derek…

— Hé, Derek, continue ton histoire ! s'exclama Mark.

— Bon, très bien…

Quelques heures plus tard, il la raccompagna au club. Le baiser de la calèche n'avait rien à envier à celui qu'elle lui donna en guise d'adieu. Dès qu'ils se séparèrent, il commença à compter les heures jusqu'à ce qu'il la revoie. Les samedis, elle travaillait jusqu'à 2 heures du matin ; il avait donc quelques heures à tuer.

Il les passa à travailler et à dormir. Ses horaires de vampire lui semblaient plus gênants que sa virginité à ce stade. Malgré tout, il se demandait combien de temps il pourrait tenir encore sans se consumer de la passion intense qu'il ressentait pour elle.

A 2 heures du matin, il était dans le salon lounge, attendant la jeune femme. Une fois encore, elle apparut dans l'embrasure de la porte nue et ruisselante d'eau. Cette fois, il parvint à la regarder sans s'attarder sur ses seins en premier.

— Salut, toi, dit-elle, un grand sourire aux lèvres. Je dois me faire masser, mais je n'en aurai que pour quelques minutes. D'accord ?

— Non, pas d'accord ! Je sais que le massage fait partie de votre routine, mais je vais devenir dingue si je dois rester assis là en sachant qu'un type est en train de te tripoter dans la pièce d'à côté !

Elle se mit à rire et leva les yeux au ciel.

— Nous ne profitons pas toutes du bonus. Pour tout te dire, je ne l'ai même jamais demandé. C'est uniquement un soin pour la peau et les cheveux, et on en a réellement besoin, avec le boulot qu'on fait.

— De ça, et aussi de l'inspection approfondie.

Elle haussa les épaules.

— Ça fait partie du job. Tu as vu où nous vivons et à quel point nous sommes bien traitées ? Tout ce que Kingsley demande, c'est que nous restions vierges tant que nous travaillons ici. C'est un faible prix à payer, de mon point de vue.

— Il doit bien y avoir une possibilité de compromis ? J'ai déjà assez de mal à penser à tous ces hommes, en bas, qui bavent sur toi.

— Je suis trempée en permanence, dit-elle d'un ton espiègle. Je ne vais pas faire toute une histoire pour un peu de bave ! Mais nous pouvons trouver un compromis, si tu veux.

Il la regarda avec méfiance. Le ton de sa voix était un peu trop malicieux pour être tout à fait digne de confiance.

— Quel compromis ?

— Tu peux être mon masseur. Qu'en dis-tu ?

Derek se leva immédiatement.

— Fantastique compromis !

Ils traversèrent le couloir jusqu'à la cabine de massage. A son grand soulagement, Derek constata qu'on pouvait fermer la porte à clé. Le simple fait d'être à proximité du corps de Xenia le mettait dans un état d'excitation extrême, et il préférait avoir aussi peu de témoins que possible de son érection incontrôlable.

Il ôta sa veste et remonta les manches de sa chemise tandis que Xenia s'allongeait sur le ventre. Il ne pouvait la regarder ainsi sans s'imaginer sur elle, son torse contre son dos, les mains dans ses cheveux, la prenant par-derrière.

Il inspira lentement ; il faisait cela pour le bien de Xenia, non pour assouvir ses désirs sexuels. Il réussit à convaincre son esprit, mais son corps resta dubitatif.

— Par où commence-t-on ? demanda-t-il.

— Les cheveux. C'est la bouteille bleue. Mais je peux le faire moi-même, si tu veux.

— Non, je vais m'appliquer.

Il prit la bouteille sur la table et versa l'huile parfumée à la vanille dans ses mains. Il commença par la nuque de Xenia et massa longuement l'ensemble de sa chevelure. Elle poussa un soupir de satisfaction.

— Je pense qu'aucune mèche ne m'a échappé, dit-il. Et maintenant ?

— La bouteille dorée. C'est pour le corps. Mais fais attention à mes pieds, je suis chatouilleuse... Alors si tu y vas trop doucement, tu risques de prendre un coup !

— C'est bon à savoir.

Après s'être lavé les mains, Derek versa la nouvelle huile dans ses paumes. Il commença par masser les épaules de Xenia, puis descendit jusqu'au bas de son dos.

— Cette huile a une odeur incroyable ! Elle sent l'océan et les orchidées.

— C'est un magasin d'Uptown qui la fait spécialement pour nous. Seules les sirènes de Kingsley l'utilisent. L'encre argentée de nos tatouages est également unique ; c'est un créateur de tatouages d'East Village qui l'a inventée pour nous. Aucun autre tatoueur au monde ne possède ce type d'encre.

— Ça fait mal ? demanda Derek, parcourant du bout des doigts le tatouage dessiné sur sa hanche.

— Un peu. Mais c'est un honneur d'avoir ces tatouages. On ne peut plus porter le pendentif représentant une sirène lorsqu'on perd notre virginité, mais nous gardons ces tatouages toute notre vie.

Derek passa de son dos à ses fesses et Xenia rit un peu nerveusement lorsqu'il s'y attarda.

— N'oublie pas que j'ai aussi des jambes, lui rappela-t-elle avec un brin de malice.

— Ah, oui. Les jambes !

Il descendit le long de ses jambes, lui massant les cuisses, les mollets, puis les pieds.

— Je pense que j'en ai fini avec ton exquis derrière. Hélas !

— Pas de souci, il reste un côté.

Elle se retourna et le regarda, les yeux mi-clos. Derek ressentit alors le besoin d'une nouvelle douche froide.

Il commença par les bras, cela lui sembla peu risqué. Mais il ne pouvait s'y attarder indéfiniment. Il fit couler un peu d'huile au milieu de son corps, de la clavicule jusqu'au nombril. Posant les mains sur sa poitrine, il lui massa le cou et les épaules, avant de glisser lentement jusqu'à ses seins. Il faillit laisser échapper un gémissement quand il caressa enfin ses seins parfaits. Il eut beau essayer de se convaincre qu'il effectuait un massage, il ne put s'empêcher de les malaxer, d'en caresser les pointes qui ne tardèrent pas à s'ériger, devenant rose vif.

— D'habitude, je m'endors toujours pendant le massage, dit-elle d'une voix qui laissait transparaître son excitation.

— Tu es sûre que tu n'as pas envie de dormir ? demanda-t-il en lui caressant doucement le bout des seins.

Elle secoua la tête.

— J'ai envie de tout, sauf de dormir.

— Bien, dit-il, passant à contrecœur de ses seins à son ventre.

Après son ventre, il lui effleura les hanches, puis le haut des cuisses, descendit jusqu'aux pieds, avant de recommencer dans l'autre sens. Tandis qu'il remontait le long de son corps, elle écarta les jambes, suffisamment pour qu'il puisse glisser ses mains entre. A mesure qu'il approchait du haut de ses cuisses, il sentait la chaleur se dégager de son intimité.

— Tu peux me caresser, Derek, murmura-t-elle. J'en ai envie.

Les mains presque tremblantes de désir, il la caressa donc et elle écarta davantage les cuisses, si bien qu'il glissa un doigt à l'intérieur de la fente humide.

— Xenia, tu es si..., commença-t-il, avant de s'interrompre, à court de mots. Tu es sûre que c'est autorisé ?

— Fais juste attention, dit-elle.

Il comprit ce qu'elle voulait dire. Faisant très attention à son hymen, il glissa alors un doigt en elle, sentant aussitôt toute sa chaleur et sa moiteur. Il l'enfonça aussi loin qu'il le put. Elle avait le souffle court.

— C'est incroyable !

— C'est bien plus que ça, dit-il en poursuivant avec le doigt l'exploration de son sexe humide et étroit.

De son autre main, il caressa son clitoris, qu'il vit gonfler. Il accéléra peu à peu le rythme, se mettant au diapason de la respiration de Xenia. Il mourait d'envie d'ouvrir son pantalon, de grimper sur la table et de la prendre, jusqu'à la fin de ses jours. Mais il se maîtrisa, la touchant seulement avec les mains.

Elle se cambra et tous les muscles de son corps semblèrent se contracter en même temps. Puis elle jouit dans un souffle. Il faillit, lui aussi, avoir un orgasme en la sentant se contracter autour de son doigt. Il l'ôta avec précaution et Xenia se redressa. Elle l'enlaça et posa ses lèvres sur les siennes.

— Xenia, nous devrions arrêter…, dit-il, même s'il n'en avait aucune envie. Je suis réellement sur le point de perdre le self-control que j'avais il y a quelques minutes.

— Laisse-moi t'aider, murmura-t-elle. Laisse-moi te caresser à mon tour.

Joignant le geste à la parole, elle descendit le zip de son jean. Derek posa son front sur l'épaule de la jeune femme, tandis qu'elle s'emparait de son sexe. Elle le caressa avec douceur, ses mains le frôlant si délicatement qu'il faillit laisser échapper un cri. Quand elle referma ses deux petites mains autour de lui, il ne put se retenir plus longtemps. Il jouit plus fort que jamais, le corps secoué de frissons.

— Je vais chercher une serviette, dit-il, gêné d'avoir joui si vite et si intensément entre ses mains.

Xenia regarda ses doigts, puis les porta à ses lèvres. Elle lécha sa semence avec le bout de la langue.

— Ça a le goût de l'océan, conclut-elle.

La voir le goûter ainsi, avec cette curiosité innocente, lui donna un nouveau coup de sang. Il écrasa ses lèvres sur les siennes et la fit basculer en arrière. Au lieu de lui caresser les tétons, il les aspira avec avidité, introduisant de nouveau un doigt en elle. Puis il l'attira au bord de la table, lui soulevant les hanches, et plaça ses jambes autour de son cou. Plongeant alors son visage entre ses cuisses, il la dévora plus qu'il ne la lécha. Cette fois, elle eut un orgasme plus intense encore que la première fois.

Tandis qu'elle reprenait son souffle, il remonta en l'embrassant jusqu'en haut de son corps, pour s'arrêter sur sa bouche.

— Tu as encore meilleur goût que l'océan, dit-il en l'embrassant.

Elle était sur le point de lui répondre, quand un coup sec frappé à la porte les tira de leur rêverie érotique.

— Merde ! lâcha Derek en tendant une serviette à Xenia.

Elle s'enroula dedans et ouvrit la porte. Ursula l'attendait à l'extérieur.

— Désolée, Ursula, tu as besoin de la cabine ? demanda-t-elle avec une sollicitude sincère.

— Non, mais toi, tu as besoin de prendre ton propre appartement. Et de rendre ton pendentif, répondit Ursula en tendant la main.

Xenia fit non de la tête.

— On n'a pas fait l'amour. On faisait juste…

— Juste quoi ? Je ne suis pas sourde !

Derek s'interposa entre elles.

— Ursula, c'est ma faute. On s'est laissé déborder. Mais elle a raison, nous n'avons pas fait l'amour.

— Vraiment ? Prouvez-le ! dit-elle en désignant la table de massage.

— Non, je ne veux pas…, commença Xenia.

— Alors rends le pendentif !

— C'est hors de question, répliqua Xenia, reculant d'un pas.

— Rends-le ! insista Ursula, approchant la main du pendentif.

Avec une force qu'il n'aurait jamais soupçonné pouvoir employer envers une femme, Derek saisit le poignet d'Ursula avant qu'elle n'ait eu le temps de toucher Xenia.

— Ursula, dit-il d'une voix calme et froide. Laissez tomber.

— Je n'ai pas de comptes à te rendre, Ursula, se défendit Xenia.

— Non, mais à *moi*, si ! fit une voix, à l'autre bout du couloir.

Derek relâcha le bras d'Ursula et Kingsley avança jusqu'à eux.

— Que se passe-t-il, ici ?

— Xenia et Derek faisaient l'amour dans la cabine de massage. Et elle ne veut pas renoncer à son pendentif !

Kingsley les regarda, puis se tourna de nouveau vers Ursula.

— Est-ce vrai, Xenia ? demanda-t-il.

Elle secoua la tête.

— On n'a pas fait l'amour.

— C'est ce qu'elle dit, insista Ursula. Mais elle ne veut pas le prouver.

— Si, je peux le prouver !

Derek vit des larmes de frustration lui monter aux yeux.

— Je m'en fiche, ajouta-t-elle à son intention. Ça va.

— Non, ça ne va pas ! protesta Derek. Ursula n'a pas à te demander de mettre les pieds dans des étriers parce qu'elle nous a entendus batifoler.

— Alors c'est moi qui vais le faire, dit calmement Kingsley. Xenia, après toi…

Elle se mordit la lèvre et recula à l'intérieur de la pièce. Avant que Kingsley n'ait le temps de la suivre, Derek lui barra le passage. Les deux jeunes femmes sursautèrent sous l'effet de la surprise.

— Derek, ne fais pas ça, l'avertit Xenia.

Mais il n'en tint pas compte. Jamais il n'avait senti qu'il pouvait tuer quelqu'un. Mais en cet instant, une rage animale monta en lui, un violent instinct de protection qui le surprit.

— Monsieur Edge, dit-il d'une voix tellement chargée de colère froide qu'il la reconnut à peine. Je sais que vous connaissez toutes sortes d'hommes politiques et que l'on vous considère comme l'homme le plus dangereux de la ville, mais si vous la touchez de quelque façon qui lui déplaise... Je ne sais pas quand, ni comment, mais je vous le ferai regretter !

— Bon sang Derek, tu as réellement dit ça à Kingsley Edge ? demanda Christian.

— Oui, presque mot pour mot, admit Derek, qui se rappelait cet instant avec une grande précision.

Chaque détail était resté gravé dans sa mémoire, parce que, en prononçant ces paroles, il avait pensé qu'il vivait peut-être les dernières minutes de sa vie.

— T'es dingue ! Kingsley était dans la légion étrangère, en France. T'as de la chance d'être encore en vie. Qu'a-t-il fait ?

— Il a souri.

Et son sourire l'avait bien plus effrayé que s'il s'était mis en colère. Il avait souri comme un homme qui n'a peur de rien, ni de personne — surtout pas de lui.

— Je vous aime bien, monsieur Prince. Mais les règles sont les règles. Xenia ?

Les lèvres tremblantes, Xenia retourna à l'intérieur de

la cabine. Kingsley passa sous le bras de Derek et referma la porte derrière lui.

La minute que Derek passa à attendre dans le couloir fut la plus longue de sa vie.

— Vous êtes une vraie garce ! pesta-t-il, en foudroyant Ursula du regard.

— Vous ne pouvez vous en prendre qu'à vous-même. Vous connaissez les règles, ici. Elle ne peut rester que tant qu'elle est vierge. Dès l'instant où elle ne l'est plus, elle doit partir. Vous pigez ?

Avant qu'il ait eu le temps de répondre, Xenia sortit de la cabine et se réfugia dans ses bras. Kingsley la suivit, sourit de nouveau à Derek, puis s'éloigna.

— Ursula, appela-t-il. Retourne travailler !

Ursula le suivit sans mot dire.

— Est-ce que ça va ? murmura Derek.

— Il ne m'a pas touchée. Il n'a rien fait d'autre que me demander de le regarder dans les yeux et de lui dire la vérité.

— Alors, il n'a pas…

— Non.

Il poussa un soupir de soulagement et pria pour que Xenia ne lui ait pas menti, juste pour l'empêcher de tuer son patron.

— S'il t'avait demandé d'écarter les cuisses devant lui, l'aurais-tu fait ? demanda-t-il, redoutant d'entendre la réponse.

— Il m'a déjà vue ainsi.

— Ça veut donc dire oui ?

— C'est le prix à payer pour travailler ici.

— Est-ce que ça en vaut la peine, Xenia ?

Elle hocha lentement la tête.

— C'est ma famille…

Une soudaine prise de conscience glaça Derek.

— Tu adores cet endroit et je ne peux pas te demander de le quitter. Mais si je reste dans les parages, l'inévitable se produira et ils te forceront à partir.

— Derek, je ne veux pas en partir, en effet. Mais je ne veux pas te perdre non plus. Je n'ai jamais ressenti ce que je ressens pour toi.

— Moi non plus… J'ai été marié, Xenia, mais je n'ai jamais ressenti pour ma femme ce que je ressens pour toi. J'ai même menacé de tuer Kingsley Edge ! Je dois être suicidaire !

— Je dois reconnaître que c'était impressionnant. Je crois qu'il ne t'en apprécie que davantage, maintenant. Et moi aussi.

Derek secoua la tête.

— Je ne peux pas faire ça. Je ne peux pas te demander de choisir entre ce lieu que tu aimes tant et un type que tu connais à peine.

— On peut trouver une solution. On peut…

— Quoi ? Que peut-on faire ?

— Je ne sais pas, reconnut-elle d'une voix à peine audible.

Il réfléchit un instant, puis sortit son portefeuille, d'où il tira sa carte de visite.

— Tiens… Tu as toutes mes coordonnées. Quand tu décideras de quitter cet endroit, appelle-moi. Et j'accourrai aussitôt. Mais je ne te mettrai plus dans cette position délicate, je suis désolé…

Xenia baissa les yeux sur la carte, mais ne la prit pas.

— Sais-tu combien d'hommes ont essayé de me donner leur carte de visite ? demanda-t-elle en lui jetant un regard glacial. Plus que je ne peux en compter. Et sais-tu ce que j'ai fait, quand ils m'ont tendu leur carte ?

Derek sentit une boule se nouer dans sa gorge.

— Non.

— Voilà ce que j'ai fait…

Elle laissa tomber sa serviette, avança jusqu'au bord de la colonne et plongea dans l'eau. Elle plongea très profondément et ne montra aucun signe qu'elle avait l'intention de revenir à la surface avant longtemps.

— Et c'est ainsi, dit Derek en finissant son cocktail, que se termine mon histoire.

— Sans blague ? Elle ne t'a jamais donné son pendentif de sirène ?

— Non, Mark, répondit Derek en se levant, posant un billet de cent dollars sur la table. Et maintenant, il est presque minuit et je ne vais pas tarder à me transformer en citrouille.

— Raconte-nous la fin de l'histoire, Derek, s'il te plaît ! lança Christian.

— Je viens de vous la raconter ; il n'y a rien de plus. On se voit lundi, au boulot.

Souriant en lui-même, il laissa Mark et Christian qui le maudissaient. Il roula jusqu'à son appartement, se rappelant ce qu'il avait ressenti, au moment où Xenia avait plongé dans la piscine pour n'être plus que de l'écume à la surface de l'eau. Il avait eu du mal à croire qu'elle n'ait même pas voulu prendre sa carte… Puis il avait pris conscience de ce que signifiait le fait de lui avoir donné sa carte : c'était une manière de lui faire comprendre qu'il ne voulait pas la revoir à moins qu'elle ne couche avec lui. La douleur qui lui serra le cœur à l'idée de ne jamais la revoir l'emporta sur la tension physique qu'il ressentait face à l'éventualité qu'ils ne feraient peut-être jamais l'amour ensemble.

Il fit donc la seule chose qu'un homme peut faire quand il aime une sirène qui nage loin de lui : il plongea à sa poursuite.

Même sous l'eau, les yeux de Xenia étaient magnifiques. Elle remonta à la surface à toute vitesse et lui se cramponna au rebord de la piscine.

— Je suis désolé, dit-il. Je suis un imbécile. Je ne peux pas te demander de quitter ta vie ici, mais je ne veux pas te perdre. Alors, restons ensemble et voyons si ça peut marcher entre nous.

— Derek, je ne peux pas être avec toi comme tu le souhaites, tout en restant ici.

— Ça n'a pas d'importance, dit-il, pensant vraiment ses paroles. J'attendrai que tu sois prête. D'ici là, je prendrai juste de nombreuses douches froides. J'ai d'ailleurs déjà commencé. Cette eau est glacée, bon sang !

— C'est pour qu'on ait les tétons en érection, dit-elle avec un sourire malicieux. Tu es vraiment sérieux ?

— Prends tout le temps que tu voudras… Je veux faire partie de ta vie, Xenia. J'ai besoin de toi, mais de la façon qui te convient.

— Moi aussi, j'ai besoin de toi.

— Et moi, j'ai besoin que vous sortiez de ma piscine ! ajouta une voix au-dessus d'eux.

Derek leva la tête et vit Kingsley qui lui lançait un regard furieux.

— *S'il vous plaît,* ajouta ce dernier en français, d'un ton doucereux.

Après s'être séchés, ils eurent une longue discussion avec le maître des lieux. Xenia pouvait continuer à travailler au Fathoms et à voir Derek tant qu'ils ne couchaient pas ensemble. La virginité, au sens purement technique du terme, était suffisante à ses yeux.

— Après tout, je suis français, leur rappela-t-il.

Il consentit également à ce qu'une des autres sirènes s'occupe des massages et des vérifications de virginité, et Derek se réjouissait à l'avance de pouvoir y assister.

— Vous êtes un imbécile, monsieur Prince, conclut Kingsley à l'intention de Derek. Il y a tant de jolies filles en ville qui seraient ravies de se précipiter dans votre lit, et vous renoncez à tout ça.

— Je ne veux pas juste une fille. Je veux une sirène.

Lorsque Derek arriva à son appartement, il souriait encore de l'histoire qu'il avait racontée à Mark et Christian. En insérant la clé dans la serrure, il remarqua une petite flaque d'eau devant sa porte.

Il entra. Xenia l'attendait, portant la jupe blanche et le caraco qu'elle portait le jour où il l'avait vue pour la première fois.

Elle courut jusqu'à lui et l'enlaça.

— Bon anniversaire !

— Un an, dit-il en lui donnant un baiser profond. J'ai l'impression que c'était hier.

— Ce n'est pas le seul anniversaire que nous avons à célébrer, aujourd'hui.

— Ah oui ? Qu'avons-nous d'autre à fêter ? demanda-t-il, jouant avec le pendentif sirène qu'elle portait toujours.

— Ça fait deux semaines aujourd'hui que j'ai donné mon préavis de quinze jours au Fathoms.

Derek la fixa, abasourdi.

— Tu plaisantes ?

Elle secoua la tête.

— Non. Je suis prête. Pas seulement pour toi, mais aussi pour tout le reste. La vie, les études peut-être, bref, le monde réel. Et je suis prête pour ça aussi…

Passant les mains autour de son cou, elle détacha son pendentif de sirène et le déposa au creux de sa main.

— Je ne peux pas accepter un tel cadeau, dit-il d'un ton solennel.

Les yeux de Xenia s'assombrirent.

— Et pourquoi pas ?

— Parce que c'est trop précieux.

— Mais…

— Je te propose un marché, Xenia…

Il glissa la main dans sa poche et en sortit une magnifique bague en saphir et diamants — saphir, la couleur de l'océan et des yeux de Xenia.

Posant un genou à terre, il ouvrit la bouche pour parler, mais Xenia ne lui en laissa pas le temps. Elle se jeta à son cou et sanglota sur son épaule.

— Ça veut dire oui ?

Elle hocha la tête.

— Oui.

— On peut attendre le temps que tu voudras. Pour le mariage. Pour faire l'amour. On fera comme tu voudras.

— C'est toi que je veux, murmura-t-elle tandis qu'il glissait la bague à son doigt. Ce soir…

Derek se releva alors, la prit dans ses bras et la porta jusqu'à sa chambre. Il s'était interdit d'espérer que cela puisse se produire le soir même. L'année écoulée avait été une leçon d'endurance pour lui. Certaines nuits, il ne la laissait pas venir chez lui, car le désir se faisait trop pressant. Mais après quelques mois, elle avait cessé d'être une obsession sexuelle et était devenue son amie la plus proche. Le sexe n'étant pas à l'ordre du jour, ils avaient dû improviser. Ils parlaient pendant des heures, faisaient de longues promenades, ou allaient danser. Il avait appris qu'elle adorait les groupes de rock et en particulier les

Go-Go's, le chocolat blanc et qu'elle parlait le français et le persan couramment. Elle sortait plus souvent. Six mois plus tôt, elle avait commencé à donner des cours de natation dans un club de gym du quartier. Le mois précédent, il avait rencontré ses parents, et elle avait rencontré les siens une semaine plus tôt. Et la semaine suivante, elle rencontrerait enfin Mark et Christian.

Ils n'avaient pas été des saints pendant cette année, bien entendu. Ni son ex-femme, ni même Ireland ne connaissaient son corps aussi bien que Xenia. Ses doigts agiles, ses lèvres pleines et sa langue pouvaient l'envoyer aux sommets de l'extase. Quant à lui, avec sa seule bouche et un doigt, il pouvait faire en sorte qu'elle réveille les voisins. Mais ce soir, il voulait qu'elle réveille la ville entière !

il l'allongea sur le lit et la déshabilla lentement. Même après un an, il n'avait jamais cessé d'être en admiration devant les courbes de son corps. Il embrassa ses lèvres, son cou, ses seins. Elle passa une main dans ses cheveux pendant qu'il prenait un de ses tétons dans sa bouche et caressait son autre sein. Il voulait que leur première fois soit parfaite. Il voulait qu'elle soit trempée, qu'elle meure d'envie de lui.

— Derek, s'il te plaît…, le supplia-t-elle.

— Patience, dit-il d'une voix malicieuse. Tu m'as fait attendre un an. Je peux bien te faire attendre quelques minutes encore.

Toujours habillé, il lui écarta les jambes et s'assit entre ses cuisses. Il commença à la caresser et glissa un doigt en elle. Elle laissa échapper un soupir béat et souleva les hanches pour qu'il puisse aller plus profondément en elle.

Pour la première fois, il inséra un deuxième doigt en elle et sentit une légère résistance.

— Dis-moi si tu as mal, murmura-t-il avec douceur.

— C'est si bon…

Il effleura son bouton et elle laissa sa tête basculer en arrière, toute à son plaisir. Il continua d'aller et venir en elle avec ses doigts. Se penchant sur elle, il lécha la pointe de ses seins et inséra lentement un troisième doigt. Il voulait qu'elle soit au bord de l'orgasme la première fois qu'il la pénétrerait.

— Derek…, gémit-elle.

Il pressa son front contre le sien.

— Xenia, je ne veux pas te faire mal.

Elle lui prit le visage entre ses mains.

— « *A cet instant, ta queue disparaîtra* », commença-t-elle à réciter, plongeant son regard dans le sien. « *Et elle rétrécira pour se transformer en ce que l'humanité appelle des jambes, et tu ressentiras une grande douleur, comme si tu étais transpercée par une épée.* »

— Qu'est-ce que c'est ?

— C'est tiré de *La Petite Sirène*, le conte. C'est ce que ressent une sirène quand elle devient humaine. Une grande douleur. Derek, je suis prête à être humaine…

Il sentit sa gorge se serrer. Dans les yeux de Xenia, il ne vit aucune peur — seulement de l'amour, de la confiance et du désir.

Il l'embrassa, puis se releva et se déshabilla. Une fois nu, il s'allongea sur elle. Elle regarda son sexe en érection et écarta les jambes.

— Je t'aime, murmura-t-il avant d'entrer en elle.

Ce faisant, il eut le souffle coupé. Cela faisait un an qu'il n'avait pénétré une femme, et son cœur battait à tout rompre dans sa poitrine. Il resta immobile en elle quelques instants pour reprendre le contrôle de lui-même.

Il l'entendit alors pousser un petit gémissement.

— Respire, ma chérie, lui dit-il en lui caressant les cheveux. Essaie de respirer.

Xenia hocha la tête et se serra contre lui. Il la prit dans ses bras, lui caressa lentement le dos pour l'aider à se détendre.

— Tu veux arrêter ? lui demanda-t-il, embrassant une larme qui coulait sur sa joue.

— Jamais.

Elle lui sourit, ondulant doucement des hanches, ce qui le fit gémir. Il avait envie de la prendre vite et fort, mais modéra son ardeur. Il caressa son petit bouton, tandis qu'il allait et venait en elle, espérant que le plaisir lui ferait oublier la douleur.

Puis il saisit ses jambes, les écartant autant qu'il put, et continua ses lents mouvements en elle, savourant cette sensation exquise.

Quelques instants plus tard, la respiration de Xenia changea. Il savait depuis longtemps maintenant que lorsque sa respiration s'accélérait, elle était proche de l'orgasme. Tout en restant attentif à ce qu'il faisait, il hâta ses mouvements.

Très vite, elle cria et le serra de toutes ses forces, saisie par un gigantesque orgasme. Il fut à son tour terrassé par une onde de plaisir.

Il resta en elle un moment, l'embrassant sur les lèvres, le visage, le front.

— Ça valait la peine d'attendre si longtemps ? demanda-t-il.

Pour lui, la réponse était oui, sans l'ombre d'une hésitation. Il aurait d'ailleurs volontiers attendu plus longtemps.

— Ça valait tout l'or du monde !

Il apprécia le simple plaisir de rester en elle pendant quelques minutes, et fut surpris quand Xenia lui dit qu'elle voulait refaire l'amour. Après de longs préliminaires, ils refirent donc l'amour, sans la moindre douleur cette fois. Il la prit, allongée sur le matelas, au bord du lit, lui se tenant debout devant. Ensuite, il lui apprendrait la levrette, puis elle viendrait sur lui… Ou peut-être qu'ils commenceraient simplement le *Kama-sutra* au début, essayant les diverses positions, l'une après l'autre.

Il se sentait un peu comme un puceau lui aussi, d'une certaine façon. Jusqu'à ce moment, il n'avait jamais réellement fait l'amour.

Enfin, épuisés, ils s'allongèrent sur le lit, Xenia lovée contre son torse.

— Tu crois que Kingsley viendra à notre mariage ? demanda-t-il, embrassant le tatouage argenté sur l'épaule de la jeune femme.

— Non, mais le connaissant, il pourrait bien essayer de se joindre à notre lune de miel !

Derek rit en lui caressant doucement les seins.

— Vivement la lune de miel ! Tu veux aller à l'océan ?

— Bien sûr, dit-elle, pressant ses fesses contre son sexe en érection. Mais je ne suis pas encore prête pour avoir des bébés.

— Comme tu voudras. On aura un chien, alors ?

— Les chiens ont besoin d'espace.

— Un chat, peut-être ?

— Non, je suis allergique. Alors, pas d'enfant, pas de chien, pas de chat. Hum… Je crois que j'ai trouvé ce qu'il nous faut, dit-elle en se tournant vers lui, un grand sourire aux lèvres.

Même dans la pénombre, il voyait la malice enfantine dans ses yeux. Dans dix ans, il aimerait encore ces innocents yeux couleur de l'océan.

— Quoi ?

Il lui caressa le visage, descendit le long de ses bras et parcourut du bout des doigts le tatouage dessiné sur sa hanche.

— Un poisson !

ALISON RICHARDSON

Le pouvoir des sens

éditions HARLEQUIN

Titre original :
THE BIRTHDAY PRESENT

Traduction française de MARIE PASCAL

83-85, boulevard Vincent-Auriol, 75646 PARIS CEDEX 13.
Service Lectrices — Tél. : 01 45 82 47 47
www.harlequin.fr

Comme toute femme douée de raison et de discernement, je sais les dangers du célibat. De tous les états, c'est celui qui mène le moins sûrement au bonheur et à la santé, et il suffit d'avoir vu un jour la triste mine d'un prêtre scrupuleusement fidèle à ses vœux pour se convaincre des effets néfastes de cette pratique. Mes éclairés lecteurs seront donc surpris d'apprendre que, lorsque survint le jour de mon trente-quatrième anniversaire, deux ans avaient passé sans que j'eusse pris d'amant.

Il est vrai, cela dit, que l'on devient plus difficile avec l'âge, et c'est la seule explication que je puis fournir à cette abstinence anormalement longue. Pendant longtemps, je ne pus trouver aucun homme qui me plût, et, étant de celles qui pensent qu'un vulgaire vin de pays ne saurait jamais remplacer le champagne, je préférai m'abstenir de tout compromis.

Mais à ce point, il me paraît nécessaire de préciser certains détails. A cette époque, je vivais depuis plusieurs années à Munich, et depuis mon arrivée dans cette accueillante cité, ma maison était devenue — si je puis le dire sans craindre de paraître immodeste — l'un des centres de la vie littéraire et philosophique de la ville. Si les hommes intelligents et ambitieux qui se rassemblaient autour de moi n'étaient pas dénués d'intérêt, humainement, les possibilités érotiques de ce cercle laissaient cependant beaucoup à désirer. La plupart des visiteurs réguliers de mon salon étaient de distingués vieillards ou d'énergiques jeunes artistes ou savants. Les premiers ne pouvaient être candidats pour des raisons évidentes, et les seconds, bien que plus appétissants, ne se montraient pas non plus satisfaisants pour une consommation régulière. Cette nouvelle génération romantique était bien trop nerveuse et sensible à mon goût — les jeunes hommes m'ennuyaient, même s'ils me faisaient une cour assidue — et, après quelques années passées à Munich, la seule idée de relever mes jupes devant un nouveau poète, transi et soumis, m'arrachait d'amères larmes de frustration.

Par ailleurs, depuis plus d'un an, ma vie était rendue plus pénible encore par la présence de mon plus grand rival, un Ecossais roué et arrogant répondant au nom de James McKirnan. J'étais, et je le déplore, indirectement responsable de son arrivée en Bavière, car c'était par ma faute qu'il avait dû quitter l'Angleterre.

Quelques années plus tôt, en effet, tandis que je rendais visite à une cousine dans les îles britanniques, ce désagréable personnage avait tenté de me contraindre à l'épouser, et pour me venger, j'avais fait courir à son sujet une rumeur si pernicieuse qu'il ne fut plus jamais accepté dans la bonne société, ni à Londres ni à la campagne. Voyant son ascension compromise, il fut forcé de tenter sa chance sur le continent. Le précédent roi de Bavière avait fait sa connaissance à Paris et, bientôt convaincu de sa perspicacité en matière de philosophie et de technique, il avait pris la ridicule décision de nommer ce vulgaire artisan président de l'Académie royale des sciences de Bavière.

Ainsi, James McKirnan, mon plus farouche ennemi,

était-il à présent bien établi dans la ville où je résidais moi-même, et jouissait pleinement de la position importante qu'il occupait à la cour. Il avait pris l'habitude, par exemple, d'éloigner les jeunes gens de mon salon, ce dont je ne me serais pas souciée outre mesure, s'il n'avait pas toujours choisi comme cibles les plus séduisants et les plus talentueux d'entre eux — bref, ceux-là même qui auraient pu faire d'acceptables amants. Pour résumer, c'était donc largement la faute de James McKirnan si j'entrais dans ma trente-quatrième année dans un état de mélancolie qui ne m'était pas coutumier.

Nous étions en 1799, et l'ensemble de la société munichoise, du reste, était touchée par la mélancolie, car tout le monde attendait avec anxiété de voir de quelle façon Maximilien Joseph, le nouveau roi de Bavière, porterait sa couronne. En fait, mon trente-quatrième anniversaire tombait le jour où Maximilien donnait son premier bal à la cour.

J'arrivai au palais dans une humeur assez morne, attendant peu de la soirée qui s'annonçait. Maximilien était un grand soldat, mais également un homme au caractère austère, et il était peu probable que sa cour offrît les mêmes distractions que celle de son prédécesseur, Karl Théodore, dont les penchants pour les arts, les actrices et l'adultère étaient connus de tous. Etant donné le tempérament du nouveau roi, je ne pouvais m'empêcher de me demander si la Bavière n'allait pas sombrer dans une période aussi pieuse et triste que celle qu'avait traversée la Prusse, sous la férule sévère de Frédéric-Guillaume Ier. Le fait que le roi, veuf depuis peu, fût à ce moment en pourparlers pour choisir une nouvelle épouse ajoutait un peu de sel à ce début de règne, mais il n'y avait pas eu jusque-là d'autre source de bavardages autour de notre nouveau souverain.

Ce premier bal officiel se révéla pourtant une soirée capitale dans ma vie, dans le sens où elle rompit enfin la malédiction qui pesait sur moi depuis deux ans et me conduisit à un tournant de mon existence. Ce changement, et mon bonheur actuel, je les dois entièrement à mon cher cousin Robert, qui, à mon insu, trouva une solution admirable pour me tirer de la sombre monotonie qui accablait alors ma vie. Il choisit l'occasion de cette soirée et de mon anniversaire pour mettre son plan à exécution.

Mais avant de vous parler de l'ingénieux cadeau de Robert, je dois vous en dire davantage sur l'humeur et sur la situation qui étaient miennes avant que les événements ne prissent un tout autre tour, bien plus réjouissant.

La soirée n'avait pas bien commencé. Dès que nous nous fûmes rassemblés dans la salle de bal et que l'orchestre commença à jouer, je sentis une main ferme saisir mon coude.

— Dansez avec moi, comtesse, fit une voix familière et déplaisante.

Les hommes bien éduqués mettent les formes pour exprimer une telle requête, mais James McKirnan, lui, venait de me donner un ordre.

Comme je l'ai dit plus haut, cet homme était un ennemi de longue date, et, depuis que nous nous connaissions, il avait œuvré de nombreuses manières pour s'attirer mon inimitié. Pour ne citer qu'un exemple, il me tendit un jour un piège afin que je sois surprise, par toute l'assemblée d'un salon parisien, en train de lui prodiguer une gâterie, comme on le dit dans les milieux galants. Ce déplorable incident remontait déjà à plusieurs années, et avec l'âge, James avait gagné en subtilité. Il préférait à présent me faire subir des humiliations moindres, comme celle de me contraindre à danser avec lui devant toute la cour en sachant pertinemment combien me répugnaient de telles démonstrations, surtout compte tenu de notre différence de statut — il était, par naissance, un roturier de la plus basse espèce.

Mais malgré tous ses forfaits, je ne pouvais me permettre de me montrer impolie envers lui en public, étant donné le rôle influent qu'il jouait à présent auprès de la famille royale, et le malotru le savait. Ce fut même la raison pour laquelle il me conduisit avec tant d'assurance au centre de la salle. Je ne pouvais donc me soustraire à cette petite comédie, même si je m'employai à y mettre le moins de bonne grâce possible.

Beaucoup d'invitées auraient pu me jalouser de l'avoir pour partenaire — c'était, après tout, un homme vigoureux et dans la fleur de l'âge. Son maintien plein de confiance et de maîtrise, son physique en tout point agréable et le fait qu'il fût un excellent danseur lui donnaient une grande prestance. Ses cheveux blond-roux étaient aussi épais qu'à l'époque de notre première rencontre, alors qu'il n'était qu'un jeune homme de vingt-cinq ans, et sa silhouette n'avait rien perdu en puissance ni en fermeté. Il était très admiré des impressionnables jeunes femmes de la cour et, bien qu'il m'en coûtât de le reconnaître, je ne lui trouvais pas le moindre défaut physique. Il était indubitablement un homme d'une grande beauté.

A mes yeux, toutefois, il n'en était pas moins un individu abominable.

— N'aurai-je donc droit qu'à de noirs regards de votre part, comtesse ? me demanda-t-il de ce ton badin et moqueur qui caractérisait si bien les propos qu'il m'adressait.

Ce disant, il me guidait avec beaucoup d'aisance dans les premiers pas d'un complexe rondeau.

Je lui répondis froidement que si, par le plus grand des hasards, il faisait ou disait quelque chose qui soit susceptible de me faire sourire, je me garderais bien de le lui montrer.

A ma grande surprise, il ne réagit pas à cette raillerie et poursuivit la danse en silence. C'est alors que mon cousin Robert apparut pour me sauver, comme cela avait déjà souvent été le cas.

— Excusez-moi, *herr* McKirnan..., commença-t-il poliment, avant d'expliquer qu'on me demandait en un tout autre endroit du château.

James adressa à mon cousin un regard plein de dédain et d'inimitié — ils étaient eux aussi de vieux rivaux — mais accéda à sa demande sans protestation.

Je supposai tout d'abord que Robert avait agi dans le seul but de me libérer de ses griffes, mais il s'avéra qu'il entendait bien me conduire en un autre lieu.

— Venez, dit Robert, en me guidant par la main hors de la salle de bal. Je sais combien cette foule vous ennuie. J'ai préparé à l'étage quelque chose qui saura mieux vous divertir. Un cadeau pour votre anniversaire...

— Qu'est-ce donc ? demandai-je, intriguée par le léger sourire qui flottait sur son visage.

— Une surprise, se borna-t-il à me répondre, tout en fendant la foule pour me mener vers les pièces les plus privées du château.

En haut des escaliers, je voulus de nouveau savoir ce qui m'attendait — la patience n'avait jamais été ma qualité première — mais Robert se borna à me répéter que je le verrais bien assez tôt.

Je connaissais bien le palais royal, mais mon cousin me fit emprunter un chemin sinueux et erratique.

Nous arrivâmes dans un endroit reculé de l'aile est et il s'arrêta devant une porte close.

— Nous y sommes, dit-il.

Il s'interrompit pour m'adresser de nouveau un léger sourire.

— Avant que vous n'entriez, ma chère Anna, vous devez consentir à une chose…

Il sortit un long rectangle de satin noir de son pourpoint et me le tendit.

— Vous devez mettre ce bandeau et garder les yeux voilés pendant tout le temps que vous resterez dans cette pièce.

— Pourquoi ? demandai-je, hésitant à respecter ces termes, car je voulais voir mon cadeau et ne pouvais me figurer pour quelle raison je ne pourrais être autorisée à le faire.

— C'est la condition du cadeau, m'expliqua-t-il simplement. Je ne puis vous en dire davantage. Si vous ne portez pas ce bandeau, vous ne pouvez pas entrer.

Il agita le morceau de tissu devant moi.

Je lui arrachai et le gardai en main un moment, le faisant glisser entre mes doigts. Puis la curiosité fut la plus forte, et je nouai l'étoffe derrière ma tête.

— Y voyez-vous quelque chose ? demanda Robert.

Je secouai la tête. Le bandeau était assez large et épais pour empêcher toute lumière de passer. Je sentis mon cousin tirer sur le nœud et le resserrer afin que le tissu fût bien plaqué contre mes yeux.

Ensuite j'entendis le léger grincement d'une porte qu'on ouvrait. Robert me fit faire plusieurs pas en avant. Je chancelai légèrement, gênée par ma cécité forcée.

— Et alors ? demandai-je avec empressement. Qu'avez-vous donc pour moi ?

— La chose que vous désirez le plus au monde, chère Anna, répondit-il en prononçant ces mots comme s'ils étaient les plus mordants et les plus spirituels du monde.

Puis il me lâcha la main, me laissant perplexe face à mes interrogations, car je concevais à grand-peine qu'un cadeau — quel qu'il fût — pût tenir une telle promesse.

La porte se referma doucement dans mon dos : mon cousin s'en était allé. Alors que me parvenait le bruit de ses pas qui s'éloignaient, dans la pièce voisine, je perçus le léger cliquetis d'une porte s'ouvrant à ma gauche.

Quelqu'un entra. J'entendis une faible inspiration et attendis dans le noir, sans bouger, d'autres signes à même de me renseigner sur le sort qui m'était réservé.

Une main chaude et large, incontestablement masculine, se posa sur mon épaule et parcourut fermement mon bras nu.

— Bonsoir, dis-je.

Mais l'homme ne me répondit pas.

Il se borna à défaire le premier bouton de ma robe et glissa sa main dans mon dos. Puis il dégagea mes épaules ; aussitôt, l'épais tissu de brocart tomba à terre dans un léger bruissement.

Je n'ai jamais été sujette à l'excitation nerveuse, mais je me trouvai tout à coup dans un état proche de l'évanouissement. L'homme tira fort sur les lacets de mon corset, m'attirant violemment contre son torse, et tout ce que je pus ressentir à travers mes sous-vêtements fut le contact de sa peau chaude contre mon dos et mes fesses. Il était complètement nu et bandait déjà.

Je me demandai un instant si Robert avait loué pour moi les services d'un homme de peu de vertu, mais l'inconnu ne me touchait pas comme quelqu'un qui aurait gagné sa vie de cette manière. Il me touchait comme quelqu'un qui était maître de son propre destin, comme quelqu'un d'audacieux qui ne craignait rien ni personne. Sa bouche ferme et avide parcourait déjà ma gorge, ses mains empoignaient mes seins, les comprimant contre la cage en satin de mon corset, et j'étais encore trop paralysée de surprise pour réagir.

L'homme desserra mon corset et l'ôta d'un geste brusque, qui témoignait de l'impatience qui devait être la sienne.

— Comment vous appelez-vous ? murmurai-je.

— Chuuut, fut sa seule réponse, et la caresse de son souffle contre ma joue me fit vaciller.

Il remarqua ma défaillance ; il me prit dans ses bras, fit quelques pas et me déposa sur une surface moelleuse que j'identifiai aussitôt comme un lit.

Avec les mêmes gestes impatients que ceux dont il avait usé pour me libérer de mon corset, il retira ce qui me restait de vêtements.

Je demeurai étendue le temps de respirer profondément trois fois de suite, attendant que l'homme daignât de nouveau me toucher. Mais pendant un long moment, je ne sentis rien excepté l'air frais de la pièce sur ma peau.

Puis l'homme saisit mes poignets et releva mes bras au-dessus de ma tête, les appuyant contre le matelas, ce qui m'obligea à cambrer le torse. Son souffle caressa alors mon épaule et ma poitrine ; il lécha mon mamelon et le prit dans sa bouche, puis le suça et le taquina d'une langue rapide et vigoureuse, ne s'arrêtant qu'au moment où je me mis à crier et à me tortiller sur le lit, afin de me libérer de l'entrave de ses mains.

Mais déjà sa langue s'enfonçait dans ma fente, et ses mains, au lieu de mes poignets, empoignaient mes cuisses tremblantes.

Soudain, je n'eus pas plus de force qu'une marionnette. J'étais allongée, les jambes ballant hors du lit, tandis que cet inconnu dévorait mon con avec un art auquel n'aurait pu prétendre quelqu'un dont j'eusse payé les faveurs. J'ai toujours pensé qu'une langue experte, capable de contenter une femme, était une qualité indispensable pour un amant et, sur la base de cette seule prestation, j'aurais été heureuse d'offrir à cet inconnu une place dans mon lit chaque nuit.

Après avoir laissé mon sexe si mouillé et gonflé que je le crus prêt à crier pour être baisé, il passa mes jambes autour de ses cuisses et s'introduisit en moi, agrippant mes hanches de ses mains puissantes et guidant mon corps afin qu'il reçût son membre le plus loin et le plus fort possible. Ou sa queue était particulièrement grosse, ou, après cette longue abstinence, mon sexe était redevenu aussi étroit qu'à l'orée de mes seize ans, toujours est-il que je me sentis remplie comme jamais je ne l'avais été. Je n'en ressentis cependant pas la moindre douleur, juste un délicieux étirement ; l'homme me baisa jusqu'à ce que mon sexe se détendît et s'ouvrît totalement, et lorsque je jouis, il me suivit de près, en poussant un cri faible et étouffé qui n'était que le deuxième son que je l'entendais prononcer.

Je demeurai immobile et silencieuse pendant un long moment, mais, dès que je pus de nouveau bouger, je voulus retirer mon bandeau. Maintenant, sans doute, pouvais-je…

— Vous avez promis, murmura l'homme en français, tout en emprisonnant ma main pour retenir mon geste.

Je ne fus pas surprise d'entendre qu'il parlait un français précis et élégant, à peine teinté d'une légère pointe d'accent. J'avais deviné qu'il devait être un aristocrate, et, en Allemagne, tous les nobles parlent le français comme s'il s'agissait de leur langue maternelle.

— Mais pourquoi ne puis-je l'ôter ? demandai-je.

Il serrait mes poignets entre ses mains puissantes, à tel point qu'il m'était impossible de me libérer.

— Parce que, alors, vous sauriez qui je suis, répondit-il.

Sa voix me parut étrangement familière, et le temps d'une seconde, durant laquelle ma confusion fut extrême, je crus avoir deviné son identité. Mais l'homme auquel je songeais parlait un français déplorable et était, qui plus est, un vieil adversaire de mon cousin Robert. J'écartai donc cette idée.

— Je veux savoir qui vous êtes, insistai-je.

Il garda le silence pendant un moment et je crus tout d'abord qu'il allait accéder à ma demande.

— Au revoir, comtesse, dit-il en français.

— Non, je vous en prie ! protestai-je, alors qu'il s'apprêtait déjà à se lever. Restez. Je n'ôterai pas ce bandeau. Ne partez pas.

Je tendis le bras au hasard et ma main entra en contact avec son flanc musclé. M'agrippant à son corps, je me redressai puis m'agenouillai sur le lit.

— Je vous en prie, restez, demandai-je encore, tout en déposant un baiser au hasard sur lui — son torse, reconnus-je, dès que mes lèvres entrèrent en contact avec sa peau tiède.

Il ne cherchait plus à partir, à présent, mais ne s'approchait pas pour autant. Je lui adressai alors à ma manière une prière muette pour le garder auprès de moi, couvrant son torse de baisers, le caressant d'une main fiévreuse.

Lorsque mes paumes trouvèrent son membre, il bandait déjà à demi. Je pris délicatement ses testicules en main et les effleurai d'une bouche de velours. Puis je suçai son gland et léchai sa queue jusqu'à ce qu'elle fût brûlante et dure sous ma langue.

— Baisez-moi encore, le suppliai-je, le visage toujours pressé contre son sexe.

L'homme resta immobile et silencieux pendant que je le caressais, et je craignis qu'il n'eût pas renoncé à partir, malgré la vigueur de son érection.

— Pour l'amour du ciel, baisez-moi encore ! l'implorai-je.

Ma requête lui arracha un grognement semblable à celui d'un fauve affamé auquel une main inconnue aurait tendu un morceau de viande. Il me saisit par les cheveux et tira ma tête en arrière.

— Vous me voulez, comtesse ?

Il embrassa et mordit ma nuque avec une violence nouvelle et tout juste contenue. Ses deux mains se trouvaient à présent enfouies dans mes cheveux, et elles tremblaient.

— Oui, murmurai-je. Oui, je vous veux. Ce que j'ai eu ne m'a pas suffi.

Il me saisit par le bassin avec tant de force qu'il me fit mal.

Puis il me donna ce que je lui avais demandé avec une puissance et une sauvagerie qui me stupéfièrent ; je ne comprenais pas la violence de son désir, mais elle me satisfaisait pleinement.

Cette fois, lorsque nous en eûmes terminé, il me prit dans ses bras et s'allongea tout contre moi, comme s'il était devenu tendre après ce second assaut. Il effleura mes lèvres des siennes et caressa ma gorge et mes seins du bout des doigts. Nous restâmes ainsi, l'un contre l'autre, sans davantage bouger ni rien nous dire, pendant un certain temps.

Malgré son mutisme et ma cécité, j'étais certaine que l'homme qui me tenait entre ses bras était autoritaire et puissant ; j'étais certaine qu'il s'agissait de quelqu'un dont le nom devait être connu dans toute l'Allemagne. Il avait joué le rôle d'un domestique cette nuit, obéissant aux ordres donnés par mon cousin, mais jamais il ne devait revêtir cet habit en plein jour. Les seuls indices à ma disposition pour percer le mystère de son identité se trouvaient sous ma main, et je me blottis davantage contre lui, caressant l'arrière de ses jambes élancées avec la plante de mes pieds. Comme il m'embrassait sur la bouche, je posai les mains sur son torse ; le contact du duvet qui le recouvrait était rugueux et j'appuyai mes paumes plus fermement contre sa peau afin de mieux le sentir — une toison pectorale épaisse, des mamelons fermes et tendus, et toujours, où qu'échouassent mes mains, des muscles saillants et affûtés, preuves qu'il était bien un homme d'action.

— Je veux vous voir me monter, comtesse, finit-il par me murmurer à l'oreille.

Il empoigna mes cuisses de ses deux mains et m'installa à califourchon sur lui.

Privée de la vue, je fus tout d'abord fort peu à mon aise dans cette position, et peinai un peu à trouver mon équilibre, mais il guida sa queue jusqu'à ma fente et me tint fermement en place pendant que je m'empalais sur lui. Bien que cela fût déjà notre troisième étreinte, je pris cet homme en moi avec plus d'ardeur que j'en aavais jamais montré, et mon enthousiasme l'amusa. Je l'entendis plusieurs fois rire tout bas de mes gémissements démonstratifs.

J'étais, je dois l'avouer, *extrêmement* satisfaite de mon cadeau d'anniversaire. Après s'être contentée pendant deux années de godemichés, l'on est pleinement apte à apprécier les charmes d'un homme bien réel. La chaleur est la différence la plus évidente, ainsi que la vigueur de la pénétration, qu'aucune main ne peut simuler. Une vraie queue n'est pas un appendice lâche et artificiel ; elle est solidement fixée et peut être triturée et empoignée sans crainte d'arrachement. Et pendant que vous la baisez, l'homme auquel elle est attachée gémira et vous embrassera avec ardeur — comme l'inconnu le faisait justement à ce moment —, si bien que l'ensemble n'a pas d'égal, à moins que je n'eusse pas encore trouvé l'instrument adéquat.

J'étais si fatiguée et engourdie après cet exercice que je sentis à peine l'homme quitter le lit ; dès que je le supposai parti, je me redressai et l'appelai, bien que ne sachant pas son nom. Comme aucune réponse ne vint, j'arrachai mon bandeau et vis que j'étais seule dans l'une des petites chambres à coucher du palais. Les rideaux des deux larges fenêtres n'étaient pas tirés et le clair de lune se reflétait sur le sol lustré, éclairant la pièce d'une faible lueur. Ma robe gisait, horriblement froissée, à quelques pas du lit. Je me rhabillai, tâchant de me hâter autant que je le pus sans l'aide de ma femme de chambre, et quelques minutes plus tard, Robert apparut à la porte pour me conduire à une sortie de service, devant laquelle nous attendait notre attelage.

Alors que nous nous éloignions du palais, je fus forcée de constater que le seul défaut de ce cadeau résidait dans son caractère éphémère.

Etant donné les circonstances, cette nuit d'amour ne faisait que rendre plus aiguë et douloureuse la conscience que j'avais du désert qui faisait mon ordinaire.

Le lendemain matin, j'avais décidé que la seule solution était de demander à Robert d'arranger une autre rencontre avec cet inconnu. Vu l'indéniable enthousiasme et la remarquable énergie dont il avait fait preuve la nuit précédente, il ne refuserait sans doute pas de réitérer l'expérience.

Pour ma plus grande irritation, pendant les deux jours qui suivirent, Robert refusa de répondre aux billets que je lui mandais, et quand, le second soir, exaspérée, je pénétrai de force chez lui, il demeura introuvable. Quand je les interrogeai sur ses allées et venues, ses domestiques me répondirent avec réticence et de bien évasive manière.

Un tel comportement de sa part était sans précédent. Il vivait à Munich depuis plusieurs années à présent. Il avait jugé plus sage de quitter Paris quand les hordes de sans-culottes avaient pris la déplaisante habitude de couper les têtes des aristocrates et de les planter au bout de piques, et lui et moi avions toujours été très proches. C'est pourquoi je ne comprenais rien à cette disparition soudaine, qui survenait juste au moment où j'avais impérieusement besoin de son aide. Mon impatience était telle que, le matin du troisième jour, je faillis perdre mon calme lorsqu'il fit irruption dans ma bibliothèque juste après le petit déjeuner, sans un mot pour excuser son impardonnable absence.

Je voulus savoir où il avait passé la nuit précédente et, plutôt que de me répondre, il me demanda si j'étais toujours aussi satisfaite de mon cadeau d'anniversaire, à présent que j'avais eu le temps d'y réfléchir.

D'humeur peu badine, je lui dis seulement que son cadeau avait été merveilleux, mais qu'il ne s'agissait pas exactement de la chose que je désirais le plus au monde, comme il me l'avait pourtant promis.

Entendant ma réponse, il sourit de façon énigmatique et rétorqua que je ne devrais pas me montrer aussi péremptoire.

— Et qu'est-ce que, selon vous, je désirerais plus que tout au monde ?

Il me sourit de nouveau et dit :

— La même chose.

Je fus désarçonnée par cette étrange réponse et voulus savoir pour quelle raison il semblait aussi content de lui.

Il ne me fournit aucune explication ; il me demanda seulement si je voulais revoir cet homme.

— Pourrai-je, cette fois, le voir pour de bon ?

— Bien sûr que non, ma chère ! répondit-il. Cela gâcherait tout.

Je ne pensais qu'à cela depuis que l'homme m'avait quittée. S'il insistait pour que j'eusse de nouveau les yeux bandés, je n'allais pas refuser mais, avant d'accepter, je songeai que je pourrais peut-être arracher quelque information sur lui à mon cousin. Cette attitude mystérieuse et réservée ne ressemblait guère à Robert, et j'étais certaine qu'il finirait par consentir à me donner un indice sur l'identité de mon amant inconnu.

J'avais échafaudé quelques théories au sujet de cet homme au cours des deux jours écoulés. Il s'agissait de toute évidence d'un gentilhomme, mais il devait également mener une vie très active. Qu'il fût un militaire était l'hypothèse la plus probable. La fraîcheur et la vigueur de sa condition physique n'étaient en aucun cas universelles parmi les aristocrates, comme l'illustrait Robert lui-même — des années d'une vie toute dédiée aux plaisirs l'avaient doté d'un embonpoint léger.

— Cet homme est officier dans l'armée royale, n'est-ce pas ? demandai-je au détour de la conversation, en observant le visage de mon cousin, à l'affût d'une lueur de surprise qui me confirmerait que j'avais deviné juste.

— Oh non, répondit-il. Vous n'y êtes pas du tout !

Déçue, je hasardai une seconde hypothèse :

— Alors il vit à la campagne, assurément…

Un noble passant le plus clair de son temps à s'occuper de ses terres pouvait aussi être aussi musclé et affûté que l'homme qui avait partagé mon lit trois nuits plus tôt.

— Vous n'obtiendrez aucune information de moi, alors

vous feriez tout aussi bien de cesser là vos tentatives, dit Robert en riant. Sa voiture viendra vous prendre demain soir à 21 heures.

Sur ce, il s'inclina et sortit.

Le lendemain soir, une grande calèche sombre s'arrêta à l'heure dite devant ma porte, tirée par un fier équipage de chevaux noirs. En grimpant à bord, je vis un intérieur luxueusement garni et des sièges tapissés d'épais velours rouge. Tout signe distinctif en avait cependant été banni. S'il y avait eu, un jour, des armes sur la portière, elles étaient à présent recouvertes d'une opaque peinture noire.

Dès que je fus installée, le cocher baissa les rideaux des deux fenêtres et les fixa solidement afin qu'ils ne bougeassent pas.

Ainsi recluse, je n'aurais su dire où l'on me conduisait, mais un long moment se passa — une heure ou même davantage — avant que nous n'atteignîmes notre destination. La durée du voyage ne fit qu'accroître mon excitation et me conforter dans l'idée que mon amant était un noble résidant à la campagne. Cette conclusion ne m'avançait cependant guère : cinquante gentilshommes, au moins, possédaient une propriété située à une bonne heure de voiture de Munich, et la plupart d'entre eux m'étaient inconnus. Sans d'autres indices, mes chances de deviner où l'on m'emmenait étaient donc fort réduites.

J'entendis des branches griffer l'extérieur de la calèche et je supposai que nous étions en train de traverser un bois ou un parc arboré. La voiture finit par s'arrêter et, lorsque j'en descendis, je me retrouvai dans une clairière, devant un petit pavillon clos. Il devait s'agir là d'un recoin secret, niché au milieu d'un jardin : une allée partait vers la droite, menant sans doute au reste du parc, mais les grands arbres qui m'entouraient m'obstruaient la vue, et je ne pus rien distinguer du reste du domaine.

Je m'attendais à ce que l'on me tendît un bandeau, mais le cocher m'ouvrit la porte du petit pavillon sans me bander les yeux. Mon pouls cognait dans mes veines, d'impatience, d'excitation, puis ralentit brusquement sous le coup de la déception. Je venais de pénétrer dans une petite antichambre où seule une très jeune servante m'attendait.

Tous les murs de la pièce étaient tendus de tapis turcs richement colorés qui lui conféraient une extrême chaleur malgré sa grande opulence. Qui que fût mon amant, il était assurément riche.

Au centre de la pièce se trouvait un fauteuil de cérémonie, dont les bras et les pieds étaient ornés de ces symboles égyptiens sculptés très en vogue à la cour et parmi les plus hautes classes ded la société. Plusieurs rangs de perles d'argent étaient délicatement suspendus au dossier, et en travers du siège était posée une fine étoffe de couleur claire, qui oscillait doucement dans les courants d'air entrant par les fenêtres ouvertes.

— *Bit-te,* dit la femme de chambre, en désignant le siège de ses frêles mains.

Elle prononça ce mot de si curieuse façon qu'il ne m'eût pas surpris que son allemand s'y bornât. Elle possédait la sombre carnation des Balkaniques, et je réfléchis s'il n'existait pas, à ma connaissance, quelque gentilhomme autrichien dont les terres auraient été situées à l'est de l'Empire et qui eût pu résider temporairement à Munich. Mais je n'en vis aucun. La femme de chambre n'était pas non plus un indice suffisant pour me permettre de démasquer mon mystérieux amant.

Elle saisit l'étoffe diaphane posée sur le siège et me la présenta. Je vis alors qu'il s'agissait d'une jupe et je compris que les différents éléments disposés sur le siège formaient un costume que je devais passer.

Avec son aide, j'ôtai la robe du soir que j'avais choisie avec soin pour l'occasion et j'enfilai la tenue légère que mon amant avait choisie pour moi. Lorsque la servante eut fini de m'habiller, elle me conduisit par la main jusqu'à un grand miroir afin que je pusse observer le résultat. Le fin tissu de la jupe tombait jusqu'à mes chevilles sans dissimuler les contours de mon corps, et malgré la faible lueur qui régnait dans la pièce, ma peau nue était clairement visible à travers. Les lourdes perles d'argent pendaient autour de mon cou et de ma taille ; sinon, mon torse était nu.

Je ressemblais à une reine d'Egypte comme celles que j'avais pu voir sur les images envoyées d'Egypte par Napoléon.

— *Bit-te.*

La jeune femme prit ma main et me conduisit vers la porte située juste en face de celle par laquelle j'étais entrée. Une fois encore, mon pouls s'accéléra ; j'espérais tomber face à face avec l'inconnu que j'étais venue retrouver... Mais derrière la porte la pièce était vide. Son décor était tout aussi oriental et luxueux que celui de l'antichambre. Son centre était occupé par un lit bas recouvert de coussins, qui me rappela ceux que j'avais vus sur des gravures représentant le harem d'un sultan. Contre le mur, sur une petite estrade surélevée, était appuyé un autre siège de cérémonie, copie conforme de celui qui se trouvait dans l'antichambre.

La servante me conduisit vers le siège et, d'une modeste révérence, m'invita à y prendre place. Puis elle me tendit un bandeau.

— *Bit-te,* répéta-t-elle, avant de s'incliner de nouveau, puis de me laisser seule sur mon trône, et dans le noir.

Je n'eus pas à attendre longtemps. Presque aussitôt la femme de chambre partie, j'entendis une autre porte s'ouvrir, puis quelqu'un se déplacer dans la pièce. Je venais juste de m'avancer sur mon siège, impatiente de sentir la présence de l'inconnu, lorsqu'il posa ses larges mains sur mes joues.

Il m'embrassa à pleine bouche et ce fut là le seul salut qu'il daigna m'accorder. Je ne pris pas la peine de parler, cette fois, certaine de n'obtenir aucune réponse.

Je m'étais demandé comment il me toucherait, lors de cette seconde rencontre, et j'eus ma réponse : ses doigts doux et affectueux parcoururent les courbes nues de mon corps avec une possessive assurance, un peu comme un homme amoureux aurait cajolé sa jeune épouse le soir de leurs noces.

Puis il saisit ma poitrine à pleines mains, fit rouler mes mamelons sous ses doigts, prit l'un d'eux entre ses lèvres, le suça, lécha mon corps comme si ma peau était la plus exquise des douceurs qu'il eût jamais goûtée. Je glissai mes doigts dans ses cheveux et attirai sa tête contre ma poitrine.

— Ne me touchez pas, m'ordonna-t-il alors avec rudesse, dans son plus beau français.

Passé le premier moment de surprise, je reposai mes mains sur le siège, obéissant à son injonction.

Il craignait peut-être que mes mains, mieux préparées, ne me permissent de deviner son identité, qu'auraient pu trahir la texture de ses cheveux ou la forme de sa mâchoire…

Quelles que fussent ses raisons, il voulait que je restasse immobile sur mon siège pendant qu'il me touchait.

Il s'avéra bientôt que le costume que je portais ne servait

pas seulement à me couvrir, car l'inconnu faisait à présent rouler les perles de mon collier sur mes mamelons dressés et sensibles. Le contact de ces petites boules froides sur ma peau me fit frissonner, et je ne pus me retenir de rire, charmée par une si belle idée.

Mon amant avait à présent posé ses mains sur mes cuisses ; il les caressait et les pétrissait, tout en relevant lentement ma jupe vaporeuse et en ouvrant mes jambes jusqu'à ce qu'elles fussent tout à fait écartées et appuyées contre les bras du fauteuil. Puis il tira doucement sur mes genoux afin de faire avancer mes fesses, rendant mon sexe plus accessible à ses caresses.

Je sentis alors le contact froid de l'une des grosses perles d'argent que je portais à la ceinture. Il se mit bientôt à souligner les contours de mon sexe à l'aide de cette boule métallique : il la fit glisser le long des replis de mes lèvres, traça des cercles au bord de ma fente brûlante, d'abord doucement, puis de plus en plus fermement et, soudain, il enfonça la perle en moi.

Je gémis de plaisir et m'avançai davantage, tendant le bassin afin de rendre le jeu plus aisé encore. L'une après l'autre, il introduisit lentement en moi quatre perles, qui élargirent mon sexe et le remplirent, m'arrachant des soupirs d'extase chaque fois que je remuais les hanches.

Je me trouvais dans un tel état d'excitation que le tissu de soie recouvrant le siège était désormais trempé. A chaque mouvement que je faisais, les perles glissaient et frottaient contre les parois intérieures de mon sexe. Bientôt…, songeai-je. Bientôt, il me porterait jusqu'au lit et me pénétrerait pour de bon.

Au lieu de cela, l'inconnu posa fermement ses mains sur mes seins, entre lesquels il coinça sa queue. Ma peau était trempée de sueur et son membre durci glissa facilement d'avant en arrière dans ce sillon brûlant, se frayant un passage sous les multiples rangs de mon collier d'argent.

Cela ne prendrait plus longtemps, me promis-je, avant qu'il ne me baisât.

C'est pourquoi, lorsqu'il recula, je me cambrai et écartai les cuisses, prête à le recevoir. Mais ce fut contre ma joue que je sentis bientôt sa queue. Je répondis à cette sollicitation en ouvrant la bouche. Aussitôt, il me saisit fermement par les bras et m'aida à m'agenouiller sur mon siège afin d'enfoncer le plus profondément possible son membre en moi.

Les grosses perles étaient toujours dans mon sexe, et elles roulaient délicieusement tandis que j'oscillai au rythme de ses va-et-vient. Je crus presque qu'elles allaient me conduire à l'extase. Je frottai ma langue contre sa queue, espérant l'entendre gémir et obtenir ainsi l'assurance que ce que je lui faisais lui plaisait.

Il ne gémit pas, mais il finit par respirer bruyamment et se retirer de ma bouche, comme s'il craignait de ne plus pouvoir se retenir très longtemps.

Maintenant, me dis-je en me rasseyant. *Maintenant, il va me prendre.*

L'inconnu écarta mes jambes et les cala sur les larges accoudoirs du siège. Puis, très doucement, il retira le collier de mon sexe. Les perles sortirent une à une, écartant ma fente en une série de vagues successives qui se répercutèrent en moi comme un orgasme.

Bientôt, songeai-je de nouveau. *Maintenant, peut-être même…*

Je sentis quelque chose de dur se promener sur les lèvres de mon sexe, mais ce n'était pas sa queue. L'objet était déjà à demi enfoncé lorsque je compris qu'il s'agissait d'un godemiché métallique que mon amant maniait sans me toucher du tout. A aucun moment je ne sentis la pression de ses doigts chauds, seulement l'intrusion solide et dure de ce nouvel accessoire.

Ce fut une véritable punition de sentir ce métal froid à l'intérieur de mon sexe douloureux d'avoir trop attendu, alors que, tout ce que je voulais, c'était la chair ferme et chaude de celui pour lequel je me languissais, et mes propres gémissements de frustration parvinrent à mes oreilles comme un murmure lointain et distant. Il fit aller et venir le godemiché dans ma fente, et une fois que la moiteur de mon sexe l'eut bien lubrifié, il l'introduisit lentement dans mon cul.

J'éprouvai une sorte de soulagement à sentir le long accessoire entre mes fesses. Tout en l'utilisant d'une main, mon amant cajolait mes seins de l'autre.

Mais c'était sur mon sexe que je la voulais, cette main, et je m'arrachai du cône métallique d'un mouvement si vif que mon sexe vint frotter contre son bras tendu. En guise de réponse, il me maintint fermement pour m'empêcher de bouger, et me baisa plus fort avec le godemiché ; sa main libre serrait ma cuisse comme un étau, et le métal allait et venait sans répit dans mon anus dilaté, selon un rythme de plus en plus rapide.

Puis je sentis le souffle de l'inconnu caresser mon sexe, la pression de ses lèvres contre mon clitoris, et je jouis de façon soudaine et brutale.

Mon amant ne m'abandonna pas immédiatement. Il caressa mes cuisses tremblantes et déposa un baiser sur mon front, mais avant que j'eusse recouvré mes esprits il avait disparu et, une fois de plus, j'arrachai mon bandeau pour me retrouver seule dans une pièce vide.

Je n'aurais jamais cru possible qu'un orgasme pût être à la fois si puissant et si insuffisant !

Je passai le trajet du retour dans un état d'agitation plus grand encore que celui qui avait été le mien avant cette entrevue, et mon insatisfaction grandit à chaque lieue qui m'éloignait un peu plus de ce mystérieux pavillon de campagne.

Je devais pourtant reconnaître que ce jeu de séduction avait été parfait de bout en bout. Il était peut-être ingrat de ma part d'en vouloir à quelqu'un qui m'avait procuré autant de plaisir, mais néanmoins je lui en voulais. Pourquoi cet entêté ne voulait-il pas que je visse son visage ? Et pourquoi me torturait-il sans pitié, me refusant la chose que je désirais le plus au monde, le contact de ses hanches battant mes cuisses ?

S'il n'avait mis autant de raffinement à me faire jouir, je n'aurais jamais accepté de revoir cet arrogant démon, quel qu'il pût être. Mais ma frustration était telle qu'elle ne fit qu'alimenter mon désir, ce qui était sans aucun doute le but recherché car, même durant ces premiers moments d'indignation, je ne pensais qu'à notre prochaine rencontre, où il me donnerait sûrement ce qu'il venait de me refuser. En bref, je brûlais de le revoir.

Nous fûmes bientôt devant chez moi, et le cocher me tendit un billet au moment où je descendis de la calèche.

La semaine prochaine ; même jour, même heure.

Je me réveillai le matin de notre nouveau rendez-vous impatiente et nerveuse, et décidai de passer la journée dans les jardins du palais pour occuper mon esprit. A dire vrai, j'avais de bonnes raisons de me rendre à la cour, car ma cousine au second degré, Louise de Saxe, figurait depuis peu en bonne place parmi les épouses potentielles du nouveau roi, et il était dans mon intérêt que pareille éventualité se concrétisât. Ce n'est jamais une mauvaise chose que d'avoir un de ses proches parents sur le trône.

Malheureusement, je n'eus pas l'occasion de plaider ma cause auprès du roi car, en arrivant dans les jardins, je trouvai le nouveau souverain en pleine conversation avec mon rival, James McKirnan.

Lorsque je demandai à deux dames qui passaient par là ce dont parlaient les deux hommes avec autant de concentration, elles me répondirent qu'une nouvelle candidate, anglaise, était venue s'ajouter à la liste des reines potentielles, et qu'elle était même à présent la favorite, si bien que James avait été désigné pour tenter de convaincre le roi.

J'avais espéré trouver une diversion plaisante dans les intrigues politiques ; au lieu de cela, je fus une nouvelle fois forcée d'observer l'agaçant individu dont la présence à Munich avait été pour moi une constante épreuve. Pour réfléchir au moyen de me venger, je m'assis sous une petite tonnelle isolée, aspirant tout à coup à la solitude.

Malgré mes efforts, je ne trouvai aucun moyen d'attaquer James directement, car sa position auprès de la famille royale semblait s'affermir un peu plus chaque jour. N'étant pas du genre à gaspiller vainement mon énergie, je décidai de remettre ma vengeance à un jour prochain, quand mon esprit serait plus clair, et laissai mes pensées se tourner d'elles-mêmes vers l'homme que je devais rencontrer le soir même.

Depuis la tonnelle où j'avais trouvé refuge, je jouissais d'une excellente vue sur l'ensemble des jardins et, regardant les gens qui s'y promenaient, je recommençai à spéculer sur l'identité de mon amant. Plusieurs hommes, grands et bien faits, foulaient les vertes pelouses, et ce fut un jeu amusant que d'imaginer que l'un d'entre eux pût être l'homme que je rencontrais en secret. Une activité ma foi très divertissante !

J'observai donc les hommes qui se baladaient alentour, les imaginant tour à tour me déshabiller et me baiser avec talent et ardeur, la nuit de mon anniversaire. Une image changeante de mon amant inconnu s'installa alors, tremblante, dans mon esprit. Je le voyais tantôt brun, tantôt blond, d'abord avec le sourire arrogant d'un duc en visite au palais, ensuite avec le fier maintien d'un général très admiré. Même le roi, songeai-je avec amusement, correspondait au profil du mystérieux personnage que je rencontrais ; il possédait la même silhouette athlétique et élancée.

Ma rêverie fut interrompue par la dernière personne au monde à qui je souhaitais parler.

— Quelle joie de vous voir sourire, comtesse ! déclara James McKirnan, en s'asseyant à côté de moi, faisant ainsi preuve d'une familiarité fort déplaisante. Je n'en ai pas souvent eu l'occasion depuis mon arrivée à Munich. Quelle est la cause de votre bonne humeur ?

— Vous devez être fatigué, dis-je, éludant sa question, d'avoir tant gaspillé votre salive à vanter les vertus des Anglaises auprès du roi.

— Sa Majesté m'a semblé très intéressé par les charmes que peut offrir mon île natale, répondit James sur le ton de la confidence, et je vis s'amenuiser les chances de ma cousine Louise à mesure que son regard devenait de plus en plus arrogant. Une reine anglaise serait l'idéal pour insuffler un vent de liberté nouveau à cette vieille cour continentale, poursuivit-il. N'êtes-vous pas de cet avis ?

Je lui répondis qu'il était ridicule de croire que le roi pût épouser une protestante, et il me rétorqua qu'il était plus ridicule encore de croire qu'il pût choisir ma cousine, originaire d'un royaume dont l'influence était si peu prépondérante en Europe.

— Cela vous ferait le plus grand bien de ne pas obtenir gain de cause pour une fois, comtesse, ajouta-t-il.

Je lui rappelai que, depuis son installation à Munich, son mot d'ordre semblait avoir été que j'obtinsse gain de cause le moins souvent possible, et il me répondit d'un ton doucereux qu'il était ravi de constater que ses efforts à mon endroit ne m'avaient pas échappé.

Je me levai alors brusquement et lui dis que ses insultes ne resteraient pas sans réponse, mais, avant que je pusse m'éloigner, il attrapa ma main pour y déposer un baiser un peu rude.

— J'y compte bien, répondit-il en affichant le plus arrogant des sourires.

Je me promis de ne pas le faire attendre trop longtemps.

Cette nuit-là, je fus de nouveau conduite au pavillon de campagne, et lorsque le cocher m'accompagna jusqu'à l'entrée sans me bander les yeux, je fus très surprise. Quand je vis que la porte conduisant à la chambre était ouverte, je me dépêchai d'entrer, espérant que mon amant m'attendait, à visage découvert.

Plutôt que d'être accueillie par l'obscurité, je pénétrai cette fois dans une pièce où régnait une lumière aveuglante. Mon premier réflexe fut de porter mes mains à mes yeux. Dès que mon regard se fut accommodé à cette vive luminosité, je me rendis compte que je me trouvais dans le faisceau d'une puissante lampe à gaz, semblable aux ingénieux dispositifs dont on se sert pour éclairer les chanteurs sur la scène de l'Opéra.

A côté de la lampe se tenait un homme.

Je fus tout d'abord déçue. L'homme qui me faisait face

était certes beau, mais très jeune ; il n'avait sans doute pas dépassé les vingt-cinq ans. Il me salua d'un hochement de tête nerveux et déférent, et semblait ne pas savoir que faire de ses mains.

Mon âme tout entière se révolta à l'idée que la réponse au secret pût se trouver là, dans ce jeune homme qui n'aurait rien été qu'un timide admirateur de plus.

Puis mes yeux s'habituèrent tout à fait à la lumière, et je remarquai qu'il y avait un deuxième homme dans la pièce.

Le jeune homme se tenait devant un chevalet, lequel était éclairé par son propre candélabre, tandis qu'en retrait, dans l'ombre, se trouvait l'autre, assis sur le siège majestueux où j'avais pris place la dernière fois. Sa tête et son visage étaient cachés par la pénombre et par un manteau noir à capuchon.

La vue de mon amant ne m'apprit rien que je ne sache déjà : il était grand, bien bâti, d'une silhouette athlétique. Néanmoins, le voir de mes propres yeux, même imparfaitement, me fit frissonner.

— Déshabillez-vous, comtesse, me dit-il dans son français châtié. Giovanni est venu faire votre portrait.

Le peintre italien m'adressa alors un étrange sourire.

L'ignorant, je fixai l'homme assis et commençai à me déshabiller, en étudiant les contours de sa sombre silhouette, dans l'espoir de surprendre l'une ou l'autre de ses réactions. Il ne bougea pas, mais sa tension était palpable malgré la distance qui nous séparait ; il me regardait sans broncher, la moitié inférieure de son visage dissimulée derrière l'une de ses mains.

— Allongez-vous sur le lit, dit-il brusquement, lorsque j'eus fini de me déshabiller.

Je m'étendis sur un côté, de façon à pouvoir continuer à le regarder dans ce mélange d'ombre et de lumière, et, pendant un long moment, la pièce ne fut emplie que du bruit irrégulier et à peine perceptible des coups de crayon et de pinceau du jeune artiste.

J'avais déjà posé pour des portraits, et je restai absolument immobile, mais mon corps, privé du contact de mon amant, réclamait mes propres mains en guise de substitut. En plein tourment, je fixai la pénombre, mourant d'envie de toucher ma poitrine ou de me caresser.

Comme s'il avait lu dans mes pensées, l'homme dit, d'une voix grave et rauque :

— Ecartez les cuisses, comtesse.

Je m'exécutai.

— Touchez-vous.

Sachant que le jeune peintre me regardait aussi, j'eus un instant de pudeur en approchant les mains de mes cuisses, mais je gardai les yeux fixés sur la silhouette assise de mon amant, et commençai de me caresser à gestes lents.

Je bougeai les doigts précautionneusement, dessinant des cercles autour de mon clitoris, avec juste assez de pression pour apaiser ma tension, mais pas davantage. Je n'avais pas l'intention d'aller jusqu'à l'extase ; dans un sursaut de fierté et de rébellion, je décidai que je préférais demeurer insatisfaite que d'offrir à cet inconnu le spectacle de mon orgasme quand il n'avait rien fait pour le mériter, à part rester assis, de si minérale et tentatrice manière, sur un siège situé à l'autre bout de la pièce.

Contre toute attente, il remua sur son siège.

— Dites-moi ce que vous ressentez, comtesse.

— J'ai désespérément envie de vous, murmurai-je en guise de réponse.

Soudain, la vive lumière disparut. Sans la chaleur de la lampe, l'air nocturne devint plus froid sur ma peau rougie.

L'homme encapuchonné avança vers moi, à peine visible

à mes yeux éblouis ; je l'entendis davantage que je ne le vis s'approcher du lit.

— Observe-la attentivement, ordonna-t-il à l'artiste. C'est exactement cette expression que je veux.

Je me rendis compte, alors que mes yeux commençaient à recouvrer leur acuité normale, qu'un mince rayon de lune traversait le lit, de sorte que mon visage et mes épaules étaient toujours éclairés.

Mon amant s'était placé judicieusement. Tournant le dos à la lumière, il n'était qu'une ombre me surplombant. Je ne pouvais rien deviner de la forme de son visage sous son capuchon ; j'étais d'ailleurs presque certaine qu'il était masqué. J'y voyais suffisamment à présent pour dire qu'il était vêtu de noir de la tête aux pieds, et lorsque ses mains se posèrent sur mes genoux, elles étaient gantées de cuir. Il ne voulait me révéler aucun indice, si minime fût-il, susceptible de dévoiler son identité.

J'espérais, lorsqu'il se pencherait pour m'embrasser, surprendre quelque petit détail qui m'eût indiqué si ses cheveux étaient clairs ou foncés, son menton pointu ou carré.

Il ne se pencha pas vers moi ; il tendit le bras et caressa mon sexe de sa main gantée, m'observant depuis le bord du lit.

J'entendais la respiration laborieuse du jeune artiste à quelques pas de moi, et j'étouffai le gémissement plaintif qui me vint aux lèvres. L'homme retira sa main et la porta à sa ceinture, qu'il défit ; la forme pâle de sa queue se détacha alors sur le tissu noir de ses vêtements.

Son membre rigide dessinait une tache de lumière dans l'obscurité qui m'entourait. Il m'attrapa par les hanches et m'attira au bord du lit ; je passai mes jambes autour de sa taille et il enfila sa queue en moi, très progressivement, pendant que je me contorsionnais, en tendant le bassin afin qu'il fût plus vite à moi et en moi.

Comme s'il voulait laisser à l'artiste qui nous observait le temps de bien faire son travail, il me baisa avec une lenteur telle qu'elle me mit en transe, et je haletai, le souffle court, alors que sa grosse queue allait et venait en moi avec la patiente régularité d'une machine.

Nous continuâmes ainsi pendant une demi-heure au moins, tandis que le jeune artiste travaillait fiévreusement à sa toile. Mon amant avait trouvé le rythme adapté à ses desseins : il me prenait avec une lenteur qui n'aurait en aucun cas pu me conduire à l'orgasme, mais ses mouvements calmes et continus me maintenaient dans un état d'excitation presque intolérable.

Si bien que je me crus prête à sombrer dans la folie s'il devait me faire attendre davantage. Mes gémissements se firent de plus en plus suppliants et des soubresauts m'agitèrent.

— Laisse-nous, dit brusquement l'homme à l'artiste, et je sus, de façon instinctive, que c'était parce qu'il ne voulait pas que le jeune homme me vît jouir.

Une fois le peintre parti, il se mit à me baiser avec plus d'ardeur. Des vagues brûlantes, trop longtemps contenues, déferlèrent alors en moi avec la violence d'un raz-de-marée et me submergèrent, me laissant dans un tel état d'hébétude que je ne sus pas si mon amant avait joui avec moi.

Dans la pénombre, je parvins à saisir sa main, alors qu'il se retirait.

— Restez avec moi, implorai-je.

Il laissa un moment sa main dans la mienne, comme s'il était sur le point d'accepter mon invitation, mais, bien vite, il quitta la pièce d'un pas si rapide et décidé qu'il me fut impossible, dans l'extrême confusion qui était la mienne, de le suivre.

Je me laissai choir en travers du lit, en proie à un sentiment d'inconsolable solitude.

Afin que mon lecteur ne se méprenne pas sur mon état d'esprit, je dois balayer d'un revers de main toute suspicion selon laquelle j'eusse été en train de tomber amoureuse de cet inconnu. Certes, le roman de Gœthe a rencontré ces dernières années beaucoup de succès en Europe, mais les affres à la Werther ont plutôt tendance à m'exaspérer. Ce genre d'amour exalté peut, certes, se révéler un outil précieux pour qui souhaite exercer un certain contrôle sur les hommes, mais une femme est stupide si elle se laisse bercer par ce genre d'illusions. Cependant, mis à part le fait que je ne sois pas certaine qu'il fût possible de tomber amoureuse d'un homme sans visage, je dois admettre que l'inconnu tissait tout autour de lui une toile de mystère et de plaisir si savante, si complexe, que je n'étais pas, en sa présence, totalement maîtresse de mes sentiments. L'exercice des passions animales, je l'ai toujours pensé, doit rester guidé par la raison, mais lorsque l'on se trouve confronté à une intense stimulation, il est parfois difficile de demeurer aussi calme et objectif qu'on l'aimerait, et c'était exactement la position délicate dans laquelle je me trouvais.

Ce ne fut qu'après avoir quitté le pavillon de campagne que je songeai à me demander pourquoi cet homme pouvait vouloir un portrait de moi.

La réponse qui s'imposa à moi fut désolante. J'avais entendu un jour l'histoire d'un Français du siècle passé qui possédait une galerie de portraits représentant toutes les femmes qui avaient été ses maîtresses et, en y réfléchissant davantage, je me rendis compte que je n'étais sans doute pas la première à être conduite dans ce mystérieux pavillon au mobilier si élégant et opulent. J'étais, plus vraisemblablement, une parmi d'autres — beaucoup d'autres, même — et, en quelques semaines de temps, mon amant se lasserait de ce jeu et trouverait un nouvel objet pour nourrir son plaisir. La pensée qu'il pût me congédier du jour au lendemain me rendit malade de jalousie et de déception.

Toutes ces pensées m'assaillirent en un laps de temps très bref, puisque je me trouvais encore devant le pavillon, à attendre que le cocher eût terminé de passer la bride aux chevaux.

Je remarquai alors que la portière de la calèche portait une longue éraflure que je n'avais pas vue auparavant, sans doute le résultat de la griffure d'une branche dans le parc que nous avions traversé à l'aller.

Quelque chose me poussa à m'approcher pour examiner cette marque de plus près, et ma curiosité fut récompensée. A l'endroit où la peinture était abîmée, je vis des traces de couleur ayant appartenu à l'ancien décor, dans lesquelles je reconnus avec certitude les restes des armoiries qui avaient orné la portière avant qu'elle eût été repeinte pour son usage actuel. L'austère et anonyme peinture noire la recouvrant commençait par ailleurs à s'écailler sur une partie du motif. Je m'empressai de retirer une épingle de mes cheveux et m'en servis pour faire sauter un autre morceau de peinture, un peu plus large, consciente que j'avais enfin trouvé la clé que je cherchais.

Dans le clair de lune, je découvris, stupéfaite, un fragment d'écusson à damier bleu et blanc.

C'étaient les armes des Wittelsbach, rois de Bavière !

*
* *

Une semaine plus tôt, j'aurais été heureuse d'apprendre que j'étais la maîtresse du roi, ou peut-être de l'un de ses frères, mais après les conclusions fâcheuses auxquelles j'étais parvenue, je n'étais pas contente d'avoir découvert cet indice, car il ne faisait que confirmer mes craintes, à savoir que je n'étais qu'un divertissement passager.

Quel que fût le membre de la famille royale qui avait jeté son dévolu sur moi, il n'avait certainement pas l'intention de me révéler sa véritable identité, et, bientôt, je me retrouverais sans amant, à devoir me contenter de nouveau de la maigre pitance dispensée par les cercles littéraires munichois.

Confrontée à cette morne réalité, je résolus, au moins, de m'attaquer à ce qui gâtait ma vie tout autant que mon abstinence forcée, à savoir l'impardonnable arrogance de James McKirnan ! Comme je ne trouvais aucun plan convaincant, je me mis à prospecter au hasard, à la recherche d'un point de départ. Au bout de quelques jours, mes efforts portèrent leurs fruits.

Suivant l'idée que toute information pouvait se révéler utile, j'avais chargé le plus charmant et entreprenant de mes valets de pied de séduire l'une des servantes de James, et ce loyal jeune homme revint bientôt à moi porteur d'un rapport dont le contenu me combla d'aise.

James, semblait-il, avait tenu dans sa propriété d'étranges réunions, au cours des mois écoulés. Un groupe d'hommes se rassemblait chez lui une fois par semaine et, les soirs où avaient lieu ces rencontres, les domestiques recevaient l'ordre de ne pas quitter les cuisines. Depuis leur retraite, à l'arrière de la maison, ils entendaient les allées et venues des calèches dans le parc. Ils entendaient également les mystérieux convives se saluer et s'apostropher dans une langue étrangère. La jeune servante ignorait de quelle langue il s'agissait ; le majordome, lui, homme d'une certaine instruction, prétendait que c'était du grec.

Pour ma part, la signification de ces événements étranges m'apparut sur-le-champ : James appartenait à une fraternité secrète ; les formules en grec faisaient sans aucun doute partie d'un rituel. Cette nouvelle me transporta de joie, car j'avais à présent en ma possession tous les éléments dont j'avais besoin pour éradiquer mon plus vieil ennemi de mon existence une fois pour toutes.

Depuis les derniers bouleversements survenus en France, tous les souverains germaniques avaient développé une sainte horreur des sociétés secrètes, et voyaient dans chaque loge maçonnique un bataillon de révolutionnaires potentiels. Si le cercle secret auquel appartenait James était découvert, il serait aussitôt conduit à la ruine et à l'humiliation publique, et devrait quitter la Bavière en disgrâce.

Dès que mon précieux valet de pied m'eut fait son rapport, j'écrivis une lettre au premier ministre du roi, dans laquelle je lui révélai ce que je venais d'apprendre, réconfortée à l'idée de voir bientôt prendre fin l'une au moins des deux malédictions qui pesaient sur mon existence.

Malgré la perspective plaisante de l'imminent exil de James, j'arrivai la semaine suivante au pavillon de campagne dans un profond abattement. Je trouvai la jeune servante en train de m'attendre dans l'antichambre, comme lors de ma première visite.

A sa vue, la jalousie me submergea. Bien que la dépassant en rang, je n'étais qu'une visiteuse passagère, l'une des nombreuses femmes qu'elle avait conduites jusqu'à cette chambre, tandis qu'elle — la jolie étrangère — faisait partie de la maison et partageait selon toute vraisemblance le lit de mon amant quand il n'y avait personne d'autre pour l'occuper.

Cette idée m'incommoda tant que je ne pus penser à rien d'autre pendant que la servante me menait à travers les pièces. Je lui adressai, dans son dos, un regard haineux pendant qu'elle ouvrit la porte ; lorsqu'elle s'effaça pour me laisser entrer, je passai devant elle avec froideur et mépris, et je pénétrai dans la chambre faiblement éclairée.

Dans mon égarement, je ne pensai pas à prêter attention à la pièce au moment où j'aurais pu le faire, et lorsque la porte se referma derrière moi, je restai un moment dans le noir, sans rien voir du tout. Puis mes yeux commencèrent à s'habituer à leur nouvel environnement, et je me rendis compte que l'endroit n'était pas plongé dans l'obscurité complète. Une fenêtre était ouverte et un faible rayon de lumière baignait un coin reculé de la chambre. Grâce à ce faible éclairage, je devinai les contours des meubles et traversai pour aller m'asseoir sur le bord d'un lit bas, me demandant quel jeu mon amant avait imaginé pour ce soir-là.

Je sursautai lorsque je sentis une main se poser sur mon épaule. J'avais supposé que la forme indistincte que j'avais vue sur le lit était un amas de coussins. Pas du tout…

L'homme s'amusa de ma surprise.

— N'aviez-vous pas deviné que je vous attendais ici, très chère ? demanda-t-il. Pour ma part, je vous vois très clairement.

Cette prolixité inattendue, ainsi que l'affectueuse chaleur de son ton, me déroutèrent. Prise de court, je ne trouvai aucune réponse qui me vînt spontanément.

Il sentit que quelque chose n'allait pas.

— Qu'y a-t-il donc qui vous tracasse ce soir, comtesse ?

Je commençai par formuler la plus récente de mes craintes :

— Cette fille..., dis-je. La servante qui me conduit jusqu'ici... Partage-t-elle aussi votre lit ?

Bien qu'il n'y eût personne pour nous entendre, nous parlions tous deux à voix basse.

Il rit doucement à ma question.

— Je fais parfois usage de sa chatte, il est vrai. C'est une fille gentille et accommodante. Pourquoi m'en priverais-je ? N'avez-vous pas toujours fait de même, lorsque vous aviez un domestique qui vous plaisait ?

Je détournai le visage, les yeux assaillis par de brûlantes larmes de colère.

— Allons, comtesse, me cajola-t-il. Ne soyez pas fâchée ! Je n'ai plus eu d'autre femme depuis le premier soir où vous êtes venue. Etes-vous contente de l'apprendre ?

Je l'étais, mais ce fut le contact de ses mains autant que ses mots qui m'apaisèrent et, me calmant peu à peu, je le laissai me prendre dans ses bras. La tête posée contre sa poitrine, j'entendais son cœur battre avec une sereine et réconfortante régularité.

— Qui êtes-vous ? murmurai-je, espérant que dans cette humeur que je ne lui avais encore jamais vue, il accepterait de se confier à moi.

Pour une raison connue de lui seul, il rit de nouveau. Un rire assourdi, comme nos voix, mais que je sentis néanmoins sous mes mains comme un grondement profond et satisfait.

— Je suis un admirateur de longue date, répondit-il.

— Pourquoi refusez-vous de me révéler votre nom ?

— Vous êtes le joyau le plus précieux que compte l'Europe entière, murmura-t-il. Ce serait une insulte que de vous courtiser de façon habituelle et banale.

Il s'agissait là de la plus extravagante des flatteries, et j'aurais dû la trouver ridicule, mais le sortilège de sa voix et de l'obscurité était si puissant que ces mots me mirent hors d'haleine.

— Vous devez comprendre..., poursuivit-il. Vous coucher dans mon lit n'est pas mon seul but. J'ai l'intention de vous avoir tout entière pour moi seul. Quand je serai sûr que vous m'appartenez, alors je vous dirai qui je suis.

Sa proposition me fit grande impression, étant donné les indices que j'avais réussi à glaner sur lui. Car, malgré toute mon ambition, je n'avais jamais imaginé épouser un jour un membre d'une famille régnante. Veuve depuis de nombreuses années, je n'avais jamais songé à prendre un nouvel époux.

— Je n'ai jamais eu l'intention de me remarier, dis-je d'une voix faible.

— Ce n'est pas un secret. Mais à quoi vous sert-elle, cette belle liberté à laquelle vous semblez tant tenir ? Que vous apporte-t-elle, à part le droit de vous ennuyer en compagnie de jeunes gens fats ?

Il y avait du bon sens dans ce qu'il me disait, et sa queue qui frottait contre ma jambe conférait plus de poids encore à ses arguments.

— Nous serions heureux ensemble, tous les deux, murmura-t-il. Vous seriez plus heureuse que vous ne saurez jamais l'être avec votre écurie d'admirateurs falots.

Il posa sa bouche sur la mienne avec cette assurance naturelle qu'il possédait même dans l'obscurité, et ce furent les derniers mots qu'il prononça ce soir-là, jusqu'à ce qu'il me dise au revoir quelques heures plus tard.

Je passai les jours suivants dans un état de vive fébrilité. Notre dernière rencontre m'avait rendue certaine que mon amant était l'un des frères du roi plutôt que le roi en personne — car je n'avais pas le pedigree requis pour faire une reine — et l'un ou l'autre aurait fait un parti magnifique. Je ne les avais vus que brièvement et je n'aurais su dire auquel allait ma préférence. Aucun détail en particulier ne m'avait frappée chez l'un comme chez l'autre, mais j'avais le sentiment que tous deux — que ce fût Carl Frédéric ou Carl Auguste — possédaient le mélange de caractère et de sensibilité que j'avais observé chez mon amant. Je ne me trompais donc pas : je deviendrais bientôt un membre de la famille royale, et James McKirnan allait quitter Munich sous le coup d'une terrible disgrâce. Je n'avais que très rarement regardé vers l'avenir avec autant d'espoir et d'optimisme.

Mon bonheur et ma satisfaction ne furent que de courte durée. Un soir, alors que j'étais sur le point de me retirer pour la nuit, mon cousin Robert fit irruption dans mes appartements et voulut savoir ce que j'avais dit au baron von Aretin, le premier ministre du roi, au sujet de James McKirnan.

Surprise de l'agitation inhabituelle dans laquelle il se trouvait, je lui expliquai que je n'avais rien fait de répréhensible ; j'avais tout juste informé le baron que James organisait une fois par semaine, chez lui, des réunions secrètes sur la finalité desquelles l'on était en droit de s'interroger.

— Eh bien, vous avez fait là un fort beau travail ! dit Robert en s'effondrant sur une chaise. Les policiers sont venus l'arrêter il y a quelques heures. Nul doute que, au moment où je vous parle, il croupit déjà au fond d'une misérable geôle.

Malgré moi, cette nouvelle me glaça.

— Pourquoi son sort devrait-il me préoccuper ?

demandai-je, sentant néanmoins la peur s'emparer de moi, car je n'avais pas pensé que la réponse du roi aurait été aussi brutale. Combien de jeunes gens a-t-il détournés de moi durant ces seuls derniers mois ? Pourquoi ne pourrais-je me venger de quelqu'un qui me cause du tort ?

— Anna, pauvre idiote ! cria Robert avec une véhémence qui me choqua. Ne comprenez-vous pas que cet homme vous aime ? C'est la jalousie qui l'anime ! Voilà pourquoi il tente de dissuader tous les hommes dont il pense qu'ils sont susceptibles de vous plaire de vous approcher.

Ce coup de sang de sa part me parut incompréhensible, et je lui dis qu'il devait être devenu fou. Comment, d'ailleurs, aurait-il pu savoir ce que pensait James ?

— C'est qu'il est devenu mon ami au cours de ces six derniers mois, m'expliqua-t-il en soupirant, lorsque je lui posai la question. Nous avons gardé notre réconciliation secrète car il servait nos intérêts de continuer à passer aux yeux de tous pour des ennemis.

Je le fixai, stupéfaite.

— Votre ami ? répétai-je, hébétée.

Puis je me souvins de son comportement étrange, au cours des semaines passées, et des secrets dont il semblait s'entourer, et une sourde angoisse s'insinua dans mon esprit.

— Robert, vous ai-je mis en danger, vous aussi ?

Je fus horrifiée d'apprendre qu'il faisait également partie de la société secrète dont j'avais révélé l'existence au roi, et qu'il se trouvait en effet à présent lui-même en grand péril.

— Nous nous faisons appeler les « dioscures » et, même si nous n'avons aucune intention de trahir la Couronne, nous avons prêté certains serments susceptibles d'être interprétés de façon erronée. Or, le premier ministre est un homme peu subtil.

Profondément contrariée, je voulus savoir comment il avait pu se laisser attirer dans une association aussi douteuse.

— La Bavière ne peut pas rester figée dans le passé, répondit-il avec passion. Nous devons accorder au peuple ses libertés, ainsi qu'une Constitution, ou bien il se soulèvera contre nous comme il l'a fait en France. Tel était le but de notre société secrète : œuvrer pour l'établissement des libertés fondamentales, qui sont les meilleurs garants d'une paix durable.

Je fus stupéfaite de l'entendre débiter toutes ces idées étranges ; il parlait comme un révolutionnaire ! A la vérité, je soupçonnais depuis longtemps James de nourrir un intérêt pour ces dangereuses notions de liberté, d'égalité et de fraternité, mais jamais je n'aurais cru que Robert pût partager de telles convictions !

— Je me moque bien de ce que vous pensez de mes choix en matière de politique, me dit-il durement. Ce qui compte à l'heure actuelle, c'est que nous sommes tous en danger de mort — James, moi, et beaucoup d'autres…

— La sécurité de James McKirnan m'importe peu, rétorquai-je avec humeur. Mais vous avoir mis en danger…

Jamais je n'aurais pu prévoir que le plan que j'avais conçu contre mon ennemi eût pu avoir des conséquences d'une telle gravité, et j'en étais bouleversée.

— Comment avez-vous pu fréquenter ce scélérat ? demandai-je, furieuse que Robert ne m'eût pas mise dans la confidence plus tôt, quand j'aurais encore pu empêcher cet horrible faux pas. Comment avez-vous pu faire la paix avec lui dans mon dos ?

— Vous l'avez fréquenté vous aussi, me répondit-il sèchement.

— Je l'ai croisé, tout au plus. Et croyez bien que si j'avais pu éviter de…

— Anna, m'interrompit-il, la voix emplie de colère, il fut un temps où vous étiez une femme intelligente…

Je le fixai sans comprendre.

— Qui croyiez-vous retrouver, ces dernières semaines ? Qui d'autre se serait donné tant de mal pour vous mettre dans son lit ?

Je compris soudain. Tout ce que je savais au sujet de mon amant, tout ce que j'avais capturé du bout des doigts, tous ces petits détails me revinrent d'un coup, en même temps que cette intuition que j'avais eue au début — et que j'avais vite oubliée — de connaître déjà l'homme qui me faisait l'amour.

— Mais c'est impossible ! objectai-je. Ce ne peut être James ! L'homme que je retrouve est l'un des frères du roi.

— Qu'est-ce qui peut vous faire croire cela ?

Je lui parlai alors des armoiries que j'avais vues sur le côté de la calèche et il balaya ce que j'avais pris pour une preuve indiscutable d'un revers de main. Le précédent roi, Carl Théodore, avait offert à James l'une de ses calèches lorsqu'il l'avait nommé président de l'Académie des sciences.

Je ne parvenais pas à croire à cette révélation. L'homme qui m'avait tenue sous son emprise durant toutes ces semaines avait à présent un visage, et c'était le visage familier de mon ennemi !

Un frisson me parcourut, comme si une main invisible avait caressé ma gorge.

— Mais James parle très mal le français, dis-je avec entêtement, alors que mon esprit tentait par tous les moyens de s'opposer à la révélation que venait de me faire Robert. Et cet homme le parle couramment.

— Il a eu le temps de l'apprendre. Votre rencontre à Paris remonte à plusieurs années, maintenant. Beaucoup de choses ont changé, Anna, encore faudrait-il que vous vous donniez la peine de le remarquer.

Je restai abasourdie, incapable de la moindre pensée cohérente.

— Que va-t-il advenir de lui ? finis-je par demander.

— Il est fini, mais pas encore mort, répondit Robert. Quand la police sera en possession des comptes rendus de nos réunions, alors il sera mort.

— Dans ce cas, nous devons faire en sorte que la police ne mette jamais la main dessus, dis-je en me levant de ma chaise, forte tout à coup d'une détermination sans faille. Nous devons nous assurer que rien d'autre ne sera trouvé qui puisse l'incriminer. Où sont-ils conservés, ces papiers ? Allons les détruire sur-le-champ !

— Je ne puis vous dire où ces papiers sont cachés, Anna. James ne me tenait pas informé de tous ses secrets.

Je n'avais d'autre choix, je le compris, que d'aller demander à James en personne comment je pouvais le sauver.

Pour pouvoir m'introduire dans la cellule où il était retenu prisonnier, je jugeai préférable d'employer la ruse. Je me présentai à la prison travestie en femme du peuple, vêtue d'une robe que j'avais empruntée à ma cuisinière et, dans une grande démonstration d'émotion et d'affliction, je dis au jeune garde en faction dont je devinais la sensibilité que j'étais la promise de son infortuné prisonnier. Il me laissa entrer sans hésiter.

Une fois que le gardien eut refermé la porte à double

tour, je trouvai James assis sur une couchette nue et basse, la tête entre les mains.

Il leva les yeux lorsque j'entrai, mais ne bougea pas.

A présent que je le revoyais, je m'étonnais de ne pas avoir reconnu ce corps puissant la première fois que je l'avais vu, trônant sur ce magnifique siège de cérémonie. Tandis que je le contemplais sur cette couchette de bois dur, singulier et inoubliable, je ne compris pas comment j'avais pu penser, dès l'instant où il m'avait touchée, à un autre homme qu'à lui.

Afin de duper le gardien, j'avais prévu de me précipiter dans ses bras avec tout l'enthousiasme d'une ardente maîtresse mais, à présent qu'il se trouvait devant moi en chair et en os, je me rendais compte que je n'avais nul besoin de contrefaire cette émotion.

James, en revanche, était furieux et ne semblait pas le moins du monde heureux de me voir.

Il se leva, les poings serrés, et me repoussa lorsque je voulus l'étreindre.

— Que faites-vous ici ? me demanda-t-il avec emportement. Etes-vous venue vous railler de ma défaite finale ?

Du coin de l'œil, je vis le jeune gardien tendre le cou depuis l'autre extrémité du couloir, afin d'essayer de comprendre les raisons de ces éclats de voix.

— James, Robert m'a dit que c'était vous…, me hâtai-je de murmurer, tendant de nouveau les bras vers lui.

— Etes-vous venue au monde dans le seul but de me tourmenter ? m'interrompit-il en me repoussant une fois encore. Chaque fois que je crois vous avoir enfin, vous trouvez une nouvelle traîtrise pour m'échapper ! Et cette fois, votre supercherie va me coûter la vie.

— Parlez moins fort, lui ordonnai-je sèchement, à travers mes dents serrées. Elles sont fausses, toutes ces histoires qu'on raconte sur Hans et moi, ajoutai-je à voix haute à l'adresse du gardien, en espérant qu'il pût prendre la colère de James pour un accès de jalousie amoureuse.

— Mais de quoi parlez-vous donc ? demanda-t-il furieusement, ne comprenant rien au stratagème.

— Ne criez pas, murmurai-je. J'ai dit à votre gardien que nous étions fiancés. Vous devez faire comme si vous étiez heureux de me voir. Prenez-moi dans vos bras…

Il laissa échapper un petit rire rageur mais se laissa faire quand, d'une main, je le repoussai sur sa couchette. Une fois qu'il fut assis, je soulevai mes jupes et m'installai sur ses genoux ; il fit entendre un grognement de protestation, mais je l'ignorai et passai mes bras autour de son cou.

— Nous devons faire comme si nous étions amants, murmurai-je, agacée qu'il n'eût pas encore saisi la logique de ma feinte. Etreignez-moi, afin que nous puissions parler sans être entendus.

— Faire comme si nous étions amants ? Mais nous *étions* amants, idiote ! fut la réponse peu amène dont il me gratifia.

Je lui certifiai que cela ne m'avait pas échappé et il garda le silence pendant un moment.

— Pourquoi êtes-vous venue ? finit-il par me demander.

— J'essaie de sauver votre tête de l'échafaud. Ou, plus exactement, de sauver celle de Robert. Puisque vous êtes roturier, on se contentera sans doute de vous pendre.

Il ne sembla pas goûter la plaisanterie.

Comme il ne faisait aucun effort pour m'aider, je nichai moi-même sa tête dans le creux de mon cou. Il était particulièrement important que le gardien n'entendît pas ma prochaine question.

— Il faut que je sache s'il existe d'autres pièces susceptibles de vous accuser — des lettres, ou des papiers, par exemple, qu'il me faudrait détruire.

Enfouissant ma main dans ses cheveux, je le serrai contre moi, adoptant l'attitude d'une femme en train de recevoir les baisers de son amant.

— Où conservez-vous les archives de votre société secrète, James ?

— Pourquoi vous le dirais-je ? demanda-t-il avec suspicion, d'une voix assourdie car sa bouche était écrasée contre ma gorge.

Je poussai un soupir irrité, déguisé en exhalaison d'extase, et fis mine de me pâmer afin de pouvoir m'approcher de son oreille.

— Je suis votre alliée la plus sûre : notre rivalité est connue de tous. Personne ne me soupçonnera de vouloir vous aider.

— Alors expliquez-moi pourquoi c'est à vous que je devrais révéler des informations susceptibles de me coûter la vie ? C'est tout de même grâce à vos efforts que je me trouve dans cet immonde cachot !

— Et c'est également grâce à mes efforts que vous allez en sortir, lui assurai-je.

Je songeai que nos étreintes quelque peu empruntées ne suffiraient peut-être pas à abuser bien longtemps le gardien, et je jugeai plus prudent d'insuffler davantage de réalisme à la scène que je jouais. Aussi me mis-je à lui mordiller doucement le lobe de l'oreille.

— Vous auriez dû me dire votre nom lorsque je vous l'ai demandé !

— Et qu'auriez-vous fait, si je vous avais dit qui j'étais ? demanda-t-il en dégageant son visage.

— Je vous aurais frappé, répondis-je avec honnêteté, en plein visage et de toutes mes forces.

Cet aveu réussit là où toutes mes tentatives avaient jusqu'alors échoué : il le fit rire.

Puis il prit une grande inspiration et, lorsque je l'embrassai sur la joue, pour la première fois, il ne me repoussa pas.

— Pourquoi êtes-vous venue, Anna ? Je voudrais vraiment le savoir.

— Afin de vous aider, répondis-je.

Ses mains serrèrent plus fortement mon dos et un léger sourire apparut sur son visage.

La robe que j'avais empruntée était de style bavarois traditionnel et comportait un corsage que maintenait en place une petite veste de cuir lacée sur le devant. James commença à dénouer les liens qui la fermaient.

— Quel meilleur réconfort pour un homme condamné, dit-il, que de blottir son visage contre la poitrine nue d'une femme ?

— Il pourrait tout aussi bien dire à cette femme où il dissimule ses papiers, afin qu'elle puisse les détruire.

Je crus tout d'abord qu'il ne m'avait pas entendue, car il fut long à me répondre, occupé à embrasser ma gorge et à m'ôter ma veste.

— Nous avons conservé tous les comptes rendus de nos rencontres, finit-il par murmurer, tout en dégageant mes épaules de l'encolure de ma robe qui bâillait largement, à présent.

Comme ces hommes pouvaient être stupides !

— Où se trouvent-ils ?

— Dans une boîte métallique, sous une planche, dans le pavillon chinois. Dans la partie nord de mes jardins. C'est à cet endroit que nous nous réunissions chaque semaine.

Sa bouche avait glissé vers ma poitrine, et je me penchai en avant pour mieux l'entendre chuchoter.

— Elle est fermée par un verrou, vous aurez besoin de la clé.

Il me dit où la trouver ; il la gardait dans sa chambre. Ensuite, il m'expliqua quelle planche soulever pour extraire la boîte, puis comment arriver jusqu'au pavillon sans me faire remarquer, tout cela sans que ses lèvres ne quittassent ma poitrine.

Je répétai tout ce que je venais d'entendre mot pour mot, afin de bien m'en souvenir.

— Oubliez ces papiers pour l'instant, murmura-t-il lorsque j'eus terminé. J'ai autre chose à vous demander.

— Existerait-il encore d'autres preuves contre vous ?

— Non… Il s'agit de tout autre chose. Levez-vous…

Quand j'obtempérai, il glissa la main sous mes jupes, retira mes sous-vêtements, et les jeta sur le sol sale du cachot, où ils allaient rester même après que je serais partie, car il était inconcevable qu'un vêtement entré en contact avec une surface aussi souillée pût jamais ne serait-ce qu'effleurer ma peau.

— Savez-vous ce qui se passe d'ordinaire, Anna, lorsqu'une femme rend visite à son amant en prison ? me demanda-t-il à voix basse, en caressant mes hanches nues et en me souriant.

Je secouai la tête ; c'était la première fois que je me retrouvais dans pareille situation.

— Vous avez dit au gardien que nous étions fiancés, c'est bien ça ?

J'acquiesçai.

— Alors faites en sorte qu'il entende ce que vous avez l'intention de faire pour moi, afin de me réconforter.

Je pinçai les lèvres ; James avait toujours été enclin à l'arrogance et, de toute évidence, la prison n'avait pas changé son état d'esprit.

— Vous m'avez causé une somme d'ennuis considérable, ajouta-t-il alors que je restai de marbre. Le moins que vous puissiez faire, c'est me divertir. Venez, régalez-moi d'une petite comédie. Vous êtes arrivée déguisée en innocente fille du peuple ; vous vous tenez à présent à moitié nue devant l'homme que vous aimez. Jouez donc votre rôle jusqu'au bout… Dites-moi que vous allez offrir un peu de plaisir à votre pauvre fiancé avant qu'il ne meure.

Depuis que je le connaissais, je l'avais toujours vu profiter de toutes les circonstances, heureuses ou malheureuses, qui se présentaient à lui. Cette fois ne fit pas exception, et je n'eus d'autre choix que d'entrer dans son jeu.

Le gardien ne pouvait distinguer mon visage, il ne sut donc pas que je levai les yeux au ciel en disant à James d'une voix douce et timide que je ne voulais pas attendre la bénédiction du prêtre ; je voulais me donner tout entière à lui ici et maintenant, de crainte que nous ne fussions jamais mari et femme.

— Charmant, commenta-t-il en me gratifiant d'un nouveau sourire. Maintenant, ajouta-t-il en me prenant sur ses genoux, vous allez faire entendre au gardien à quel point vous êtes surprise de sentir ma grosse queue entrer dans votre virginale petite fente.

— Oh !

Mon exclamation ne fut pas totalement feinte, car il me pénétra avec vigueur et sans plus de préparation.

— Vous ai-je fait mal, mon ange ? demanda-t-il d'une voix assez forte pour que le gardien pût l'entendre, tout en m'adressant un regard moqueur.

— Oh non, mon amour, répondis-je avec toute la feinte ingénuité dont j'étais capable. On m'avait dit que ce serait douloureux la première fois, mais je ne vois pas comment une chose aussi petite et fluette aurait pu me causer le moindre mal.

— Sorcière ! marmonna James en souriant, avant de me plaquer contre le froid mur de pierre.

Je m'agrippai à ses épaules et criai avec un enthousiasme qui eût facilement pu passer pour de l'excitation virginale.

— Dites-moi que vous m'aimez, grogna James à mon oreille pendant qu'il me baisait.

— Oh ! Mon amour, gémis-je, presque emportée par mon rôle. Oh ! James, mon chéri, je vous adore !

Mon lecteur comprendra, bien entendu, que je ne faisais que jouer un rôle, même si la gratitude que j'exprimai devant le plaisir reçu était des plus sincères.

Après cela, je demeurai un long moment sur ses genoux, pendant qu'il m'embrassait et me caressait les cheveux.

— Surtout, ne mentionnez pas mon nom au gardien, murmurai-je en me levant pour partir. Je lui en ai donné un faux.

— Et qui donc êtes-vous censée être ? demanda-t-il en me plaquant une dernière fois contre le mur, le visage enfoui dans mon cou.

— La fille d'un meunier, une certaine Bertha.

— La fille d'un meunier ? répéta-t-il d'une voix blanche, en se redressant pour me regarder dans les yeux.

— N'était-ce pas un bon mensonge ?

— Je suis le président de l'Académie royale des sciences, Anna ! Et vous voudriez que je sois fiancé à la fille d'un meunier ?

— Secrètement fiancé, corrigeai-je. En outre, comment pourrais-je savoir quel type de femmes vous fréquentez ces derniers temps ?

Cette question le fit sourire.

— Merci, dit-il, la main posée sur ma joue.

Puis il m'embrassa, je suis forcée de l'admettre, avec beaucoup de tendresse.

Il n'en fallut pas plus pour que, éprouvée sans doute nerveusement par tous ces événements imprévus, je m'écroulasse dans ses bras et éclatasse en sanglots, ce qui décida le gardien à mettre fin à cette visite.

Lorsque j'arrivai chez moi, j'appris que mon cousin Robert avait été arrêté à son domicile le matin même.

Dès la nuit tombée, je revêtis les habits d'un garçon d'écurie et chevauchai à bride abattue vers la propriété de James. Heureusement, ma mission ne s'avéra point périlleuse car James, économe, avait ordonné que sa maison fût fermée durant son séjour en prison.

Seuls quelques domestiques étaient restés et je les évitai facilement. Je pénétrai dans le parc par l'entrée est et me dirigeai directement vers le pavillon chinois. La lame du plancher, habituée à être déplacée, se souleva sans difficulté, et je retirai la boîte de sa cachette avant de la dissimuler sous des buissons. Puis je m'introduisis dans la maison pour y prendre la clé.

Je trouvai la chambre à coucher de James sans trop de peine. La pièce, qui avait été fouillée, se trouvait dans le plus grand désordre. Les draps avaient été arrachés du lit, plusieurs petites tables et chaises renversées, mais la boîte de bois sculpté à double-fond était toujours à sa place sur le secrétaire. Au bout de quelques minutes, durant lesquelles je ne me départis jamais de mon calme, j'eus en ma possession la vieille clé en bronze ouvrant la vieille cassette en bronze qui m'attendait dans les bois.

Cachée derrière un bouquet de sapins, je déchirai les archives de la société secrète en mille morceaux que je fourrai dans le sac en jute que j'avais apporté à cet effet.

Je lestai ledit sac avec quelques grosses pièces qui se trouvaient à ma portée et jetai le tout dans l'étang bien profond situé à proximité. Il était hors de question que je ramenasse les papiers chez moi, où ils auraient été aussi accablants pour Robert qu'ils l'étaient ici pour James.

Ma dernière tâche consistait à me débarrasser de la cassette métallique. J'avais prévu de l'enterrer dans les bois et j'avais apporté une bêche à cette fin, mais, alors que je me reposais un instant tout en admirant ses vieilles charnières métalliques, un bien meilleur plan me vint à l'esprit.

C'est cette inspiration soudaine — permettez que je m'en flatte — qui permit définitivement à James et à ses amis d'échapper à leur triste sort.

Car détruire les papiers n'était qu'une solution imparfaite. Même si James n'était jamais reconnu coupable de trahison, Robert et lui n'en seraient pas moins déshonorés et cette sombre affaire pèserait sur le reste de leurs carrières. Ils devraient renoncer pour toujours à la place éminente qu'ils occupaient tous deux dans la société.

Etre libre mais devoir se contenter d'une existence obscure ne leur conviendrait ni à l'un ni à l'autre ; ils devaient être acquittés de toutes les charges retenues contre eux et leur réputation blanchie de tout soupçon.

Je réfléchis à la façon d'y parvenir et trouvai tout de suite la solution. Parmi les visiteurs assidus de mon salon figurait un jeune et prometteur philologue, qui se trouvait également être, par un heureux concours de circonstances, un jeune et prometteur faussaire. Il était employé à la chancellerie royale et était capable de se remémorer tous les sceaux et toutes les signatures apposés en bas des papiers qu'il avait manipulés.

Deux nuits plus tard, une nouvelle liasse de documents

était soigneusement enfermée dans la boîte en bronze, elle-même cachée sous le plancher du pavillon chinois.

Le détail de ces faux documents n'est guère important. Il me suffira de dire qu'ils présentaient la société comme un groupe de loyaux sujets bavarois qui avaient uni leurs forces pour combattre une menace secrète pesant sur la Couronne. Le jeune philologue auquel je m'étais adressée nourrissait une certaine rancœur à l'endroit du premier ministre, et, entendant la raison de son grief, j'acceptai de faire de ce personnage peu estimable le bouc émissaire de notre plan.

Le baron von Aretin fut alors désigné comme l'instigateur d'un complot visant à assujettir la Bavière à l'Autriche des Habsbourg, trahison que James et mon cousin étaient censés avoir découverte et qu'ils comptaient faire éclater au grand jour.

Une fois les documents découverts — j'envoyai les détails de leur localisation au roi en personne —, James et Robert furent libérés sans délai.

Le soir même James frappait à ma porte.

L'on aurait pu s'attendre à ce qu'il se présentât à moi avec l'humilité que la décence eût exigée, étant donné tout ce que j'avais fait pour lui. Mais il apparut clairement dès le moment où il pénétra dans mon salon que ses démêlés judiciaires n'avaient pas le moins du monde entamé l'incommensurable assurance qui était la sienne. Sans m'accorder le moindre salut, il se jeta sur moi ; il attrapa des deux mains l'encolure de ma robe, arracha mon corset et m'embrassa la poitrine avec un enthousiasme débridé, pour ensuite soulever mes jupes et déchirer mes sous-vêtements avec la même rage.

— Quand vous serez la maîtresse de ma maison, dit-il

en jetant au loin le tissu qu'il venait de mettre en charpie, vous ne porterez rien sous vos jupes. Vous aurez toujours les cuisses à l'air, pour que je puisse vous prendre toutes les fois où j'en aurai envie.

Je ne trouvai rien à objecter à cette suggestion.

— Dites à votre femme de chambre de préparer vos affaires. Vous venez vivre avec moi, dès ce soir.

Pendant qu'il me baisait sur le divan, je ne pus rien dire à ma femme de chambre. Après quoi, il décida de me prendre contre le mur, puis sur le piano, et lorsque nous eûmes terminé, ma robe tout entière était en lambeaux.

Je l'informai que, dans le futur, il devrait prendre plus grand soin de mes vêtements ; la combinaison de sa force et de son impatience se révélerait en effet désastreuse pour ma garde-robe si nous étions amenés à forger une alliance plus permanente.

De fait, au cours de la première soirée que je passai chez lui, je jugeai plus sage de ne rien porter à l'exception de mes bijoux, que ce fût pendant le souper ou au coin du feu, dans sa chambre, afin que ses élans destructeurs ne se réveillassent point au moment où il aurait dû me déshabiller.

Tout le monde sait que les hommes de basse extraction sont des créatures dominées par leurs instincts, incapables de contrôler leurs passions comme savent au contraire le faire les personnes bien nées, et je ne pouvais m'attendre à ce que James remportât chaque fois la bataille qui l'opposait à sa vraie nature.

Je l'accompagnai chez lui dès sa première nuit de liberté et j'y suis toujours aujourd'hui.

Mon lecteur s'étonnera peut-être de ce revirement, après tant d'années de rivalité entre nous, mais après mûre réflexion, je me rangeai à l'avis de Robert. J'étais bien mieux avec un homme dont la volonté et le caractère étaient aussi affirmés que les miens. En m'attachant à James, je vous assure que je n'ai pas abandonné ce qui était mon mot d'ordre ni laissé un sentiment irresponsable triompher des exigences de la raison. J'avais simplement constaté que, avec l'arrivée au pouvoir de Napoléon, les privilèges liés à la naissance semblaient décliner partout en Europe. Comme Robert l'avait judicieusement fait remarquer, les générations futures se souviendraient plus probablement de Gertrude von Stein comme de la maîtresse de Gœthe plutôt que comme de l'épouse du baron von Stein.

Considérée sous cet éclairage, une liaison publique avec James ne me parut finalement pas être le désastre que je m'étais toujours représenté. Malgré sa naissance peu prestigieuse, il n'était pas sans jouir d'une certaine réputation — d'une certaine notoriété même —, et il s'avérait que, dans le siècle qui s'annonçait, posséder quelque notoriété n'était pas une mauvaise chose. Le mariage était bien entendu hors de question. Je ne souhaitais perdre ni mon titre ni les terres de feu mon époux. James, étant un homme pragmatique et doué d'un certain entendement concernant les questions financières, finit par se laisser convaincre sur ce point, et accéda à notre arrangement avec toute la grâce dont est capable une personne de son tempérament et de son sexe.

LAUREN HAWKEYE

Ce fut comme un déclic

éditions HARLEQUIN

Titre original :
LET ME IN

Traduction française de LAURA PALMER

83-85, boulevard Vincent-Auriol, 75646 PARIS CEDEX 13.
Service Lectrices — Tél. : 01 45 82 47 47
www.harlequin.fr

Le flétan et les haricots verts ne m'avaient jamais semblé si peu appétissants.

Tandis que je faisais la fine bouche devant la nourriture disposée avec soin sur une assiette chinoise en porcelaine blanche posée sur la nappe rose — le rose à vomir qui était la couleur officielle du mariage —, je commençai à avoir la nausée.

Je savais que seule ma propre insatisfaction était à blâmer.

Je n'avais pas fait l'amour avec mon mari depuis plus d'un an. Il n'était pas heureux de cette situation. Moi non plus.

Et pourtant, ni l'un ni l'autre ne faisions quoi que ce soit pour que cela change. Il n'y avait pas de façon simple de briser la glace. La glace était sans couleur et sans goût, mais bien présente.

La dernière tentative de rapprochement physique s'était soldée par un échec, des larmes, des cris et une importante consommation d'alcool. Inévitablement…

En conséquence, je me sentais aussi peu sexy que possible. Et pour ne rien arranger, j'étais incapable de penser à quoi que ce fût d'autre. J'étais donc assise là, ce repas de noces typique dans mon assiette. Des mèches de cheveux collaient à mon cou moite ; je me sentais grosse, mal fagotée et misérable.

Difficile de croire que j'étais un jour sortie avec le marié, Nick, encore incroyablement beau. Il était passé à autre chose et épousait à présent la magnifique Suzanne, blonde et aussi mince qu'une brindille. Nous étions toujours amis, mais je n'étais plus le genre de femme qui aurait pu attirer son attention.

Je jetai un coup d'œil de côté en direction de mon mari, toujours très beau, lui aussi, en dépit de sa peau qui brillait à cause de la chaleur. Il avait enlevé la veste de son costume et dénoué un peu sa cravate, et son allure un peu négligée ne faisait que renforcer mon attirance pour l'homme que j'avais fait vœu d'aimer, d'honorer et de chérir, il y avait seulement cinq ans.

Si la situation ne changeait pas, et vite, j'avais horriblement peur que ces cinq années soient les seules que nous partagerions.

Poussant un long soupir, je pris une bouchée de purée. Elle avait sans doute été bonne à un moment donné, mais après avoir traîné pendant des heures sur le buffet, elle avait la même consistance que du chewing-gum.

Elle en avait aussi le goût.

Je refermai mes lèvres autour de ma fourchette et avalai d'un trait. Ce faisant, je laissai échapper un autre profond soupir, qui comprima mes seins contre le tissu en satin noir ajusté de ma robe dos nu.

— Imogen…

Je tournai la tête ; Ty me dévisageait.

Je devins aussi rouge que les fraises qui décoraient la pièce montée. Me trouvant grosse, je détestais que les gens me regardent manger. Même mon mari, avec qui j'étais supposée tout partager. Et avec qui je partageais tout, il y avait encore peu de temps.

Je déglutis avec difficulté et reposai ma fourchette à

côté de mon assiette. Me forçant à sourire, j'essayai de sembler m'intéresser à ce qui se passait autour de moi, même si je suspectais que je ne dupais personne.

— Qu'y a-t-il, chérie ?

Je remarquai, avec une pointe de ressentiment, qu'il avait déjà vidé la moitié de son assiette, sans le moindre embarras. Je savais qu'il ne tarderait pas à finir le reste, et sans doute à se resservir. Sans parler du dessert.

Et pourquoi se gênerait-il ? Il était aussi mince et musclé que le jour de notre rencontre !

Contrairement à moi.

Malgré tout, je devais lui reconnaître le mérite de donner le change. Il tendit un bras vers moi, enlaça mes doigts aux siens — geste qui m'était aussi familier que ma propre main. Puis il se pencha vers moi avec un air de conspirateur, comme s'il était sur le point de me révéler un grand secret.

— Ecoute le couple qui est au bout de la table.

Il y avait une chaise vide de chaque côté de nous et, de l'autre côté de ces chaises rose layette, se trouvait un remarquable échantillon du genre humain. J'avais remarqué l'homme et la femme quand nous nous étions assis à la table. Nous avions échangé les hochements de tête sommaires et les sourires figés qui étaient de circonstance quand on dînait avec des étrangers.

Mais je ne les avais pas écoutés. Je n'avais pas écouté grand-chose, à vrai dire, en dehors du monologue déprimant qui tournait en boucle dans mon esprit.

Mais quel que soit l'objet de leur conversation, il avait déclenché une étincelle dans le regard de Ty et enflammé son visage. Je penchai donc nonchalamment la tête pour mieux entendre ce qui se disait, et en profitai pour saisir mon verre de chardonnay et en boire une gorgée.

Il était difficile de discerner leurs paroles, en partie couvertes par la musique assourdissante de l'orchestre, mais les quelques bribes que je saisis semblaient toutes converger dans la même direction.

Ils cherchaient un couple d'échangistes.

Je regardai Ty d'un air interrogateur.

— Est-ce bien ce que je crois comprendre ? demandai-je en étouffant un rire tandis qu'il me donnait un coup de pied sous la table.

Il hocha la tête et sourit.

— Oui, ils cherchent un autre couple pour faire des cochonneries.

Nous laissâmes échapper un rire impossible à refréner. Quand nous réussîmes enfin à nous calmer, nous nous aperçûmes que le couple en question regardait dans notre direction.

Je baissai les yeux sur mon assiette et sentis le rouge me monter aux joues. J'étais sûre que Ty était aussi rouge que moi. Mais l'autre couple — Hannah et Cal — ne fit aucun commentaire sur la façon éhontée dont nous avions écouté leur conversation, et c'était tout à leur honneur. Au lieu de cela, ils se mirent à parler du mariage — tout était très beau bien qu'ostentatoire, le repas n'était pas exceptionnel et la robe de la mariée était visiblement très chère.

Mais je ne pus oublier ce que j'avais entendu. Je ne pouvais m'empêcher de songer que ce couple apparemment heureux en ménage — tous deux portaient une alliance en or rose à la main gauche — couchait avec d'autres gens. Ensemble.

Tous ensemble. Comme une orgie. Et cela ne leur posait pas de problème.

A cette idée, une vague de chaleur m'envahit et je pris

conscience de la soie noire contre ma peau, de la dentelle de ma culotte.

Je ne savais pas pourquoi, mais cette histoire d'échangisme m'avait excitée, comme je ne l'avais pas été depuis des mois.

Cal commanda une autre bouteille pour la table et je bus d'un trait mon verre de vin blanc frais, qui rafraîchit ma gorge sèche.

Je faillis m'étrangler quand il s'adressa à nous.

— Je n'ai pu m'empêcher de remarquer que vous sembliez intéressés par notre conversation, tout à l'heure, dit-il en faisant tourner son vin rouge dans son verre d'un geste professionnel, avant de le porter à ses lèvres.

Tandis que le liquide coulait dans sa gorge, je regardai, médusée, sa pomme d'Adam monter et descendre.

— L'échangisme semble vous intriguer…

— Je…

J'étais troublée. Je jetai un coup d'œil désespéré à Ty, qui paraissait lui aussi perplexe, et semblait décidé à me laisser répondre.

Je lui donnai un coup de pied sous la table. Il ne put retenir une grimace en sentant la pointe de mon talon aiguille dans son tibia.

— Nous…, commença-t-il, avant de s'interrompre.

Je n'allais certainement pas répondre à cette question ! Jamais de la vie ! Mais je ne pouvais prétendre n'y accorder aucun intérêt, cela aurait été un mensonge éhonté.

— Je pense que ces derniers temps…, enchaîna alors Ty, nous avons tous deux été à la recherche de quelque chose de nouveau…

Il regarda Cal sans détourner les yeux, observa ses doigts entrelacés à ceux de sa magnifique femme.

— Eh bien, disons que l'échangisme ne convient pas à tout le monde, déclara Cal.

Je remarquai qu'Hannah ne semblait pas ressentir le besoin de parler, visiblement satisfaite que son mari parle en leur nom.

A vrai dire, cette attitude n'était guère différente de la mienne. J'en pris conscience en terminant mon verre. Je fis signe qu'on m'en serve un autre, même si je savais que cela ne m'aiderait certainement pas si je devais prendre une décision plus tard dans la soirée.

Mais j'avais des frissons, je ressentais quelque chose de nouveau en regardant Ty, de quoi me donner envie de réfléchir à cette éventualité au lieu de retourner simplement à notre chambre d'hôtel et à notre mariage froid et asexué.

Manifester un intérêt n'était peut-être pas très prudent, mais, indéniablement, un aspect de ma personnalité — disparu depuis longtemps — avait resurgi, une impulsivité que j'avais perdue. Une chose était certaine en tout cas : si Ty et moi ne parvenions pas à nous retrouver sexuellement, notre couple était fichu de toute façon… Alors pourquoi ne pas faire une dernière tentative ? Une folie ?

En supposant que Cal et Hannah puissent être intéressés, bien sûr… Peut-être ne l'étaient-ils pas. Peut-être avaient-ils simplement envie de partager leur opinion sur le sujet avec nous.

Peut-être ne nous trouvaient-ils pas attractifs, physiquement. Peut-être m'emballais-je pour rien.

Toutes ces pensées défilaient dans mon esprit pendant que je continuais de boire mon vin et que Ty et Cal parlaient. Hannah sirotait son vin, elle aussi, mais de façon plus modérée que moi. Elle ne semblait pas désintéressée, juste calme, peut-être même timide, et je me demandais ce qu'une femme comme elle pouvait trouver d'intéressant à cette pratique.

Lorsqu'elle se leva de façon soudaine, je frémis.

— Voici la clé de notre chambre. Nous comprendrons si vous ne venez pas, dit Cal en souriant à Ty d'abord, puis à moi ensuite.

L'instant d'après, ils étaient partis et je restai sous le choc.

Que venait-il de se passer ?

Ty prit le passe électronique de la taille d'une carte de crédit que Cal avait laissé sur la table et le fit tourner entre ses doigts, songeur, avant de me regarder.

— Qu'en penses-tu ?

Je n'avais pas besoin de dire ce que j'en pensais. L'excitation se lisait sur mon visage.

Au lieu de me sentir offensée ou jalouse, de le suspecter de juste vouloir coucher avec la belle et mince Hannah au lieu de sa femme grassouillette, je me sentais intriguée. Revigorée.

Comme si ce n'était peut-être pas la meilleure idée qui soit, mais que j'avais envie de tenter l'expérience, malgré tout.

Pourtant, la voix de la raison se devait d'émettre un signe de protestation.

— Envisage-t-on sérieusement de faire ça, Ty ?

J'avais l'impression que la situation m'échappait. Sans trop savoir comment, nous étions passés de l'instant où nous avions ri de la conversation grivoise de nos compagnons de table à celui où nous envisagions la possibilité de faire l'amour avec des inconnus. Des inconnus qui n'étaient pas familiers de nos imperfections physiques — à savoir les miennes. Ils ne savaient rien de mes bourrelets, de mes cicatrices, de mes hanches trop larges.

J'observai Ty à la lumière vacillante de la bougie. Lui,

en tout cas, n'avait aucun souci à se faire… Il était aussi beau que le jour de notre rencontre, avec sa peau mate au teint uniforme et sa façon de porter une barbe naissante. Il était grand, toujours aussi mince et musclé, et le costume lui allait encore à la perfection. Ses yeux n'avaient rien perdu de leur belle couleur caramel, même les quelques rides qui n'étaient pas là trois ans plus tôt ne faisaient qu'ajouter à son charme.

Les miennes, de rides autour des yeux, étaient en revanche à peu près aussi attirantes que la largeur de mes hanches !

Ce fut ce qui me décida, en fin de compte. Quand une occasion telle que celle-ci se représenterait-elle ? Il y avait un risque non négligeable que cette expérience amplifie les problèmes latents entre Ty et moi, mais il y avait aussi l'espoir fou qu'elle nous aide à les résoudre. Et même si ça faisait empirer la situation… Quand aurai-je de nouveau l'opportunité de me lancer dans une aventure sexuelle telle que celle-ci ?

Quand en aurai-je le courage ?

Jamais. Précisément, jamais.

Je regardai mon mari droit dans les yeux — je le regardai vraiment pour la première fois depuis longtemps. Et dans ses yeux, je lus de la confiance, de l'excitation et… était-il possible qu'il y ait encore de l'amour ?

Je fis alors quelque chose qui me donna des palpitations. Je lui pris la carte magnétique des doigts, la glissai entre mes seins, lui décochai un sourire aguicheur et tendis la main vers l'homme à qui j'avais promis d'être fidèle.

— Allons-y !

— Tu es sûre de vouloir faire ça ?

Nous restâmes un instant immobiles dans l'air confiné du hall de l'hôtel, puis les portes de l'ascenseur se refermèrent sur nous en émettant un petit bip. J'entendais encore les rires et les échos de la fête, et me demandai si j'étais devenue folle.

Je n'avais pas réellement eu le temps de réfléchir à la situation, Ty non plus d'ailleurs, mais c'était un homme. Et il était question de sexe. De sexe dingue et orgiaque. A quoi est-ce que je m'attendais ?

Je fus soulagée qu'il m'ait posé cette question, même si je ne pouvais me résoudre à y répondre. Les portes de l'ascenseur se rouvrirent et nous sortîmes dans le couloir.

— Hé…, fit-il en refermant ses longs doigts autour de mon poignet, m'entraînant dans un coin, avant de m'adosser au mur. Imogen, on n'est pas obligés de le faire.

Je sentais son souffle sur mon visage et, son corps si près du mien, je fus submergée par sa virilité.

Quelque chose vibrait de nouveau en moi. Indépendamment de l'idée de l'échangisme, d'Hannah et de Cal, de ce que cela pouvait apporter dans notre couple, la perspective d'être de nouveau avec mon mari suffit à m'exciter.

Des images classées X défilèrent dans mon esprit tandis que je savourais cette proximité. Le souvenir de sa peau glissant contre la mienne, de la sensation des poils de son torse que j'enroulais autour de mes doigts, de la taille et de la forme de son sexe, de la couleur plus sombre qu'il prenait quand il était excité.

Oh oui, c'était ce que je voulais ! Je voulais refaire l'amour avec lui, j'en mourais d'envie. Plus que le sexe, c'était l'intimité avec lui qui me manquait.

Et si Hannah et Cal étaient le moyen de la retrouver, alors soit.

J'aurais menti si j'avais affirmé que cette idée de l'échangisme ne m'excitait pas au plus haut point. Les déguisements m'avaient toujours semblé idiots, les sex-toys des sortes de corps étrangers, et l'amour à trois me laissait à penser que quelqu'un devait se sentir exclu…

En revanche, deux hommes, deux femmes, bref, deux couples… c'était différent.

J'étais aussi effrayée qu'émoustillée, mais je n'allais pas le montrer. Il était hors de question que je fasse machine arrière !

Pour le rassurer, je me mis sur la pointe des pieds dans mes chaussures à talons aiguilles cloutées et lui caressai le torse. Puis j'inclinai la tête, les lèvres entrouvertes, dans l'attente d'un baiser.

Certes, mon attitude se voulait sexy et séduisante, mais l'intensité de son baiser me prit au dépourvu. Je chancelais et faillis tomber quand il me plaqua contre le mur.

Il m'enlaça, m'empêchant de tomber. Je frémis en sentant ses mains remonter le long de mon corps et m'effleurer les seins, dont je sentis les pointes se dresser.

Je laissai échapper un soupir de volupté. Cela faisait si longtemps qu'il ne m'avait pas touochée ainsi… Une éternité ! J'avais tellement envie de ses caresses que c'en était presque douloureux.

Quand il empoigna mes seins plus fermement, je reçus comme une décharge d'adrénaline et sentis la dentelle de ma culotte devenir humide.

Peut-être n'avions-nous pas besoin d'Hannah et Cal, après tout. Peut-être que la seule idée de ce que nous pourrions faire avec eux suffisait.

J'enlaçai Ty et m'abandonnai à ses caresses. Mes seins avaient toujours été la partie de mon corps qu'il préférait.

Et à cet instant précis, je les aimais moi aussi.

Je me cambrai pour les lui offrir et me frottai contre lui telle une chatte avide de caresses.

Puis j'essayai de reprendre mon souffle, débordée par

les sensations qui affluaient de toutes parts. Ty insinua un genou entre mes cuisses, faisant remonter ma robe. Je ne tardai pas à sentir le tissu de son pantalon contre mon sexe en feu.

J'enfouis mon visage au creux de son épaule, étouffant le cri de plaisir qui montait dans ma gorge. Cela faisait si longtemps que je n'avais rien senti d'autre que propre main à cet endroit-là…

Mes hanches commencèrent à onduler en rythme. Je voulais plus. Je voulais tout.

Riant doucement contre mon cou, amusé par la ferveur avec laquelle je répondais à ses caresses, Ty effleura la dentelle de ma culotte pendant quelques instants, puis glissa un doigt à l'intérieur. Il me caressa avec assurance et de façon familière, comme si nous avions fait l'amour un million de fois au cours de l'année écoulée. Puis il inséra un doigt dans mon sexe trempé, et je me mordis la langue pour ne pas crier, affolée par mes sensations.

Il fit aller et venir en moi son doigt. En quelques instants à peine, je fus submergée par une vague de plaisir… Cela faisait si longtemps ! Je jouis, laissant échapper un cri cette fois, inondant la main de Ty, qui m'appuya contre le mur pour me donner un profond baiser.

Quand je repris mon souffle, je levai les yeux vers lui, encore bouleversée, les lèvres gonflées.

Il semblait aussi stupéfait que moi.

A ce stade, j'aurais été contente de retourner dans notre chambre et de faire l'amour avec lui toute la nuit, pour nous libérer de la frustration accumulée. Mais la peur que les choses ne reviennent au point où elles en étaient me poussa à aller de l'avant.

Me hissant de nouveau sur la pointe des pieds, déposant

un léger baiser sur ses lèvres, j'inclinai la tête en direction de la chambre d'Hannah et Cal.

Ty se montra hésitant, puis acquiesça.

Tandis que nous avancions dans le couloir, je sentis mon estomac se nouer et lui serrai la main. La peur se mélangeait à la volupté qui venait de m'assaillir. Je continuai d'avancer, les jambes tremblantes, risquant à chaque instant de vaciller sur mes talons.

Je persévérai, mais ce fut Ty qui frappa à la porte.

Je ne sais pas à quoi je m'attendais exactement, mais ce n'était sûrement pas à ce que je vis lorsque Hannah ouvrit la porte. Il n'y avait pas de sex-toys étalés en travers du lit, ni de draps de satin rouge. Il n'y avait pas non plus de matériel pour attacher les gens au plafond. Je rougis à cette idée, sans trop savoir d'où ces images provenaient car, enfin, ils séjournaient dans le même hôtel que nous et leur chambre, comme j'aurais dû m'y attendre, était très semblable à la nôtre.

Il y avait deux lits recouverts des couvre-lits à fleurs caractéristiques de cette grande chaîne d'hôtels. Les seuls éléments un tant soit peu sexy dans la pièce étaient la bouteille de champagne et les bougies qui projetaient leur lumière vacillante sur les murs couleur pêche et diffusaient une odeur de jasmin.

— Je vous en prie, entrez.

C'était la première fois que j'entendais Hannah parler autrement qu'en murmurant et sa voix était plus aiguë que je ne l'avais imaginé. Plus douce aussi, plus innocente…

Elle nous fit signe de nous asseoir sur le lit situé sur la droite. Nous nous exécutâmes, un peu raides. Même Ty n'était plus très à l'aise maintenant.

— Je vous sers un verre ? demanda Cal en sortant la bouteille de champagne du seau à glace, puis en faisant sauter le bouchon avec plus de délicatesse que je n'en serais jamais capable.

J'essayai de ne pas engloutir avec avidité le contenu de la flûte qu'il me tendit, mais j'avais la gorge sèche et j'étais nerveuse.

Comment cela allait-il se passer ? Hannah allait-elle se jeter sur Ty ? Etais-je moi-même censée sauter sur Cal ?

Je l'avais observé lorsqu'il remplissait mon verre, affichant un grand sourire. Je n'étais pas contre, mais je culpabilisais d'avoir de telles pensées alors que mon mari était assis à côté de moi et que nous avions les doigts enlacés.

Il était beau, surtout sans sa cravate et les premiers boutons de sa chemise défaits.

Je ressentis de nouveau l'excitation monter en moi et je remuai maladroitement sur le lit, car ma robe en satin me faisait glisser.

Posant son verre, Ty commença à me caresser les épaules. La sensation fut si agréable que je laissai échapper un gémissement. Après avoir fait un léger clin d'œil à Hannah, Cal se mit à faire la même chose avec elle. Un instant plus tard, j'entendis le bruit d'une fermeture Eclair qu'on descendait résonner dans l'atmosphère lourde et tendue de la chambre.

Je ne pus détacher mon regard de la soie rosée qui glissait sur son corps pour révéler une peau elle aussi blanche et rose. Hannah avait de petits seins magnifiques, visibles à travers un soutien-gorge transparent, presque de la même couleur que sa peau, et j'observai les ficelles de son string descendre sur ses hanches à mesure que Cal la déshabillait.

Je n'avais jamais été excitée à la vue d'une femme. Jamais je n'avais pensé être autre chose qu'hétérosexuelle.

Mais la vision des mains de Cal sur le corps de sa femme me fit frémir.

Je voulais moi aussi sentir des mains sur ma peau.

Je me retournai ; Ty était prêt, attendant. Il prit ma bouche et ses mains trouvèrent ma fermeture Eclair. J'eus un instant de panique en prenant conscience que je serais bientôt aussi dénudée que l'était Hannah, mais la sensation des mains de Ty sur ma peau effaça très vite mes dernières réticences.

Ma robe fut bientôt enroulée autour de ma taille. Les mains de Ty parcouraient mon corps inlassablement, m'effleurant les seins, glissant entre mes cuisses, s'attardant dans tous les endroits qui m'avaient toujours fait vibrer.

Je faillis faire un bond sur le lit sous l'effet de la surprise quand je sentis d'autres mains sur moi.

Je regardai alors derrière moi pour voir qui me caressait les seins, même si je connaissais la réponse. Cal posait sur moi un regard lourd et je sentais son souffle chaud sur ma nuque.

Je me retournai pour voir comment Hannah prenait le fait que son mari caresse les seins d'une autre femme. Elle était assise les jambes écartées au bord du lit, entièrement nue. Elle se caressait d'une main et ouvrait les lèvres roses de son sexe de l'autre.

Ty faillit défaillir devant ce spectacle. J'aurais dû être jalouse, mais la sensation qui m'envahissait était plus irréelle. J'avais un sentiment d'étrangeté, mais j'étais aussi incroyablement excitée de sentir des mains inconnues sur moi, des mains qui n'étaient pas celles de Ty, explorant toutes les courbes de mon corps.

Quand Cal écarta Ty de notre lit et lui fit signe d'aller vers le sien, je n'étais pas sûre d'apprécier la situation. Mais à cet instant, Ty m'embrassa, ce qui effaça mes doutes.

Cal fit en sorte que je me retrouve allongée sur le lit, le dos sur le couvre-lit un peu rêche, et ôta ses vêtements. Tous ses vêtements. Puis il vint au-dessus de moi et je sentis son sexe en érection contre mon point sensible, à travers la dentelle de ma culotte.

La sensation de son corps sur le mien était si différente de ce que je ressentais avec Ty… Et c'était si… bon, en même temps. Si tabou. Si excitant. Je remuai nerveusement sous lui, sans trop savoir ce que je voulais. Je n'étais pas prête à ce qu'il me pénètre. Pas du tout. Mais je voulais quelque chose de lui, c'était sûr. Et je ne savais pas du tout comment l'obtenir.

Un sourire malicieux sur les lèvres, il m'embrassa sur la bouche, puis descendit lentement le long de mon corps. Je sentis sa langue tout près de mes tétons, mais il les évita soigneusement.

Puis je sentis son visage sur la dentelle de ma culotte.

Je me figeai. J'étais incroyablement excitée, mais ce qu'il s'apprêtait à faire était si… intime… Je n'arrivais pas à croire qu'un inconnu ait envie de faire ça.

Apparemment, il en avait envie.

Il écarta ma culotte d'un geste et me lécha longuement. J'avais envie de crier mon plaisir, mais la peur de ce que Ty aurait pu en penser me retenait.

Je tournai lentement la tête sur l'oreiller et jetai un coup d'œil vers l'autre lit. Hannah était à califourchon sur mon mari, occupée à faire glisser son sexe dans sa bouche.

Visiblement, je n'avais pas à m'inquiéter pour eux.

Je me laissai donc aller à mes sensations. Je sentais la langue de Cal tourner autour de mon clitoris… De plus en plus près… Je sentais la tension monter en moi, mais chaque fois que mes jambes commençaient à trembler, il s'interrompait, attendant que je reprenne mes esprits.

C'était plus que je ne pouvais supporter. Quand j'en eus assez d'être ainsi tourmentée, je saisis son pénis et commençai à le caresser, tout en faisant glisser son gland contre mon sexe. Je sentis de nouveau l'excitation monter en moi et, contrôlant cette fois la situation, je jouis enfin et faillis presque crier.

Je me redressai, regardai de nouveau vers l'autre lit. Hannah chevauchait Ty et ondulait des hanches au-dessus de lui. J'en eus un pincement au cœur, puis me rendis compte que Ty n'était pas encore en elle.

Ce qui me rassura, même si je ne savais pas trop pourquoi.

Cette pensée me hantait encore quand Cal déposa de nouveaux baisers humides sur ma bouche, mon cou, mes seins. Quand il saisit un préservatif et en déchira l'emballage avec les dents, le plaisir retomba d'un coup, comme un soufflé.

Je glissai mes mains entre ma poitrine et la sienne, et le repoussai. Il sembla stupéfait, mais recula.

— Je suis désolée, dis-je en me relevant, les joues brûlantes, mais je ne peux pas faire ça.

Je me tournai vers Ty, allongé sous le corps long et fin d'Hannah.

— Je suis désolée, Ty. Si tu veux rester, je comprendrai. Mais moi, je ne peux pas.

J'avais repoussé Cal plus fermement qu'il ne le méritait, car il se serait probablement écarté de lui-même.

Mais je voulais partir — maintenant.

Je remontai ma robe aussi vite que possible pour me couvrir les seins. Ne réussissant pas à remonter seule la fermeture Eclair, je la tins plaquée contre moi, les mains moites, et courus aveuglément hors de la chambre. La porte claqua derrière moi.

De chaudes larmes coulaient sur mon visage tandis que

j'avançais dans le couloir, pieds nus. J'avais laissé mes chaussures dans la chambre d'Hannah et Cal. Je croisai deux jeunes filles et je les entendis rire de très loin, comme si elles avaient été sous l'eau.

A quoi est-ce que je pensais ? A cause de la décision stupide que j'avais prise ce soir-là, j'avais très certainement signé l'arrêt de mort de mon mariage.

Quand j'arrivai devant la porte de notre chambre, qui était au même étage que celle d'Hannah et Cal, je me rendis compte que je n'avais pas la clé. Je pris appui sur la porte métallique glacée et pleurai de plus belle.

Je sentis Ty avant de le voir, un mélange de savon, de parfum et — indéniablement — de sexe.

Sans oser le regarder, je m'écartai de la porte en silence pour le laisser insérer la carte magnétique dans le lecteur.

Une partie de moi sauta de joie à l'idée qu'il m'avait suivie, renonçant à coucher avec la belle Hannah pour être avec moi.

Mais maintenant, nous allions devoir assumer les conséquences de nos actes.

Je n'en avais aucune envie pour le moment. J'étais fatiguée, je me sentais pitoyable, je voulais aller me coucher et faire comme si rien de tout cela n'était arrivé. Comme si Ty et moi étions de nouveau heureux ensemble.

Une fois à l'intérieur, il posa sa main sur la mienne, m'empêchant d'appuyer sur l'interrupteur. La chambre était dans le noir, à peine éclairée par les lueurs de quelques phares et des réverbères, en contrebas.

Je sentis le tissu de ma robe glisser lentement sur ma peau. D'un geste, il dégrafa mon soutien-gorge et je me retrouvai presque nue.

Toujours derrière moi, Ty prit mes seins à pleines mains et en pinça doucement la pointe. Je gémis doucement.

Ses mains glissèrent alors sur mon corps, descendant dangereusement là où j'avais désespérément envie qu'il me touche. Mais il s'arrêta juste avant. J'en voulais plus. J'avais tellement envie de son sexe ! Cela faisait si longtemps que je ne l'avais pas senti en moi ! J'étais prête à tout pour parvenir à mes fins.

D'un geste expert, il m'ôta ma culotte et je me retrouvai nue devant lui.

Sans me retourner, il prit mes mains et les plaqua sur le mur. Le plâtre était frais sous mes doigts et je frémis, anticipant le plaisir à venir.

Je fus stupéfaite quand ses doigts commencèrent à caresser non pas mon sexe, mais la chair tendre située entre mes fesses. C'était une zone que nous n'avions jamais explorée et je devais admettre que cela ne m'avait jamais particulièrement attirée. Mais la sensation, lorsqu'il fit tourner son doigt autour de ce point sensible, fut si incroyable que je fus déçue lorsqu'il ôta sa main.

Il prit mes fesses à pleines mains et m'embrassa dans le cou. J'étais au comble de l'excitation. Je me penchai en avant, les jambes aussi écartées que possible, et il resta derrière moi. Je sentis son gland incroyablement dur contre ma chair tendre. L'instant d'après, je le sentis pénétrer mon sexe trempé.

Il commença alors à aller et venir lentement, pressant mes seins contre le mur à chaque mouvement. Après quelques minutes d'exquise torture, je sentis de nouveau ses doigts entre mes fesses. Il me pénétra doucement, à peine.

Je gémis.

Il inséra son doigt un peu plus, puis fit de petits mouvements circulaires, au même rythme que les mouvements de son sexe en moi. Tout n'était plus que plaisir, la fraîcheur du mur contre la pointe de mes seins, son sexe en moi, l'étrange invasion de cette partie plus intime encore, et son autre main qui caressait mon sexe humide.

J'avais envie qu'il vienne en moi avec plus de force encore. Je ne sais pas si j'avais manifesté mon désir à haute voix ou s'il résonnait simplement dans ma tête, mais les sensations qui m'assaillaient de toutes parts étaient plus intenses que tout ce que j'avais jamais ressenti. Je jouis enfin, dans un sanglot, ayant la sensation d'avoir libéré un pan de ma sexualité, mais autre chose aussi. Je sentis mes jambes vaciller sous moi, mais les bras de Ty se refermèrent autour de ma taille tandis que j'étais encore empalée sur lui. Je m'agrippai plus fermement au mur alors qu'il prenait son plaisir en moi.

Epuisés, nous glissâmes ensuite lentement sur le sol, muets de stupeur. J'étais encore submergée d'émotions contradictoires, nageant en pleine confusion des sentiments.

Mais tandis que nous étions allongés l'un contre l'autre sur la moquette beige, une sensation de calme m'envahit, une sérénité que je n'avais pas ressentie depuis très longtemps.

J'eus de nouveau l'impression de ne faire qu'un avec mon mari. Oui, je lui appartenais et il m'appartenait.

Mon espoir fou s'était transformé en réalité.

PORTIA DA COSTA

L'éducation de Madame

éditions HARLEQUIN

Titre original :
A GENTLEWOMAN'S PREDICAMENT

Traduction française de TYPHAINE DUCELLIER

83-85, boulevard Vincent-Auriol, 75646 PARIS CEDEX 13.

Service Lectrices — Tél. : 01 45 82 47 47

www.harlequin.fr

1887

Tout commence au club de couture.

Ce jour-là, la discussion que j'entame avec lady Arabella Southern prend d'abord une tournure des plus banales. Mais le fait qu'elle soit une amie de longue date, ainsi qu'une femme d'âge mûr et d'expérience, fait que nous adoptons rapidement un ton plus intime. Et me voilà, au bout de quelques minutes, en train de lui faire part de mon problème. Je pense d'abord que ma confidence va l'horrifier, mais elle se montre au contraire des plus ouvertes et compréhensives.

— En effet, *c'est* un problème, ma chère Sofia. Et vous devez, dans votre propre intérêt, vous assurer que les choses se passeront différemment, lorsque vous vous remarierez. Surtout si l'on considère qu'une femme comme vous, belle, riche et indépendante, a la possibilité de choisir qui lui plaira parmi une foule de prétendants. Il n'appartient donc qu'à vous de faire le bon choix, et ce sur tous les plans.

— Voyons, Arabella, aucun gentilhomme ne me courtise encore, dis-je en lissant du plat de la main le tissu gris sombre de ma robe. Je suis supposée porter le deuil.

Et surtout, comment savoir si l'homme que je choisirai sera différent de mon défunt mari ? Je n'ai pas la moindre idée de ces choses-là ! De plus, il est sans doute tout à fait inapproprié d'y songer si tôt après le décès d'un époux, ne croyez-vous pas ?

— Il n'est guère de mauvais moment pour parfaire son éducation, Sofia. Les temps changent, et à une époque aussi moderne que la nôtre, une jeune femme est tout à fait en droit de rechercher son propre bien-être. Mon Dieu, ma chère, pensez donc qu'une femme est désormais sur le trône d'Angleterre !

— Et je doute fort que notre bien-aimée souveraine doive affronter le même genre de problèmes dans l'intimité avec son mari ! Il n'y a qu'à voir combien d'enfants elle a eus. Chacun sait que le prince Albert et elle forment un couple des plus heureux.

— Tout comme vous pourriez l'être avec M. Trentham… ou avec lord Lotherton… ou encore avec le comte de Davy. Il ne tient qu'à vous d'abattre les bonnes cartes, très chère.

— Et c'est bien là que se trouve mon problème, Arabella… Avant d'abattre mes cartes, il me faudrait d'abord connaître les subtilités du jeu lui-même, si je puis dire.

Elle hoche doucement la tête sans mot dire, se tapote l'aile du nez, puis enfonce sa main dans son réticule et en sort une petite carte blanche, sur laquelle je lis : *Mme A. Chamfleur/Conseils intimes pour les dames,* dans une élégante calligraphie moulée. Suivent une adresse à Hampstead et la mention : *Consultation sur rendez-vous.*

— Allez à cette adresse, ma chère Sofia.

Arabella me sourit tout en pressant le petit rectangle de papier dans la paume de ma main.

— Allez à cette adresse et vous apprendrez tout ce que vous avez toujours voulu savoir.

Vraiment ? La solution à mon problème se trouverait donc là-bas ?

Une semaine plus tard, après moult hésitations, me voici devant l'entrée d'une imposante demeure. Ma voiture s'éloigne bientôt dans mon dos. Je prends une longue inspiration ; je suis si nerveuse que je sens mon cœur battre à tout rompre sous mon corset. Avant que je n'aie le temps de changer d'avis et de rebrousser précipitamment chemin, je tends la main et actionne la sonnette.

Au bout de quelques secondes, la porte s'ouvre et je reste interdite. Au lieu de la traditionnelle bonne à laquelle je m'attendais, c'est un jeune homme beau comme le jour qui apparaît sur le seuil. Il est habillé à la dernière mode, vêtu d'un gilet de couleur vive et d'un pantalon près du corps très bien taillé. Il a les cheveux châtains et arbore un air présomptueux.

Avant que l'un de nous deux ne se mette à parler, il me regarde de haut en bas, ses yeux bleus me détaillant lentement, attentivement, aussi perçants que s'il était en train d'essayer d'imaginer ma poitrine, mes hanches et mon ventre à travers mes vêtements !

Un étrange sentiment de tension naît alors dans mon estomac, et je me sens honteuse de ressentir un tel trouble. Le sentiment est incongru et l'expérience troublante, à tel point que les battements de mon cœur s'emballent davantage, si tant est que la chose soit possible. Vexée de réagir de la sorte, je suis tentée de le réprimander pour son impudence, mais il ne m'en laisse pas le temps.

— Vous devez être Mme Harewood, c'est ça ? Nous vous attendions. Entrez donc…

Il recule d'un pas pour me laisser passer, sans toutefois me quitter des yeux. L'entrée de la maison est agréable, haute de plafond, aérée, et de nombreux petits cadres ornent les murs, mais je ne me sens guère d'humeur à les étudier. Du moins pas tant que je me ferai déshabiller du regard avec une telle insolence !

— Je suis Clarence, se présente-t-il alors. C'est un plaisir de vous rencontrer…

Il me tend la main, tout en affichant un grand sourire lourd de sous-entendus. Lorsque nos doigts se frôlent, je peux sentir la chaleur de sa main à travers le cuir de mon gant et ses phalanges entourent les miennes bien plus longtemps que nécessaire, pressant ma main plus fort que ne le recommande la bienséance. En dépit de ce manquement à l'étiquette, force m'est de reconnaître que la sensation est agréable, et je me sens stupidement déçue lorsqu'il libère son emprise.

— Suivez-moi, je vous prie. Je crains que *Madame* ne soit déjà occupée avec une dame en ce moment même. La consultation prend plus longtemps que nous l'avions prévu, car la pauvre fille est extrêmement nerveuse.

Tandis que je le suis vers une porte opposée à la porte d'entrée, il se retourne soudainement, et je pourrais jurer qu'il me fait un clin d'œil.

— Vous n'êtes pas nerveuse, n'est-ce pas, madame Harewood ? Vous n'avez rien à craindre ici. Absolument rien.

Son attitude et son ton un peu brusque me laissent perplexe. Je ne sais quelle réponse opposer. Mais mon silence semble peu lui importer : il me sourit comme si nous avions la plus civile des conversations et m'entraîne dans un petit salon accueillant, en dépit de ses modestes dimensions.

— Je suis certain que *Madame* ne tardera guère. Je viendrai vous chercher dès qu'*elle* sera prête à vous recevoir.

Pourquoi diable appuie-t-il avec tant d'emphase sur « Madame » et « elle » ? Et pourquoi semble-t-il toujours sur le point de rire lorsqu'il prononce ces deux mots ? Je le remercie cependant, tentant de conserver ma prestance, une tâche difficile si l'on considère la raison pour le moins délicate qui m'amène en ce lieu et la manière dont Clarence continue de me scruter, d'un regard brûlant et déstabilisant.

— Lisez le journal en attendant, me recommande-t-il en faisant un geste en direction d'une pile de journaux disposés sur une console adjacente. Ça vous aidera à vous détendre et à vous préparer.

Me préparer à quoi ? me demandé-je une fois qu'il a quitté la pièce, compte tenu du genre de conseils que j'espère recevoir de la part de *Madame*.

Je jette un coup d'œil à la pile. Excepté les familiers *Journal des femmes* et *Tatler*, qui pourraient en effet m'aider à me préparer psychologiquement à l'entretien à venir, je ne reconnais aucun des titres. L'un des journaux, *Divertissements*, attire mon attention. Je m'en empare, puis vais prendre place près de la fenêtre, dans un fauteuil qui offre une charmante vue sur le jardin.

J'ouvre le magazine au hasard et ma surprise est telle que j'en reste bouche bée et que les bras m'en tombent presque. J'ai soudain plus chaud que jamais, à tel point que je me vois forcée de poser le magazine sur mes genoux afin de pouvoir ouvrir mon manteau et retirer mes gants.

La page sur laquelle je suis tombée est entièrement occupée par une illustration, une lithographie des plus soignées qui représente un bel homme dans la fleur de l'âge, à la peau ambrée et exotique. Il ressemble à Clarence, à ce détail près : il est nu ! Pas le moindre centimètre carré de tissu ne le recouvre. Dévêtu des pieds à la tête…

J'en ai le souffle coupé, mais ne peux me résoudre à détourner le regard. J'ai envie de voir revenir Clarence, tout à coup, afin de lui demander un verre d'eau. Mais peut-être n'est-ce pas une si bonne idée… La vue de ce beau jeune homme dénudé, et visiblement en état d'excitation, m'affole tant que la dernière chose dont j'ai besoin est de devoir supporter le regard moqueur de Clarence tandis que je rougis comme une jeune fille.

Enfin, je finis par retrouver mon calme. Après tout, n'est-ce pas la raison pour laquelle je suis ici ? Pour en savoir plus sur la sensualité ? Mme Chamfleur souhaite certainement que ses clientes se familiarisent en douceur avec la nudité masculine et ses plaisirs, et c'est sans nul doute la raison pour laquelle ce journal se trouve dans la pile.

De fait, le spécimen représenté est un modèle du genre : mince et musclé, des cheveux noirs et bouclés, une peau dorée qui paraît très soyeuse, des poils sombres sur la poitrine et plus bas… Une touffe de poils noirs encadre un membre large et vigoureux.

Sur l'image, le jeune homme est en train de se caresser : ses longs doigts reposent avec langueur sur son vit impressionnant, doucement enroulés autour de lui comme pour attirer l'attention sur sa splendeur. Comme si un tel attribut avait besoin de pareille mise en scène pour attirer l'œil ! De fait, mes yeux avides et curieux ne peuvent s'en détacher.

Que doit-on ressentir, en touchant un tel organe ? En le sentant pulser dans sa main délicate ? Feu M. Harewood, paix à son âme, n'était hélas pas particulièrement bien doté dans ce domaine… Peut-être était-ce la raison de nos décevantes tentatives ? Sans parler du fait qu'il n'avait pas l'air de savoir quoi faire avec le peu qu'il possédait ! N'étant pour ma part ni expérimentée ni audacieuse, j'avais souffert ses gaucheries et son incompétence tout en devinant que les choses de l'amour avaient plus à offrir, tellement plus… Mais je n'avais aucune idée précise quant à ce qui pouvait bien manquer à nos unions charnelles.

Mais tout cela est derrière moi, désormais : j'entends bien m'assurer que j'obtiendrai ce que je désire, si jamais je me remarie. Et si je suis ici aujourd'hui, c'est précisément pour apprendre comment procéder, grâce aux conseils avisés de *Madame*.

Tout en effleurant l'image du bout des doigts, je me demande si M. Trentham, lord Lotherton ou encore le comte de Davy sont aussi généreusement pourvus que ce magnifique jeune homme. Que pourrais-je bien ressentir, au contact d'un si bel organe logé en moi ?

— Ah, je vois que vous avez fait la connaissance de Yuri ! déclare alors une voix aux accents amusés, juste derrière moi. Quel membre exceptionnel, n'est-ce pas ? Pas aussi gros que le mien, naturellement, mais il n'en reste pas moins tout à fait honorable.

Terriblement rougissante, je lève les yeux et m'aperçois que Clarence s'est silencieusement introduit dans la pièce et qu'il s'est approché de moi avec la discrétion et la sournoiserie d'un chat. Son regard est posé sur le bout de mes doigts, qui recouvrent, de façon compromettante, la base de l'abdomen dudit Yuri.

J'ouvre la bouche pour lui répondre, mais aucun son n'en sort. Je suis incapable d'exprimer une phrase cohérente, certes parce que j'ai été prise en flagrant délit, mais pas seulement. Non contente de scruter l'image d'un jeune homme dans le plus simple appareil, voilà que je me surprends également à spéculer sur le corps de Clarence. C'est à peine si je peux le regarder dans les yeux. Son membre est-il aussi gros qu'il le prétend ? Doux Jésus, il doit être énorme, alors !

Mes pensées poursuivent leur périlleux cheminement, les battements de mon cœur s'accélèrent et je ressens, une fois encore, ce poids dans mon ventre, aussi délicieux qu'embarrassant. Autant de sensations peu confortables, mais également bien excitantes, je dois le reconnaître.

— N'ayez aucune inquiétude, madame Harewood. Il n'est pas rare que les dames apprécient de regarder des photos d'hommes nus, vous savez, continue-t-il gaiement. Et ces charmantes images ne sont que le début de ce que vous allez voir ici.

Il me prend par le bras avec la plus grande familiarité et me fait me lever.

— Venez, voulez-vous ? Si vous êtes prête, nous allons vous recevoir immédiatement.

Trop troublée pour dire quoi que ce soit, je m'empare de mes gants et de mon réticule, et le suis en silence le long du couloir, puis jusqu'en haut d'une volée de marches. Certain que je vais le suivre, il ne m'encourage pas à le précéder : au contraire, il ouvre la marche, m'offrant par la même occasion une vue imprenable sur son postérieur moulé dans son pantalon pâle. Un postérieur qui paraît ferme et musclé, dont la chair semble si appétissante que je dois résister à la tentation de tendre la main afin d'en vérifier concrètement la texture. Je suis en proie à un désir brûlant d'exploration et de caresses.

Mais enfin, que m'arrive-t-il ? Je ne suis dans cette demeure que depuis dix minutes et je suis déjà en train de devenir une vraie dévergondée !

Mais n'est-ce pas là ce que tu désires, Sofia ? Découvrir les plaisirs de l'amour ?

Bien sûr que si, mais je ne m'attendais pas pour autant

à avoir envie de tendre la main pour toucher le bas des reins d'un homme que je viens de rencontrer !

Au bout de ces quelques marches qui m'ont paru aussi ardues à gravir qu'une montagne, nous arrivons enfin en haut de l'escalier. Il m'escorte jusqu'à une porte au bout du couloir et frappe.

— Entrez ! crie alors une voix étonnamment grave, si l'on considère qu'elle appartient à une femme.

Clarence ouvre la porte et révèle une pièce encore plus accueillante et confortable que le petit salon où j'ai attendu. D'imposants meubles en acajou brillent doucement dans la lumière, des étagères débordant de livres couvrent les murs du sol au plafond, et un charmant feu de bois brûle dans l'âtre. D'un côté de la pièce se trouve un immense bureau recouvert de cuir et de l'autre, un divan qui paraît confortable à souhait. Le tapis perse sous mes pieds est épais et moelleux.

Un gentilhomme à la stature impressionnante se lève du fauteuil derrière le bureau et s'avance à ma rencontre, son visage aux pattes impeccablement taillées éclairé d'un magnifique sourire. Ses yeux marron pétillent d'intelligence, ses épais cheveux bruns sont parsemés de touches d'argent qui, loin de le vieillir, ne font qu'ajouter à son charme, et ses lèvres sensuelles dévoilent une rangée de dents blanches parfaitement alignées. Il est vêtu avec goût et élégance d'une veste de matinée et d'un pantalon étroit, le tout taillé dans un lin immaculé.

— Bonjour, madame Harewood.

Sa voix est grave et ses yeux étincelants.

— C'est un réel plaisir que celui de vous rencontrer…

Il prend ma main entre ses immenses paumes et la serre avec enthousiasme. Je suis on ne peut plus confuse : me voici en présence d'un autre homme aux atouts extraordinaires. Un frisson me parcourt, plus fort que celui que j'ai ressenti au contact de Clarence et à la vue de Yuri. L'espace de quelques instants, des pensées outrageantes s'insinuent dans mon esprit, tournant toutes autour de cet homme au physique des plus engageants, avec son sourire joyeux et son corps dont se dégage une force hors du commun.

Mais où donc est Mme Chamfleur ? Ce que je m'apprête à confesser ne peut être confié qu'à une oreille féminine. J'ouvre la bouche pour prendre la parole mais, une fois encore, je demeure stupidement muette.

— Venez, ma chère, asseyez-vous.

Ma main toujours dans les siennes, il me guide jusqu'au divan et m'encourage à y prendre place avec la plus exemplaire des courtoisies.

— Clarence, veuillez apporter du vin de Madère épicé pour Mme Harewood. Je suis sûr que cela l'aidera à se calmer et à se détendre.

— Tout de suite, monsieur C. !

Alors que Clarence quitte la pièce à la vitesse de l'éclair, mon nouveau compagnon concentre toute son attention sur ma personne. De près, il semble encore plus grand que je ne l'ai cru en entrant. Ses mains sont gigantesques, tout comme son torse, ses épaules et apparemment le reste de son corps… Car, naturellement, il m'est impossible d'empêcher mes yeux curieux de s'égarer au bas de sa veste… Mon Dieu, il semble encore plus gâté par la nature que Clarence et Yuri ! Comment est-ce possible ?

Le rouge me monte aux joues, d'autant plus qu'il a remarqué sur quelle partie de son anatomie je viens de porter mon regard. Un sourire plein de sous-entendus éclaire son visage tandis qu'il s'enfonce dans un fauteuil près de moi.

En proie à une grande agitation, je parviens enfin à articuler quelques mots.

— Monsieur, j'apprécie tant de sollicitude, mais pouvez-vous, je vous prie, me dire quand Mme Chamfleur va arriver ?

Il éclate d'un rire à la fois grave et sonore, qui résonne comme une mélodie à travers la pièce.

— J'ai bien peur qu'il n'y ait guère de Mme Chamfleur, si ce n'est ma défunte mère. Je suis navré de vous décevoir.

— Mais alors… m'aurait-on mal informée ? Vous feriez-vous passer sciemment pour une conseillère, alors que vous êtes un homme, monsieur Chamfleur ? Et pour quelle raison, s'il vous plaît de me répondre ?

Un homme, oui, assurément, et pas des moindres, comme me le confirment une fois encore mes yeux indisciplinés et aventureux… Pourquoi donc suis-je incapable de contrôler mon propre regard ? Il m'est impossible de cesser de fixer son aine !

Sans se départir de son sourire, il frotte mes mains dans les siennes, et je frémis au contact insistant de ses doigts tièdes et apaisants.

— Je me nomme Ambrose. Appelez-moi ainsi, je vous prie.

Je me calme progressivement, tout en ressentant paradoxalement une tension grandir dans mon bas-ventre.

— J'utilise le nom de ma mère par commodité. Pensez donc : la plupart des dames n'accepteraient jamais de discuter de leurs problèmes intimes avec un homme, tandis qu'au nom de « madame », elles se bousculent toutes à ma porte, avides de conseils.

— Mais…

Ses doigts se promènent toujours doucement sur les miens.

— Croyez-moi, madame Harewood, je suis en mesure de vous aider. Quel que soit le problème intime qui vous préoccupe, je peux vous conseiller en faisant preuve de la discrétion la plus absolue. Vous pouvez avoir une totale confiance en moi, ainsi que dans toutes les personnes à mon service.

Tout ceci me paraît grotesque. Et d'ailleurs, ça l'est. Mais ses yeux marron et ses mains en perpétuel mouvement m'hypnotisent tant que je ne parviens pas à me soustraire à leur emprise. Peut-être peut-il vraiment m'aider après tout, avec son sourire éclatant, son accent français quasiment imperceptible et sa parfaite maîtrise de lui-même ?

Clarence revient à cet instant avec une carafe emplie de madère. Il en remplit un podstakannik, ce drôle de petit verre à thé russe avec son support en métal, et le dépose entre mes mains. Je regarde le gobelet d'un air incertain.

— Goûtez…, m'encourage alors Ambrose, sentant mon hésitation. C'est une infusion d'épices que je concocte moi-même. Je ne pense pas me tromper quand je dis que vous la trouverez à la fois apaisante et revigorante.

Force m'est de reconnaître qu'il dit vrai : le mélange est délicieux et je le sens descendre dans mon estomac avec plaisir — je n'ai rien été capable d'avaler avant de venir tant j'étais nerveuse, si bien que j'ai le ventre vide. Je bois avec gourmandise et vide le verre sans même m'en rendre compte. Clarence s'en saisit pour le remplir de nouveau, mais je lui fais comprendre d'un geste de la main que je n'en veux pas davantage. Il pose le verre sur le côté et va s'installer dans un fauteuil, à l'autre bout de la pièce.

— Madame Harewood, voulez-vous, je vous prie, me confier la raison de vos soucis ?

De nouveau, il prend mes mains et les garde entre les siennes. Il fait chaud dans la pièce, et tout est si accueillant et confortable que je me décide à prendre la parole… avant de me rappeler que Clarence est toujours présent.

— Ne vous en faites pas, me rassure Ambrose comme s'il lisait dans mes pensées. Clarence est l'un de mes plus fidèles associés, et vous pouvez parler devant lui en toute confiance. De plus, il m'assiste également dans le cadre des thérapies.

— Des thérapies ?

— Absolument, ma chère : nous proposons également des thérapies en plus des simples consultations. Autrement, comment pourrions-nous aider nos patientes à régler leurs problèmes intimes les plus délicats ?

Certes… Mon regard se porte sur Clarence, qui hoche doucement la tête, avec un air très sérieux inscrit sur son visage. Puis mon attention revient sur Ambrose : il a lui aussi un air des plus sérieux, digne d'un vrai professionnel. Néanmoins, une étincelle diabolique semble briller tout au fond de ses prunelles.

Qu'est-ce donc que cet endroit ? Et quel nouveau *problème suis-je en train de me créer ?*

Les doigts d'Ambrose continuent à caresser délicatement les miens, avec une douceur réconfortante, et je ne peux m'empêcher de les imaginer me caressant ailleurs, avec la même douceur et la même délicatesse.

Soudain, et sans qu'il ait besoin de me pousser plus avant, je décide de lui raconter mon histoire. Qu'ai-je à y perdre, après tout ? Mes mots se font d'abord hésitants, timides, puis plus rapides et plus explicites. Je rougis de honte, mais je ne peux pas m'arrêter, et je décris par le menu les défaillances de mon mariage, la confusion qui m'étreint, ce sentiment flou mais persistant que l'intimité entre un mari et sa femme doit avoir tellement plus à offrir.

Sans oublier ma détermination féroce à vouloir m'assurer que les choses se passent mieux à l'avenir !

— Je veux être sûre de savoir à l'avance comment contenter mon mari… et sûre aussi… qu'il sache comment me satisfaire en retour. M. Harewood n'était, hélas, guère assidu dans ce domaine.

— Vous n'éprouviez donc aucun plaisir avec lui ?

Le visage d'Ambrose est toujours aussi calme et son expression des plus attentives. L'étincelle coquine que j'ai cru apercevoir dans ses yeux quelques instants auparavant était-elle le simple fruit de mon imagination ? Il semble à présent attentionné et pondéré, et, à ma grande surprise, ce changement d'attitude me déçoit cruellement. J'ai brusquement envie de malice, d'audace, de séduction et d'une autre chose que je ne parviens pas à nommer ni même à réellement comprendre.

— Pas le moindre. Juste une sensation de malaise, alors que certaines de mes amies m'avaient laissé entendre que j'éprouverais un sentiment d'extase, que je serais transportée par la béatitude, dévorée par la passion.

— Et c'est ainsi que les choses devraient effectivement se passer…

Me sentant sans doute de nouveau agitée, Ambrose fait un geste en direction de Clarence, qui m'apporte immédiatement un autre verre de madère. J'en bois quelques gorgées sans protester, et la chaleur du vin et ses épices m'apaisent instantanément.

— Je peux vous aider, madame Harewood.

Sa voix s'est faite plus douce, et devient presque un murmure tandis qu'il se penche vers moi et que l'odeur délicieuse de son après-rasage m'emplit les narines.

— Mais tout d'abord, nous devons vous examiner, afin de nous assurer de l'absence de toute imperfection physique.

Mille questions et autant de protestations m'assaillent. Est-il qualifié pour un tel examen ? N'est-ce pas réservé aux physiciens ? Et s'il n'est pas médecin, n'est-il pas absolument inapproprié et scandaleux de le laisser poser les mains sur moi ?

Je rougis de nouveau, comme une écolière prise en faute.

— *M'examiner ?* parviens-je à articuler.

— Absolument.

Le sourire d'Ambrose est avenant, mais ses yeux marron brillent d'un éclat indéfinissable. Tous mes sens sont en éveil, et le sang qui a envahi mes joues semble affluer soudain vers d'autres parties de mon corps. L'agitation s'empare de moi une fois de plus, tandis que la pointe de mes seins, le creux de mon ventre et mon sexe sont en proie à de délicieux tourments.

Quel est donc cet endroit ? Qui est cet homme ? Qui sont-ils, tous les deux ?

Ambrose se rapproche imperceptiblement.

— Ne soyez pas timide, Sofia. Vous êtes en sécurité ici. Vous n'avez aucune raison de vous inquiéter.

Ses doigts s'aventurent à présent sous la manche de ma robe et étreignent mon avant-bras.

— Venez, ma chère, et débarrassons-nous donc de tous ces vêtements lourds et encombrants, dit-il sans relâcher son étreinte.

C'est donc ainsi que se déroule une consultation ?

Il me fait me mettre debout et me retire mon chapeau, ma veste et mes bottes, puis mon corsage, ma jupe et mes jupons. Clarence se joint à lui pour l'assister et tous deux s'occupent de mes vêtements avec efficacité. Face à une telle dextérité, je me demande combien d'autres femmes ils ont pu déshabiller de la sorte dans cette pièce. Uniquement vêtue de mon corset et de ma crinoline, je frissonne comme si j'étais en proie à la fièvre — surtout lorsque Ambrose fait passer ses doigts le long de ma gorge, puis sur le haut de ma poitrine, et qu'il joue avec la dentelle de mon corset.

— Mon Dieu, mais c'est pire qu'une armure ! Comment les femmes peuvent-elles se sentir libres et éprouver du plaisir en étant vêtues de telles monstruosités ? Je vous suggère de jeter tout cela au feu dès que vous rentrerez chez vous, ma chère…

Avant que j'aie le temps de protester, il s'attaque à mes derniers vêtements, toujours assisté de Clarence. Débarrassée de ma crinoline, je contemple, abasourdie, ces deux paires de mains extraordinairement agiles qui se jouent des crochets et des lacets de mon corset. En un clin d'œil, Ambrose l'envoie valser à l'autre bout de la pièce avec un dégoût et un contentement non dissimulés.

— Eh bien, voilà qui est mieux !

Il pose sa main sur ma poitrine et je suis estomaquée de ce contact. Il prend l'un de mes seins en coupe avec la plus grande délicatesse, ses doigts caressant doucement ma peau. Je suis raide comme un piquet, et j'aurais presque l'air d'une statue si je ne tremblais pas comme une feuille, en proie à la plus grande confusion, dans ma chemise fine, mes bas et ma culotte. La douce chaleur du feu de bois est comme une caresse qui me réchauffe à travers le peu d'habits qui me restent et je peux sentir un flux lent et humide battre entre mes jambes.

— Vous êtes très belle, ma chère, soupire Ambrose, sa main toujours posée sur mon sein, mais votre timidité vous paralyse. N'ayez crainte, je sais que tout ceci est nouveau pour vous.

Sa bouche est si proche de ma joue que je m'imagine

— et même je l'espère secrètement — qu'il est sur le point de m'embrasser. Mais il n'en fait rien.

— Peut-être souhaitez-vous conserver ces quelques vêtements pour ne pas vous sentir trop mal à l'aise ?

Ne pas me sentir trop mal à l'aise ? C'est un peu tard : en dépit de ma gêne, mon corps est comme en proie à un incendie que je ne peux contrôler. Il m'a à peine touchée, et pourtant mon être tout entier s'enflamme.

— Venez par ici, madame Harewood, et installez-vous confortablement sur cette méridienne.

Comme l'agneau innocent et candide à la merci du grand méchant loup, je le laisse me guider jusqu'au divan et m'aider à y prendre place. N'ayant pas la moindre idée de ce qui m'attend, je ferme les yeux, prête à affronter mon destin. Je sens les doigts experts de Clarence ôter les épingles qui retiennent mes cheveux et étaler ma chevelure sur les coussins. Pendant ce temps, Ambrose ne cesse de me serrer doucement la main.

Que fais-je ici ? Pourquoi est-ce que je laisse ces deux parfaits inconnus me déshabiller et s'approprier mon corps de cette façon ? Ai-je totalement perdu l'esprit, ou alors le vin de Madère contenait-il une drogue destinée à annihiler ma volonté ? Au fond de moi, je sais qu'il n'en est rien : ce qui est sur le point de se dérouler est ce que j'attends depuis bien longtemps. Cette chose dont je sais qu'elle existe, mais qui manque encore à ma vie.

Lorsque les battements de mon cœur ont repris un rythme plus normal et que je suis de nouveau calme, Ambrose lâche ma main et se met au travail. Lentement, il caresse ma joue, puis mon menton, enfin ma gorge. Il s'attaque ensuite aux petits nœuds de soie qui retiennent le devant de ma chemise et les défait rapidement. Puis il écarte l'étoffe soyeuse et expose mon corps à son regard ainsi qu'à celui de Clarence.

Lorsqu'il me touche, lorsqu'il me touche *vraiment*, je crie comme une enfant apeurée, et en un instant, Clarence est à mon chevet.

— Là, doucement…

Il murmure à mon oreille comme le ferait une infirmière avec un malade inquiet tandis qu'Ambrose prend mes seins en coupe et les caresse avec de plus en plus de précision. Ses gestes sont lents, circonspects, presque respectueux, mais l'effet qu'ils produisent est quant à lui absolument inédit ! Je me tortille sur le divan, à la fois mal à l'aise et surexcitée, et lorsque je sens ses caresses s'intensifier, je ne peux m'empêcher de gémir. Comment est-ce possible ? Comment de simples « manipulations » peuvent-elles donner lieu à une telle profusion de délices ? Mon défunt mari avait pourtant pour habitude de toucher ma poitrine, mais sans que je ne ressente rien de la sorte, hélas…

Mais à présent… Les mains d'Ambrose sont si agiles, si ingénieuses ! On dirait qu'il cueille mes tétons et qu'il joue ensuite avec eux d'une manière telle que j'ai l'impression qu'il joue avec mon corps tout entier. Les sensations qui m'envahissent sont aussi divines qu'inconnues : je gigote, remue les hanches avec une frénésie passionnée. J'en veux plus, toujours plus, je veux tout ce qui serait susceptible de calmer le picotement croissant qui s'empare de mes entrailles.

— Vous voyez, madame Harewood, vous *êtes* une femme sensuelle.

La voix d'Ambrose, murmure intime au creux de mon oreille, est à la fois cajoleuse et triomphante.

— Clarence, si vous le voulez bien, je vais avoir besoin de votre aide.

A ces mots, ce dernier change de place et gagne le bout de la méridienne tandis qu'Ambrose continue à caresser ma poitrine. A quoi jouent-ils ?

— J'aurais besoin que vous descendiez les bas et la culotte de Mme Harewood jusqu'à ses genoux.

— Non, monsieur Chamfleur, s'il vous plaît !

La protestation m'échappe. Ne serait-il pas absolument honteux d'être exposée de la sorte ?

— Calmez-vous, ma douce.

Ses lèvres, apaisantes et troublantes, se promènent sur ma peau pendant quelques instants. Une fois de plus, son contact et sa voix m'apaisent immédiatement. Peut-être cette perspective n'est-elle pas si honteuse que je le redoute, après tout ? Plus j'y pense et plus je dois reconnaître qu'elle m'excite même au plus haut point. L'idée d'être dénudée sous le regard de ces deux hommes a quelque chose d'effrayant, mais elle me donne également envie de me tortiller et de m'agiter davantage.

— Je vous en supplie, Sofia, appelez-moi Ambrose. Et croyez-moi, vous n'avez rien à craindre.

Rien à craindre, à part moi-même et un degré de désir et de débauche dont j'ignorais tout encore le matin même ! Clarence pose ses mains près de ma taille et je sens bientôt la peau de mon ventre et de mes cuisses mise à nu. Il soulève ensuite mes fesses dénudées pour glisser sous elles un coussin, et je trouve le contact du tissu soyeux contre ma peau nue délicieusement décadent.

— Magnifique ! s'exclament-ils, presque à l'unisson.

Ambrose m'embrasse, puis tous deux changent de place, comme si ce baiser était un signal. La tête de Clarence est désormais près de la mienne ; il s'avère aussi doux et prévenant que son maître. Je plonge mes yeux dans son regard bleu sombre, presque effrayée à l'idée de regarder dans la direction d'Ambrose et de surprendre un geste qui indiquerait ce qu'il a prévu de me faire.

L'expression de Clarence est à la fois avenante et espiègle tandis qu'il m'enlace d'un bras et reprend les choses là où Ambrose les a laissées : sa main libre se pose sur ma poitrine et je grogne de plaisir lorsque je le sens me provoquer et titiller le bout de mes seins. Surprise de produire un tel son, je décide de clore les paupières, même si j'ai conscience que ça ne changera rien. J'ai beau me délecter de la vue de leurs magnifiques visages, ressentir un tel plaisir avec les yeux grands ouverts et observer ce qu'ils me font me paraît bien trop osé pour une femme de ma condition.

Une pression indéfinissable s'accumule lentement dans mon ventre, et mes grognements se transforment en gémissements de plus en plus sonores. La sensation ressemble à la caresse d'une plume dont l'extrémité effleurerait mes reins et me tourmenterait délicieusement, avant de revenir vers mon abdomen. Je flotte au milieu d'un brouillard aphrodisiaque qui m'enrobe tout entière et me fait me tortiller sur la méridienne.

— Doucement, doucement…

Totalement absorbée par la délicieuse torture que m'imposent les caresses de la plume, je n'arrive plus à discerner si la voix appartient à Clarence ou à Ambrose. Une multitude de terminaisons nerveuses semblent s'être réveillées en moi et avoir émergé de leur léthargie, tandis que d'autres s'éveillent à la vie pour la toute première fois.

La sensation que j'éprouve au niveau du bas-ventre me trouble intensément : une vague de chaleur et d'agitation me submerge, de même qu'un désir diabolique d'être touchée, caressée, *utilisée*. Un désir si insoutenable qu'il me donne envie de me toucher moi-même. La tête me tourne, je me sens perdue, mais dans le même temps, j'ai l'étrange certitude d'être en parfaite sécurité. Telles sont bien les sensations que j'avais vaguement imaginées et à côté desquelles mon mariage m'a totalement fait passer. Ces sensations sont si puissantes, si confondantes et pourtant si belles que mes yeux s'emplissent de larmes.

Assoiffée de plaisir et de connaissance, je me retiens de ne pas crier, mais même mon silence parle pour moi, puisque mes deux amants s'empressent de répondre à ma prière silencieuse. Clarence m'embrasse, sa langue se pressant promptement dans ma bouche, et presque au même moment, une autre sensation me fait bondir de la méridienne : Ambrose vient de glisser un doigt en moi avec assurance et vigueur. Choc délicieux qui fait aussitôt entrer mon corps brûlant en action dans un mélange d'audace et de douceur, et, tandis que son doigt s'enfonce en moi, son pouce se pose sur mon clitoris. C'est bien la première fois que l'on me touche de la sorte et le plaisir me transperce instantanément, telle une lance, non seulement dans le creux de mes reins, mais aussi au niveau de ma poitrine, de ma bouche, de mon cœur, même de mon âme.

Je ne cherche plus à savoir ce que les deux hommes font exactement, je ne cherche plus à comprendre ; c'est avec délice que je m'abandonne à eux, à leurs mains curieuses, leurs langues tièdes qui m'assaillent de manière si exquise. Les odeurs de leurs vêtements, de leur peau et de mon propre corps m'enivrent. La chaleur et la tension qui ont envahi ma chair montent en flèche, délicieuses et insupportables, et leur intensité augmente tel un incendie mettant mon corps à vif. Je m'apprête à crier une fois de plus, mais mon cri est étouffé par la bouche de Clarence contre la mienne.

Soudain, sans que je m'y attende, toute la pression qui

s'est accumulée en moi semble se relâcher et se répandre dans mon corps dans une formidable explosion, à la manière d'une vague qui emporte tout sur son passage, si puissante que je crains de m'évanouir.

Seigneur, que m'arrive-t-il ? Ai-je perdu l'esprit ? N'ai-je donc plus aucun contrôle sur moi-même ? J'ouvre les yeux. Je suis toujours allongée sur la méridienne, le cœur battant et les sens en émoi. Ma poitrine et mon ventre sont dénudés ; je suis blottie dans les bras d'Ambrose et mon visage est baigné de larmes de joie et d'extase. Peinant à me redresser, je regarde autour de moi ; Clarence s'est discrètement éclipsé.

— S'agit-il là des transports dont mes amies m'ont parlé à demi-mots ?

— En effet, ma chère, répond Ambrose d'une voix grave.

Tandis que je rassemble lentement mes esprits, les dysfonctionnements de mon mariage m'apparaissent dans toute leur ampleur. Tous les hommes sont-ils aussi ignorants que l'était mon pauvre défunt mari ?

— C'est bien la première fois que j'en fais l'expérience.

Il s'éloigne et revient quelques secondes plus tard avec un verre de madère. Le vin est froid à présent, mais toujours aussi délicieux, et ses effets sont, une fois de plus, salutaires.

— Cela me peine de savoir qu'une femme aussi sensuelle que vous a dû attendre toutes ces années pour découvrir les vertus de l'érotisme.

Je suis encore abasourdie, sous le coup du choc et de la surprise : jamais je ne me serais crue capable d'éprouver autant de plaisir et d'inspirer autant de désir ! La chaleur du madère m'emporte et j'ai le sentiment qu'une graine de détermination vient d'être plantée dans mon cœur, et qu'elle ne demande qu'à grandir. Jamais plus je n'accepterai de me contenter de peu ! Jamais plus je ne gagnerai ma couche déçue et insatisfaite après qu'un gentilhomme ait eu recours à moi uniquement pour satisfaire ses propres désirs ! Si mon prochain mari ignore quels sont mes besoins, je jure de lui *montrer* quelles sont mes exigences et d'insister jusqu'à obtenir satisfaction !

Pleine d'une toute nouvelle bravoure, je redresse les épaules et regarde Ambrose dans les yeux. On dirait qu'il a vu une transformation s'opérer en moi à mesure que je la vivais et, devant l'expression à la fois dévouée et perplexe de son regard, mon cœur s'emballe, une fois encore.

— La révélation que je viens d'avoir est des plus surprenantes et, pourtant, je sens qu'il y a bien plus à apprendre, bien plus d'astuces et de savoirs dont je pourrais user pour éprouver davantage de plaisir.

— De fait, ma chère ! Toutes mes félicitations, vous êtes une excellente élève, qui apprend très vite, sans parler du fait que vous semblez dotée d'une sensualité innée. Le plaisir que vous avez ressenti il y a quelques instants porte un nom : cela s'appelle un orgasme, et je suis certain que celui que vous venez d'avoir est le premier d'une longue série.

— Puissiez-vous dire vrai ! J'ai hâte d'en faire de nouveau l'expérience et d'en apprendre davantage.

Je n'ai jamais été aussi sincère : mon corps resplendissant réclame déjà d'autres expériences sensuelles, en dépit de mon plaisir tout récent.

— Mais très certainement… A l'issue de la première consultation, nous avons pour habitude de suggérer ce que nous appelons des « séances de thérapie » supplémentaires. Elles prennent normalement place une fois que la cliente a assimilé la première expérience et qu'elle a eu, éventuellement, le temps de se livrer à quelques expériences de son côté. Mais dans votre cas… Dans votre cas, reprend-il après une pause pleine de mystère et de promesses, je pense que vous êtes prête à passer directement à la seconde étape.

La seconde étape ? En quoi peut-elle bien consister ? Une délicieuse vague me parcourt le ventre et me fait comprendre que mon corps affamé de désir et de savoir est bel et bien prêt à en apprendre plus.

Alors que je m'apprête à lui répondre, la porte s'ouvre et Clarence fait son entrée, avec entre les mains un vêtement de soie, qu'il déploie, révélant un peignoir exquis, décoré de dentelles de Bruxelles et de petits nœuds en satin. Ambrose me tend la main, que j'attrape et sur laquelle je m'appuie pour me lever de la méridienne. C'est ensuite tout naturellement que j'abandonne mes sous-vêtements pour me glisser dans cette luxueuse parure. Cette fois, le fait de savoir que je suis nue devant les deux hommes ne me fait plus honte : cela m'excite au contraire au plus haut point. Je suis presque déçue une fois la ceinture du peignoir de soie attachée et ma peau convenablement couverte.

— Venez par ici.

Ambrose me prend par la main et me guide hors de la pièce. Je jette un regard derrière moi et ai juste le temps d'apercevoir Clarence qui commence à mettre de l'ordre dans la pièce et à rassembler mes vêtements. Je n'ai pas la moindre idée de ce qui m'attend et cette perspective m'enchante, mais je ne peux m'empêcher d'éprouver une pointe de tristesse en constatant que le jeune homme ne nous suit pas.

Ambrose me fait alors entrer dans une chambre somptueusement décorée bien qu'un tantinet tape-à-l'œil, qui correspond tout à fait à l'idée que je me fais d'une chambre de courtisane de cour royale. La couche est un immense lit à baldaquin aux montants en cuivre et les murs sont recouverts d'un riche papier de soie. Tout comme au rez-de-chaussée, des œuvres d'art recouvrent les murs, mais cette fois les cadres sont plus grands et les motifs indéniablement plus… osés, pour ne pas dire stimulants.

Alors qu'Ambrose défait la couverture et les draps, qu'une délicieuse odeur de tubéreuse se répand dans l'atmosphère, une autre porte que celle par laquelle nous sommes entrés s'ouvre, et un nouveau venu nous rejoint.

— Mon Dieu, mais vous êtes…

Il s'agit de Yuri, le délicieux jeune homme de la gravure. Il est nu et tout, chez lui, est absolument parfait, de sa peau hâlée aux mèches sombres de ses cheveux bouclés. Comme sur la photographie, son membre est énorme et déjà dressé.

— Madame Harewood, voici Yuri. Il est ici pour vous servir.

Ambrose m'encourage à m'avancer et à me rapprocher de cette beauté mâle digne de mes fantasmes les plus fous.

— Il est également ici pour vous instruire sur la manière de lui faire plaisir. Ainsi, vous saurez stimuler l'enthousiasme d'un homme et, par la même occasion, le plaisir que *vous* prenez pendant l'acte.

— Enchanté…

Yuri s'exprime avec une voix douce. Il prend ma main tremblante dans la sienne, l'amène jusqu'à sa bouche pour y déposer un baiser. Je découvre la sensation de ses lèvres tièdes et fermes, qu'il écarte très légèrement, de façon à permettre à sa langue de caresser délicatement ma peau.

— Je… euh… c'est un plaisir de vous rencontrer.

— Je l'espère très sincèrement, madame.

Le murmure de sa bouche effleure ma main et, de

nouveau, sa langue se livre à cette caresse absolument indécente. Je constate que son sexe resplendit littéralement.

— Laissez-moi vous aider, intervient Ambrose.

Debout derrière moi, il pose ses mains sur mes épaules, puis détache la ceinture de mon peignoir. Yuri écarte immédiatement le tissu soyeux et expose mon corps à son regard. En un battement de cœur, Ambrose fait glisser le tissu de mes épaules et je me retrouve entièrement nue. Pour la seconde fois dans la même journée, je suis nue comme un ver, devant deux hommes inconnus.

Bien que pleinement consciente de la présence attirante d'Ambrose derrière moi, mon instinct me pousse à me diriger vers Yuri. Il fait entendre une exclamation surprise et ravie lorsque je l'entoure de mes bras, puis que je me serre un peu plus fort contre lui, et il presse ses lèvres contre les miennes. Ses baisers ont le goût doux et épicé du vin de Madère. Tandis que sa langue me découvre et m'explore, je sens son sexe qui se presse contre moi. Sa peau contre ma peau, sa bouche contre ma bouche, son sexe dur contre mon ventre, rien dans tout cela ne me paraît répréhensible ou contre nature, bien au contraire. Même la présence et le regard d'une tierce personne, d'un autre homme beau comme le jour, semblent faire naturellement partie de ma destinée sensuelle.

Yuri et moi nous embrassons longuement, nos mains nous parcourant avec fébrilité. J'ai le sentiment d'avoir traversé un immense Rubicon et de ne plus avoir peur. Je sais que ma métamorphose a eu lieu exactement au moment où les doigts d'Ambrose m'ont transportée dans une dimension de plaisir jusque-là inconnue.

Enfin, Yuri et moi nous détachons l'un de l'autre, et je me retourne pour découvrir les yeux d'Ambrose sur moi, brûlant comme des charbons ardents. Je viens d'embrasser un autre homme et pourtant, un lien étrange et indéfinissable semble nous unir. Néanmoins, lorsqu'il tend la main vers moi, il ne laisse transparaître aucune émotion, et c'est avec une assurance silencieuse qu'il me conduit jusqu'au lit. Il m'aide à prendre place sur le matelas, mais limite nos contacts au strict nécessaire. Cependant, un sixième sens en moi me crie qu'il meurt sincèrement d'envie d'aller plus loin.

Yuri prend place à mes côtés, son corps à la peau gorgée de soleil allongé près du mien. Il s'approche de moi et se met à caresser ma poitrine d'une main chaude et confiante. Mon corps se tend automatiquement vers le sien, bien que mon attention ne soit pas entièrement concentrée sur lui. Je sens que, derrière moi, Ambrose s'éloigne pour regagner la porte, et cette pensée m'est insupportable. Il ne peut pas s'en aller, c'est tout bonnement impossible !

Je tourne la tête vers lui et lui tends la main, malgré la présence de Yuri qui continue à s'appliquer de bonne grâce. Lorsque le regard d'Ambrose croise le mien, ses yeux sombres pétillent et un sourire flotte sur ses lèvres ; il hésite l'espace d'une seconde, puis revient près du lit. Il ôte ses bottes et prend place à côté de nous, sa tête appuyée dans sa main.

— Je vais vous regarder quelque temps.

Sa voix est basse et calme, mais j'y décèle une note d'excitation et d'impatience. Je désire ardemment qu'il me touche, mais je devine que je dois me contenter de sa présence en tant que simple spectateur. En dépit de ma déception, nous échangeons un sourire complice, puis je me retourne vers Yuri.

Sa peau exotique est dorée par le soleil, et son teint rappelle les couleurs naturelles de la terre. Ses cheveux forment une masse de boucles sauvage qui lui confère une allure indomptable, pour ne pas dire animale. Sa façon de faire n'est d'ailleurs pas sans rappeler l'animalité qui se dégage de son corps, mais ses manières légèrement plus brusques que celles de mes deux précédents précepteurs n'enlèvent rien au fait qu'il me semble des plus expérimentés.

Ses mains me caressent avec passion et je m'abandonne, laissant mon corps reposer contre les oreillers, comme le ferait une princesse ottomane acceptant les services de ses pages. Pour l'encourager, je caresse nonchalamment son flanc chaud d'une main, tandis que je cherche et trouve la main d'Ambrose de l'autre. Nos doigts s'entremêlent et ce contact provoque en moi une émotion étrange et sombre qui fait battre mon cœur à tout rompre.

Répondant promptement à ma requête silencieuse, Yuri embrasse mes joues, mon cou et mes épaules, sa langue s'attardant sur ma peau à chaque baiser. Puis sa bouche descend et se met à caresser les courbes de ma poitrine. Je rougis en sentant la pointe de mes seins durcir plus encore, puis ma propre bêtise me fait sourire intérieurement : nous avons dépassé le stade de la gêne et de l'embarras depuis longtemps déjà ! Au moment où Yuri prend mon téton entre ses lèvres, je laisse échapper un rire heureux : désormais, je sais que la honte est un sentiment que je n'éprouverai jamais plus dans ce domaine.

Je me tortille entre les draps frais tandis qu'une onde d'excitation surgit puis persiste entre mes cuisses. Lorsque je me tourne vers Ambrose, ses yeux sont deux flammes de désir. Il profite d'un instant où mes lèvres s'écartent sous le coup du plaisir pour approcher son visage et river sa bouche à la mienne dans un baiser inquisiteur. Deux hommes et deux bouches pour mon seul plaisir : qu'est-ce qu'une femme pourrait bien vouloir de plus en ce bas monde ?

Des visions délicieusement perverses de différentes combinaisons de corps envahissent mon esprit, comme autant d'images d'une exquise débauche qui paradent dans mon imagination et décuplent mon excitation, que je croyais pourtant à son apogée.

Une main se glisse entre mes jambes et vient me titiller délicieusement. Mon baiser avec Ambrose se change en un grognement et je n'arrive plus à discerner si la main qui me caresse est la sienne ou celle de Yuri. Je m'agite en tous sens tout en gémissant et en étreignant indistinctement leurs deux corps, animée d'un désir frénétique. J'en veux davantage, j'en veux encore et toujours plus !

Ils semblent communiquer par le biais d'une sorte de télépathie qui leur permet de joindre leurs efforts avec une efficacité absolument redoutable. Yuri couvre ma poitrine d'une dernière pluie de baisers avant de s'écarter et de me tourner le dos. C'est en proie à la fascination la plus totale que je l'observe tandis qu'il enfile délicatement une mince pellicule de caoutchouc autour de son sexe. Je sens alors Ambrose me prendre par les épaules pour me faire basculer sur le côté. Je suis dans un tel état d'excitation et de volupté que je le laisse me manipuler avec la plus grande complaisance, totalement dévouée à cette double domination.

Je suis désormais allongée entre eux deux, Ambrose en face de moi, Yuri lové contre mon dos. Ronronnant telle une chatte, je me frotte contre lui sans cesser de fixer Ambrose droit dans les yeux. J'ai le sentiment d'être dans un état d'excitation proche de la folie, et pourtant, jamais je ne me suis sentie aussi détendue. Derrière moi, Yuri change légèrement de position ; son sexe chaud et dur caresse le bas de mes reins tandis qu'Ambrose caresse mon visage avec une infinie tendresse.

Je sens que l'on incline mes hanches et que l'on écarte mes jambes. Ambrose prend mes mains dans les siennes et Yuri se glisse doucement en moi. Un plaisir sublime m'envahit tandis qu'il me prend dans une position que feu M. Harewood n'aurait jamais eu l'audace d'adopter, et dans une situation que je n'aurais jamais cru possible, avec ces deux hommes absolument délicieux qui, à cet instant précis, n'appartiennent qu'à moi.

Je n'ai pas le courage de regarder Ambrose dans les yeux pendant que Yuri plonge en moi, et loge mon visage dans le creux de son cou. Alors que je respire le parfum de ses vêtements et de sa peau, il dépose un doux baiser sur mon front et murmure quelque chose à mon oreille, mais sa voix est si basse que je suis incapable de comprendre ses paroles. Tout ce que je suis en mesure de percevoir est le ton aimant et doux de sa voix. C'est avec la même délicatesse, mais aussi avec dextérité, que je le sens ensuite agiter un doigt entre mes jambes.

Nous ondulons, suivant un rythme syncopé, dans une coordination aussi parfaite que si nous étions les différents éléments du mécanisme fascinant et complexe d'une horloge suisse. Les caresses ininterrompues d'Ambrose me coupent le souffle et je sens son sexe dur sous l'étoffe de son pantalon. Ses murmures sont autant d'encouragements qui font écho à Yuri, qui grogne et soupire avec un enthousiasme délicieusement animal. Je gémis à en perdre la raison, et c'est délivrée de toute inhibition que je goûte avec un plaisir non dissimulé à ma liberté.

Lorsque je sens que je parviens au point de non-retour, je m'agrippe à Ambrose tout en me pressant contre Yuri pour l'accueillir encore plus profondément en moi. Mon esprit tournoie et chancelle comme s'il dansait une valse joyeuse, et je m'envole de nouveau. L'on pourrait croire que je suis possédée à part égale par ces deux hommes et pourtant, je me rends brusquement compte que la douce courtoisie et la tendresse d'Ambrose conquièrent mon cœur. Cette prise de conscience est irrationnelle et soudaine, mais il m'est impossible de douter de la véracité de mes émotions.

Alors que je reviens sur terre, tout en sachant que je ne vais pas tarder à m'élever de nouveau, je tends la main vers la boutonnière du pantalon d'Ambrose et l'ouvre nerveusement. Je plonge la main sous les différentes couches de tissu qui l'emprisonnent et découvre son sexe. Je ne veux pas interrompre Yuri et me contente de caresser doucement Ambrose du bout des doigts.

Nous ondulons encore et encore tous les trois, telle une divinité mythologique dont les mains, les bras, les bustes et les sexes s'animeraient tous ensemble dans un même but. Les sensations que j'éprouve sont si sublimes qu'elles me stupéfient, et les frontières entre nos corps se troublent jusqu'à ne plus exister. Nous ne formons plus qu'une seule voix, un seul corps, un seul cœur, et c'est à l'unisson que nous crions en atteignant l'extase, Yuri s'agitant glorieusement en moi tandis qu'Ambrose déverse sa semence sur mon ventre.

Je suis épuisée, débauchée et, surtout, je suis au paradis ! Pendant de longues minutes, nous restons étendus, trop ébahis pour bouger ou parler. Je finis néanmoins par recouvrer mes facultés, et en dépit de mon peu d'expérience, quelque chose me dit qu'un tel phénomène n'est sans doute pas habituel, et qu'Ambrose Chamfleur ne prend pas souvent part à de tels batifolages, du moins dans de telles proportions.

Mon cœur déborde de bonheur, et je constate en croisant son regard qu'il est en proie au même débordement.

Il se penche pour m'embrasser et je n'ai que vaguement conscience de Yuri qui se lève et quitte la pièce, après s'être acquitté de sa mission à la perfection.

— Eh bien, Sofia, avez-vous le sentiment de connaître l'extase, maintenant ?

— Je l'ai, en effet. Même si je suis certaine qu'il me reste encore de nombreuses nuances de plaisir à découvrir, Ambrose.

J'essaie de m'imaginer en train de regarder dans les yeux M. Trentham, lord Lotherton, ou encore le comte de Davy dans un tel moment de glorieuse lassitude, mais je n'y parviens pas. Ils ne représentent rien à mes yeux. Seul cet homme et ses charmants compagnons me paraissent réels.

Force m'est de me rendre à l'évidence : je vais devoir changer mes plans.

1888

Je suis au cercle de couture, et la jeune Lucy Montgomery m'entraîne à l'écart.

Ses yeux sont plissés, son visage pincé et, d'expérience, je sais d'ores et déjà que les choses ne se passent pas bien dans l'intimité avec son nouveau mari. M. Montgomery est bien plus âgé qu'elle et l'épouser n'a pas été la décision de la jeune fille mais celle de sa famille.

Je me rappelle l'époque où je me sentais exactement comme elle se sent aujourd'hui ; désillusionnée, déçue. En quête d'une magie dont j'étais convaincue qu'elle existait, mais dont je n'avais encore jamais fait l'expérience.

Jusqu'à ma rencontre avec Ambrose, un homme animé

d'idées révolutionnaires quant à la façon dont les dames devraient apprendre les choses de l'intimité.

Tandis qu'elle me décrit son dilemme avec force hésitations et silences gênés, mes souvenirs me transportent au temps de mon apprentissage, ce jour où je m'étais comportée comme une libertine dévergondée et que j'avais découvert la vraie nature de l'érotisme entre les bras d'Ambrose, de Yuri et de Clarence.

Après cette première expérience, resté seul avec moi, Ambrose s'était occupé de moi avec la même délicatesse et le même soin dont aurait fait preuve la plus expérimentée des femmes de chambre. Il avait essuyé mon ventre au moyen d'un mouchoir en mousseline trempé dans de l'eau parfumée à la rose, et m'avait parlé d'une voix douce, me décrivant tous les plaisirs et toutes les joies qu'il me restait à découvrir dans l'univers sans limites de la sensualité.

Hélas, avec ses sourires, ses descriptions aussi enflammées et une telle proximité physique, il n'avait guère fallu longtemps pour que mon ventre fût de nouveau couvert de sa précieuse semence, à cette différence qu'il avait, lui aussi, à ma plus grande joie, ôté ses vêtements.

Dans les moments de quiétude qui avaient suivi, je lui avais exposé le projet qui venait de germer dans mon esprit, d'abord timidement, puis avec de plus en plus d'assurance et d'enthousiasme. Il m'avait répondu en me faisant part à son tour de ses intentions, et cet échange avait donné lieu à de nouveaux épanchements.

— Euh… Eh bien… Lady Arabella m'a fait savoir que vous seriez peut-être en mesure de me venir en aide… en me proposant une consultation, et peut-être… une thérapie… Elle m'a dit que vous étiez une… une consultante.

La voix nouée de Lucy me tire de ma rêverie. Elle ose à peine me regarder et tord son mouchoir si fort entre ses doigts qu'elle semble sur le point de broyer le pauvre carré de dentelle.

— Mais naturellement, ma chère, je serais ravie de vous aider !

Je prends ses mains dans les miennes pour la calmer, lui souris chaleureusement, puis plonge ma main droite dans mon réticule à la recherche de mon porte-cartes, dont j'extrais un petit rectangle de papier blanc.

— Pourquoi ne pas vous rendre à cette adresse à environ 15 heures, demain ? dis-je en le lui tendant. Je suis sûre que mes associés et moi serons en mesure de vous apporter toutes les réponses dont vous avez besoin.

— Vos associés ? demande-t-elle, soudain envahie par le doute.

— N'ayez aucune inquiétude. Ce sont d'excellents professionnels et ils ont toute ma confiance. Vous serez entre de bonnes mains.

Son regard s'éclaire et elle me sourit d'un air qui semble indiquer qu'elle se sent déjà un peu plus légère.

— Merci mille fois ! J'y serai, à l'heure dite. Soyez bénie, madame Chamfleur, j'étais sûre que je pouvais compter sur vous !

Elle semble si débordante de gratitude que je crois, l'espace d'un instant, qu'elle va m'embrasser. Alors qu'elle me tourne le dos et regagne le cercle pour parler point de croix avec une autre de nos amies, mon regard se pose sur la carte du dessus du petit tas que contient mon étui.

Mme Sofia Chamfleur/Conseils intimes pour dames, peut-on y lire dans une élégante calligraphie moulée, suivent une adresse à Hampstead et la mention : *Consultation sur rendez-vous.*

Je souris, saisie encore et toujours par le même sentiment de bonheur dès lors que je pense au cours des événements, à la manière dont j'ai investi une partie de ma fortune et aux délicieux arrangements auxquels je suis parvenue. Sous mes jupes, mon corps se réchauffe tandis qu'il se remémore les attentions de mon Ambrose adoré.

Au bout du compte, j'ai enfin fini par trouver un mari digne de mes attentes !

EDEN BRADLEY

Un inconnu pour amant

éditions HARLEQUIN

Titre original :
SOUL STRANGERS

Traduction française de TYPHAINE DUCELLIER

83-85, boulevard Vincent-Auriol, 75646 PARIS CEDEX 13.
Service Lectrices — Tél. : 01 45 82 47 47
www.harlequin.fr

Au départ, elle n'avait pas prévu de s'arrêter à cet endroit. A vrai dire, elle ne savait même pas réellement où elle allait. C'était le départ lui-même qui importait, plus que la destination. La route avait été longue de Corpus Christi jusqu'à Veracruz, et à présent, l'eau tiède du golfe du Mexique s'enroulait doucement autour de ses chevilles, apaisant la fatigue de ses membres las. Elle avait eu envie de solitude et elle se retrouvait là, sur cette plage presque déserte, peuplée seulement de quelques étrangers qui, justement parce qu'ils étaient des étrangers, ne la dérangeaient pas. Elle savait qu'ils ne viendraient pas l'importuner. Leur présence n'avait pas réellement d'importance.

C'était seule — absolument seule — qu'elle avait parcouru tous ces kilomètres, et depuis son arrivée à Veracruz, c'est également seule qu'elle se promenait sur la plage, se baignait et passait ses nuits. Sa chambre d'hôtel était un petit cottage situé en bord de plage ; elle n'avait qu'à passer la porte pour se retrouver les pieds dans le sable. Elle prenait soin de s'essuyer les pieds avec une serviette avant d'entrer, mais même ainsi, de fins grains de sable se répandaient sur les tomettes usées et s'enfonçaient profondément dans les fibres des tapis tissés aux couleurs chatoyantes qui recouvraient une partie du sol.

L'odeur de la mer régnait dans sa chambre, ainsi qu'un très léger parfum de moisissure, mais peu lui importait. Elle aimait même cette senteur exotique mâtinée d'accents d'humidité, qui lui rappelait qu'elle était loin de chez elle, loin de sa vie. Le lit, dont le seul défaut était peut-être son matelas un peu trop mou, était comme un berceau qui l'accueillait avec bienveillance la nuit mais aussi lors de ses fréquentes siestes diurnes. Elle avait dormi jusqu'à n'en plus pouvoir dans cette chambre et pourtant, elle était encore fatiguée. Ses poumons étaient comme aplatis par un poids dont elle ne parvenait pas à se débarrasser, et rien ne semblait parvenir à lui insuffler la moindre énergie, ni les couchers de soleil mexicains, ni les longues heures de sommeil, ni même le pouvoir de l'océan. De quoi donc avait-elle besoin pour sortir de sa torpeur ?

Elle avança un peu plus dans l'eau aux reflets bleu-vert et regarda vers le large, à l'endroit où le soleil de la fin d'après-midi venait caresser le sommet des vagues dans des éclats argentés. L'océan montait, gonflait, caressant ses genoux puis ses hanches, à la manière des mains douces d'un amant.

Elle sentit soudain un mouvement à ses côtés et se retourna : un homme se tenait à quelques mètres d'elle. Il avait de l'eau jusqu'à la taille, si bien qu'elle ne voyait de lui que son torse et sa tête, mais cette seule vision lui fit l'effet d'une apparition. La lumière du soleil illuminait ses larges épaules bronzées, l'une d'entre elles étant recouverte d'un tatouage dont elle ne put déchiffrer la signification. Elle pouvait aussi apercevoir sa taille fine et deviner les muscles qui couraient le long de son dos.

Comme s'il était conscient de l'examen dont il faisait l'objet, il tourna la tête vers elle et lui adressa un sourire radieux, ce qui la fit frissonner de manière inattendue.

Troublée, elle lui sourit en retour, un sourire qu'il interpréta aussitôt comme une invitation à se rapprocher d'elle. Elle put alors distinguer clairement son visage et se rendit compte qu'il s'agissait de l'un de ces visages qui, une fois contemplés, restaient gravés dans la mémoire, un mélange parfait de beauté et de masculinité. Ses traits étaient légèrement irréguliers, sa mâchoire imposante, sa bouche charnue et sensuelle. Ses yeux avaient le même brun sombre que la terre de son petit jardin, derrière chez elle. Mais la dernière chose à laquelle elle désirait songer était sa maison et elle chassa immédiatement de son esprit toute vision de ce lieu familier. Tout ce qu'elle désirait, en cet instant précis, c'était être exactement là où elle était et pouvoir admirer l'homme qui lui faisait face.

Son corps était extraordinairement musclé, mais son imposante stature ne l'empêchait pas de se mouvoir avec grâce et élégance dans l'eau. Il s'arrêta à quelques pas d'elle, suffisamment près pour qu'elle pût deviner la douceur de sa peau.

Ses yeux revinrent alors se poser sur le tatouage dont elle distinguait à présent le motif : celui d'un tigre se détachant sur un fond de vagues dignes d'un tsunami, dans le plus pur style japonais. Elle se sentit envahie d'une envie irrésistible de tendre la main pour le toucher, mais elle n'en fit rien.

Elle avait l'impression que l'eau qui les entourait tentait de le dominer, de s'opposer à cet inconnu, cet étranger qui semblait être l'incarnation même de l'élément terrestre.

— Vous êtes nouvelle ici.

Sa voix était semblable à un doux grondement qui paraissait, lui aussi, venir de la terre. Ses paroles tenaient plus de l'affirmation que de la question, mais elle ressentit le besoin de lui répondre. A en juger par son accent, il était américain, et elle se dit que la politesse voulait qu'elle se montrât accueillante.

— Je suis arrivée avant-hier.

Il hocha la tête et se rapprocha encore un peu. Elle était incapable de le quitter des yeux. Lui-même la dévisageait attentivement. Le soleil brillait d'un éclat aveuglant, au travers duquel elle distinguait son regard sombre, dont l'intensité la faisait trembler de manière quasiment imperceptible. Pourquoi avait-elle l'impression qu'il pouvait lire en elle comme dans un livre ?

Elle prit soudainement conscience de l'eau allant et venant entre ses jambes tandis que les vagues déferlaient, puis se retiraient. En dépit de son Bikini, dont la couleur bleu turquoise se mariait à celle de l'océan, elle avait l'impression terriblement troublante d'être nue sous le regard pénétrant de l'homme.

Elle leva de nouveau les yeux vers lui et le vit s'humecter les lèvres. Une furieuse envie de l'embrasser s'empara alors d'elle, un désir tel qu'il la fit saliver. Il fit un autre pas vers elle et se retrouva si près qu'elle eût pu jurer sentir l'odeur du sel sur sa peau.

Elle n'osait pas bouger, de peur de briser la magie de l'instant. Ils ne faisaient rien d'autre que se regarder et elle ne voulait surtout pas prendre la parole et interrompre cette contemplation mutuelle. Tout son corps n'était qu'un concentré de désir : celui de toucher le corps de cet homme, de caresser sa peau brunie par le soleil, de faire courir ses doigts le long de ses muscles. Elle n'aurait su dire si ce désir aussi soudain qu'impétueux était dû au charme de l'étranger, à sa solitude prolongée ou à autre chose, et à vrai dire, cela lui était complètement égal.

Une nouvelle vague déferla, l'atteignant dans le bas du dos. Les yeux de l'inconnu étaient toujours rivés sur elle, et elle s'imagina que cette vague était en réalité sa main qui caressait délicatement sa peau douce. Elle eut, une fois encore, l'impression inexplicable qu'il pouvait lire en elle, comme s'il savait qui elle était réellement.

— Venez nager avec moi, proposa-t-il.

Ils se lancèrent alors à l'assaut des vagues, lui plongeant au travers d'elles pour ensuite émerger des flots à la manière d'un triton tout droit sorti d'une légende antique. Mais, après tout, n'était-il pas une espèce de créature sortie tout droit de ses fantasmes ? Son esprit était déjà en train d'imaginer des histoires érotiques dont il serait le héros, de se laisser aller à des rêveries sensuelles. Des rêveries dans lesquelles ses mains parcouraient sa peau nue, sa poitrine, ses cuisses ; des rêveries dans lesquelles il posait sa bouche sur elle, couvrait sa peau de baisers de plus en plus osés…

Elle plongea la tête sous l'eau pour se rafraîchir les esprits. Lorsqu'elle remonta à la surface, écartant ses longs cheveux bruns de part et d'autre de son visage, il était là, comme s'il avait deviné à quel endroit exact elle allait émerger. Il posa la main sur son bras, et ce contact provoqua en elle une décharge électrique qui la parcourut des pieds à la tête. Ses tétons durcirent sous le tissu mouillé de son Bikini, son sexe fut submergé par une onde de chaleur et elle n'eut dès lors qu'une envie : celle de sentir ses mains sur elle. Partout.

Elle se rapprocha à son tour, laissant les vagues la pousser contre lui. Son corps était aussi fort et puissant qu'il en avait l'air, et surtout, elle sentit une imposante érection se presser contre son ventre. Un mot, un seul, s'imposa alors : *oui*.

Comme s'il l'avait entendue penser, il posa la main sur son épaule et la fit glisser le long de son bras. La vague suivante les pressa plus encore l'un contre l'autre et ses seins vinrent se coller contre le torse musclé de l'homme. Elle leva les yeux, et la vue de sa bouche lui donna une fois de plus envie de l'embrasser. Comme s'il était doté de dons de télépathie, il pencha la tête et approcha sa bouche de la sienne, lui révélant le goût délicieusement salé de ses lèvres douces. Lorsqu'il glissa sa langue dans sa bouche, elle se sentit fondre comme neige au soleil, son sexe gonflé par un désir de plus en plus pressant. Elle lui rendit son baiser, bien décidée à se rassasier de tout ce qu'il voudrait bien lui donner.

Répondant à son invitation, il glissa de nouveau sa langue chaude et humide entre ses lèvres, et ce contact décupla son envie d'aller plus loin.

Elle éloigna légèrement son visage du sien pour faire courir sa langue le long de sa gorge, déposant dans son cou des baisers qui lui firent pousser un petit grognement. Encouragée par ce grognement qui fit bouillonner plus encore son sang dans ses veines, elle entreprit d'embrasser et de mordiller son épaule, avant de passer la langue sur les contours de son tatouage. Il se dégageait de lui une légère odeur de sueur et sa peau avait le goût salé de la mer, mais elle pouvait sentir autre chose. Quelque chose de presque sucré, comme une touche de vanille cachée sous le sel, et qui semblait émaner de lui. Il passa ses mains dans ses cheveux, ses doigts s'enfonçant dans ses longues boucles brunes, sans l'interrompre dans sa progression.

Elle se recula pour pouvoir admirer à loisir le dessin parfait de son corps, de son visage, et caressa son torse. Lorsqu'elle sentit ses tétons durcir sous ses doigts, elle fut prise d'une envie irrésistible de les lécher, et ce fut sans réfléchir qu'elle les prit dans sa bouche, l'un après l'autre. L'océan imprimait sur eux sa force et les faisait dériver doucement de leur position initiale tandis qu'elle aspirait sa chair avec gourmandise.

Il fit descendre ses mains jusqu'à sa taille et les glissa sous le tissu de son maillot de bain. Puis il les remonta et caressa à son tour ses tétons du bout des doigts, les titillant jusqu'à ce qu'elle sente son sexe devenir brûlant. Elle colla de nouveau sa bouche à la sienne, et lorsqu'il pinça la pointe de ses seins, elle le supplia de la toucher.

Il enroula alors ses bras autour de sa taille et la pressa contre lui. Puis sa main se fraya un chemin sous l'eau jusqu'à atteindre le bas de son Bikini. Il en écarta le tissu et ses doigts ne tardèrent pas à rencontrer sa chair gonflée par l'excitation. Le contact de sa main, la tiédeur de l'eau constamment en mouvement, l'odeur vanillée qu'il dégageait, toutes ces sensations la rendaient de plus en plus fébrile. Comme s'il pouvait percevoir la passion qui montait en elle, il se mit à caresser son clitoris durci par le désir, frottant doucement son pouce contre sa chair.

Elle eut le sentiment qu'un incendie se déclenchait en elle, un feu si fulgurant que son corps en était presque douloureux. A son tour, elle mit la main sous l'eau et s'empressa de dégager son pénis de son maillot de bain, enchantée par la longueur et le poids de son sexe dans sa main. Elle découvrit bientôt, au détour d'une caresse, la présence d'un anneau en acier dissimulé par la fine peau de son prépuce. Fascinée, elle commença à faire courir ses doigts sur le métal froid et à jouer délicatement avec l'anneau, allant même jusqu'à tirer dessus tout doucement.

Tandis que chacun caressait l'autre suivant le même rythme, l'inconnu guida ses jambes de sa main libre et les enroula autour de sa taille, de façon à ce qu'elle se laissât porter par l'eau. Elle était désormais aussi légère qu'une plume, et son apesanteur sembla accentuer l'avalanche de sensations qui déferlait en elle. Le sang battait à tout rompre dans ses veines et elle pouvait sentir son propre pouls lorsqu'il l'embrassait dans le cou, juste en dessous de l'oreille. Son sexe pulsait en mesure avec les pulsations du sexe en érection dans sa main, un rythme à la fois lent et intense, une harmonie parfaite. Elle adorait la façon dont il remplissait sa paume et le fait qu'elle pût à peine refermer ses doigts autour. Mais elle ne le voulait pas en elle, du moins pas tout de suite. Elle voulait d'abord qu'ils jouissent dans la main l'un de l'autre.

Lorsqu'il glissa un doigt en elle, elle faillit perdre totalement le contrôle. Elle agrippa son sexe plus fermement et le caressa avec plus d'intensité, jusqu'à l'entendre gémir et sentir tout son corps se contracter contre elle. L'ondulation de ses hanches épousait le rythme de sa main ; elle tremblait toute sous l'effet de ses caresses qui la rapprochaient inexorablement du point de non-retour. Une pression de plus en plus élevée pesait en elle, lui donnant l'impression d'être une Cocotte-Minute sur le point d'exploser. Il bougea la main plus vite et le plaisir déferla en elle, envahissant son esprit, avant de la submerger totalement. Sa main effectua des va-et-vient plus rapides sur son sexe, jusqu'à sentir une vague tiède dans sa paume. Transfigurée, elle sentit son orgasme se prolonger et continua à onduler et à se presser plus ardemment contre sa main. Il ne s'arrêta pas et l'accompagna tandis que son sexe se contractait et que le plaisir la possédait sans discontinuer. Elle se cramponna à lui dans un dernier spasme, tentant de reprendre le contrôle de sa respiration, de calmer son souffle irrégulier.

Tout autour d'eux, l'océan continuait à bouger au même rythme immuable. Il dégagea ses cheveux de son visage, et elle trouva que c'était là un geste d'une étonnante tendresse de la part d'un étranger. Elle se rendit compte qu'elle le tenait toujours dans sa main et en conclut qu'il n'était plus exactement un étranger.

Ils restèrent dans l'eau pendant un moment, collés l'un à l'autre et bercés par les vagues, elle, la tête appuyée contre sa poitrine. Le ciel avait pris des teintes roses et orangées, mais ils ne bougèrent pas, comme s'ils refusaient que le coucher du soleil marquât la fin de leur aventure.

— Tu es fatiguée ? finit-il par demander.

— Pas du tout, au contraire.

Et pour la première fois depuis des jours, elle se rendit compte que c'était la vérité : elle sentait l'énergie déferler dans son corps, comme un feu finalement ravivé par le vent après avoir été longtemps étouffé. Il garda le silence pendant quelques instants, puis murmura quelque chose à son oreille, si doucement qu'elle entendit à peine ses paroles, couvertes par le bruit de l'océan et les cris des oiseaux.

— Emmène-moi dans ta chambre.

Elle leva les yeux vers lui, hocha la tête et détacha lentement son corps du sien. Toute tension négative l'avait abandonnée ; elle se sentait extraordinairement soulagée, même si elle pouvait percevoir une nouvelle tension naître en elle, provoquée cette fois par le doux son de sa voix, ainsi que par la perspective de ce qui l'attendait peut-être.

Il lui prit la main et la suivit hors de l'eau. Une fois arrivés sur la plage, elle s'empara de sa serviette restée sur le sable, de son chapeau de paille et de son livre sur lequel elle n'était pas parvenue à se concentrer, puis ils franchirent les quelques mètres de sable qui les séparaient du petit cottage.

Arrivée devant la porte, elle se retourna pour le regarder : sa peau ruisselait d'eau et des gouttelettes se formaient en bas de son short de bain et à la pointe de ses cheveux châtains. Elle lui tendit sa serviette mais, au lieu de s'en servir pour se sécher, il l'appliqua délicatement sur sa peau à elle, le long de ses épaules, de ses bras et sur son ventre. Lorsqu'il se mit à genoux pour sécher ses mollets puis ses cuisses, elle sentit son sexe se contracter violemment.

Oui…

Il se releva et se sécha grossièrement avant de relever le menton pour lui indiquer qu'elle pouvait ouvrir la porte. Soudain incertaine, elle n'en fit rien et s'immobilisa. Il lui sourit alors d'un sourire radieux et magnifique qui la rassura instantanément et acheva de la convaincre de se laisser porter, sans penser à rien d'autre qu'à l'instant présent.

Elle tourna la poignée, poussa la porte et ils se glissèrent tous deux à l'intérieur. Elle marqua une pause devant une petite table pour y déposer son chapeau et son livre, et il profita de cet instant pour faire le tour de la pièce, avant de poser la serviette mouillée sur le dossier d'une chaise. L'air un peu frais du cottage la fit frissonner, ainsi que le fait de le regarder se déplacer dans la pièce et d'observer les mouvements de son corps élancé.

Elle fit un pas vers lui.

— Attends…, lui dit-il. Je veux prendre quelques instants pour te regarder.

Elle s'immobilisa et attendit donc. Il se passa la main sur le ventre, le long de la fine ligne de poils sombres qui partait de son nombril pour finir sa course plus bas, sous le tissu de son maillot de bain noir et rouge. Elle aussi voulait le regarder, observer sa peau nue et son sexe percé. Elle sentit la pointe de ses seins durcir et son sexe se gonfler à cette seule pensée.

Lorsqu'il pressa sa main sur le devant de son maillot

de bain, elle put clairement distinguer les contours de son sexe durci sous le tissu mouillé. Puis il se déshabilla et se tint debout devant elle, exposé à son regard. Il avait un corps réellement magnifique, parfait mélange de force et de douceur, et son sexe était si beau qu'elle mourait d'envie de le toucher. L'anneau de métal étincelait dans la lumière du soleil couchant qui se faufilait à travers les persiennes.

Elle sentit sa bouche se dessécher et son sexe s'animer d'une envie impérieuse de le sentir en elle, un besoin si fort qu'elle en serra les cuisses sans même s'en rendre compte.

— A ton tour, dit-il en la fixant de ses yeux sombres.

Elle prit ses seins en coupe à travers le tissu de son Bikini, en songeant à quel point elle avait hâte que ce fût lui qui la touchât. La pointe de ses seins était si dure qu'elle lui faisait mal. Voyant la manière dont il fixait ses mains, elle s'enhardit et écarta les triangles de tissu bleu pour prendre ses tétons entre ses doigts. Elle tira doucement sur les pointes et sentit une onde de plaisir naître au plus profond de son être. Tout ce qu'elle éprouvait était amplifié par le regard de cet homme sur elle, par le désir qu'elle lisait sur son visage, par le grognement d'excitation qu'il venait de laisser échapper.

— Comme tu es belle ! murmura-t-il.

Cela faisait bien longtemps qu'elle ne s'était pas sentie belle, mais ici et avec lui, elle se sentait plus belle et attirante que jamais. C'était, là encore, une sorte de soulagement qu'elle ne pouvait expliquer, comme quelque chose qui venait avec le désir. Mais elle n'avait pas besoin d'expliquer quoi que ce soit : elle avait juste besoin de sentir.

Elle le fixa avec aplomb tandis qu'elle retirait complètement le haut de son maillot ; il avait les yeux brillants et un doux sourire éclairait son visage. Il commença à se caresser, ses doigts bougeant doucement sur son sexe dur et dressé, et elle songea qu'elle n'avait jamais rien vu d'aussi érotique de toute sa vie.

Elle fit glisser le bas de son maillot le long de ses cuisses, puis le laissa tomber par terre avant de faire de nouveau un pas vers lui. Cette fois, au lieu de l'interrompre, il avança vers elle jusqu'à ce qu'un seul mètre les séparât.

— Touche-toi pour moi, lui demanda-t-il.

Souriant, elle passa une fois de plus ses mains sur ses tétons, puis les fit glisser jusqu'à son bas-ventre. Elle frotta le bout de ses doigts contre son sexe et sentit à quel point sa chair était humide, comme s'ils se trouvaient encore dans l'océan. Elle avait même l'impression d'entendre le bruit des vagues, de sentir les notes de sel qui embaumaient l'air. Elle ressentait le pouvoir de l'océan tandis qu'elle faisait face à cet homme de la terre, comme si elle était le feu brûlant qui reliait ces deux éléments.

— Touche-toi encore…

Comprenant qu'il voulait qu'elle allât plus loin, elle écarta les cuisses et glissa deux doigts en elle lentement, dans une excitation grandissante, à mesure que sa chair humide et impatiente accueillait ses doigts inquisiteurs. Ses propres caresses firent monter en elle une nouvelle vague de plaisir, et elle remarqua qu'il avait une respiration plus saccadée et que ses doigts enserraient son sexe plus fermement qu'auparavant. Il la rejoignit enfin, prit la main qu'elle tenait entre ses cuisses, la leva à la hauteur de son visage et mit dans sa bouche les doigts avec lesquels elle venait de se caresser. Elle sentit la chaleur de sa bouche les envelopper, sa langue les lécher avec gourmandise et se dit que c'était sans doute une sensation similaire que ressentait un homme lorsqu'il pénétrait une femme.

C'était sans doute ce que lui allait éprouver lorsqu'il entrerait en elle.

— Je veux te sentir, implora-t-elle. Je veux sentir tes mains sur moi, sentir ta bouche, sentir ton sexe.

— Viens avec moi…

Sans lâcher sa main, il la guida jusqu'au lit, dont les draps étaient encore froissés de sa sieste de l'après-midi. Il l'allongea sur le dos, parmi les oreillers en désordre, et se mit à genoux au-dessus d'elle.

Après quelques secondes qui lui parurent interminables et pendant lesquelles elle resta immobile tandis que de légers frissons l'agitaient intérieurement, il lui donna un baiser plein de passion, même si elle pouvait encore sentir une certaine retenue. Puis il progressa vers le bas, couvrant sa peau de baisers avant de prendre un de ses tétons durcis entre ses lèvres. Ce contact la fit chavirer, l'amenant déjà au bord de l'orgasme. Elle passa les mains dans sa chevelure épaisse et mouillée et rapprocha son visage de sa poitrine. Il lui suçait les tétons avec une telle ardeur qu'il lui en faisait presque mal, mais le plaisir, dans le même temps, était tel que cela n'avait aucune importance.

Continue, plus fort…

La volupté, la chaleur, la douceur prenaient possession de son corps et faisaient gonfler son clitoris.

— Touche-moi, demanda-t-elle d'un air suppliant.

Il descendit encore, plaqua ses mains sur la peau douce de ses cuisses pour les écarter, et posa sa bouche sur elle. Sa langue humide et experte commença par la caresser avant de se glisser en elle. Le souffle coupé, elle gémit, tremblante. Il se mit à lécher son clitoris, et après quelques secondes seulement de ce traitement, elle jouit dans une explosion de plaisir, ses hanches arquées se détachant du matelas.

— Prends-moi !

Il insinua ses doigts en elle, déclenchant un nouveau raz-de-marée dans son ventre, et elle eut l'impression que tout son corps volait en éclats, tandis qu'elle n'en finissait pas de jouir, ses hanches contre sa bouche et sa main.

Elle tremblait encore lorsqu'il releva la tête, le visage illuminé d'un sourire.

— Tu as des préservatifs ?

— Dans la petite trousse argentée, près de ma valise.

Il se pencha du côté du lit où se trouvaient ses bagages, débordant de vêtements qui s'étalaient sur le sol. Il ne tarda pas à trouver la trousse en question et la boîte de préservatifs à l'intérieur. Elle datait de son voyage précédent, avec son ex. Mais elle refusa de laisser ce souvenir polluer son esprit à cet instant et ramena toute son attention sur son bel inconnu.

Il ouvrit l'emballage avec les dents, et cette image donna à la scène un aspect animal qui décupla son désir. Son corps tremblait encore des restes de son orgasme précédent, et elle mourait d'impatience qu'il entre enfin en elle.

Il se mit à genoux sur le lit mais, avant qu'il eût le temps d'enfiler le préservatif, elle tendit la main et saisit l'anneau argenté entre ses doigts, ce qui eut pour effet de lui arracher un grognement de surprise, mais aussi de plaisir.

— Ça s'appelle un Prince Albert, c'est bien ça ?

— Oui.

— C'est la première fois que j'en vois un ailleurs qu'en photo. Ça t'a fait mal ?

— Plutôt, oui, répondit-il en riant.

— Est-ce que je vais avoir des sensations différentes ?

— On ne va pas tarder à le savoir.

Il glissa le préservatif sur son sexe et, à ce signal, elle écarta immédiatement les cuisses.

— Ecarte davantage les jambes, demanda-t-il d'une voix basse, presque tendue.

Il prit position entre ses jambes, qu'elle enroula naturellement autour de sa taille. Il glissa une main sous ses fesses et la souleva délicatement du matelas avant de la pénétrer. A peine. Du bout du sexe. Puis il marqua une pause, et elle aurait juré sentir l'anneau métallique. Tout comme elle sentait sa chair pulser de plaisir autour de lui, pulser pile à l'endroit où le métal traversait l'extrémité de son sexe.

Elle changea légèrement de position, désireuse de l'accueillir plus profondément en elle. Il caressa sa joue, la courbe de sa mâchoire, puis prit son visage entre ses mains en l'assaillant vigoureusement, si vigoureusement qu'elle en eut un peu mal.

Comme si son corps avait le pouvoir de changer de consistance, elle décida de se relâcher, et la douleur et le plaisir se mélangèrent pour ne faire qu'un tandis qu'il continuait à lui faire l'amour. Son sexe allait et venait en elle, provoquant des sensations contradictoires mais si délicieusement mêlées qu'elle se sentait prête à jouir d'un instant à l'autre. Ses muscles se resserrèrent autour de son pénis, ce qui eut pour effet d'intensifier la puissance de ses coups de reins. Elle jouit enfin, si violemment qu'elle eut l'impression de voler en éclats, totalement submergée par le plaisir. Il ne s'arrêta pas et continua au contraire à la prendre afin de prolonger son orgasme.

Quelques instants plus tard, ce fut à son tour de se contracter, de trembler et enfin de crier. Il plaça une main dans le bas de son dos et enfonça ses ongles dans sa chair tandis que son autre main tenait toujours son visage de telle sorte qu'elle était obligée de le regarder. Elle adora le voir jouir, l'entendre grogner, le voir rejeter la tête en arrière, les yeux clos.

Elle se rendit compte alors que ses hanches remuaient encore et que son sexe était toujours en érection. Son propre corps se tendit de nouveau. Sentant qu'elle allait jouir une deuxième fois, il prit son clitoris entre ses doigts, faisant naître en elle un plaisir profond et libérateur. Un nouvel orgasme la secoua, la laissant faible, essoufflée, et plus satisfaite qu'elle ne l'avait jamais été.

Il se retira et elle s'attendit à le voir se lever, peut-être même partir. Au lieu de cela, il se débarrassa du préservatif, roula sur le lit et l'attira tout contre lui. Elle mit sa tête contre sa poitrine et perçut les battements de son cœur. Son corps était tiède et avait, plus que jamais, l'odeur de l'océan.

Lorsqu'elle se réveilla, il faisait nuit noire. Elle n'avait pas la moindre idée de l'heure qu'il était, mais quelle importance ? Elle se glissa hors du lit pour aller chercher une bouteille de vin — un rouge fruité du Chili — et revint près de lui, les mains également chargées d'une coupe pleine de fruits et de pâtisseries qu'elle avait achetées le matin à un vendeur ambulant sur la plage.

La lumière de la lune passait à travers les volets mi-clos et colorait la pièce d'éclats bleus et argentés. Il était éveillé, lui aussi, et l'observait.

— Salut, dit-il d'une voix encore ensommeillée.

— Salut.

— Tu veux que je m'en aille ?

— Non, reste. Tu as faim ?

— Je suis affamé !

Il se redressa sur le lit, lui prit la bouteille de vin des mains, la déboucha et but à même le goulot, avant de la lui rendre. Elle posa la coupe de fruits sur le lit et il s'empara d'un couteau pour peler une pomme, qu'il coupa en morceaux et lui offrit. Elle mordit dans un quartier et sentit la fraîcheur sucrée du fruit envahir sa bouche, puis elle but une longue gorgée de vin. Tout lui paraissait déborder de sensualité : le fruit, le vin, l'odeur de sexe dans la pièce, la chaleur de son corps contre le sien, et même, à l'extérieur, le bruit des vagues qui venaient s'écraser sur le rivage.

Ils passèrent un moment ainsi, à déguster les pâtisseries au miel qu'ils coupaient directement avec les doigts et à déguster le vin.

Lorsqu'ils furent rassasiés tous les deux, il versa un peu de vin sur sa peau nue et le lécha jusqu'à ce qu'elle le suppliât de lui faire l'amour de nouveau. Il la fit alors rouler sur le ventre, cette fois, de façon à ce qu'elle fût à quatre pattes devant lui. Elle frémit en sentant ses doigts sur son sexe et en entendant le déchirement de l'enveloppe du préservatif. Il la pénétra d'abord avec ses doigts, et elle précipita son corps contre sa main, sentant le plaisir monter en elle par vagues lentes mais implacables. Puis il retira sa main et, un instant plus tard, elle sentit l'extrémité de son sexe imposant en elle. Il la pénétra doucement, centimètre par centimètre, l'anneau de métal venant glisser contre son point G. Puis il enroula un bras autour de sa taille et passa son autre main dans ses cheveux, serrant sa chevelure dans son poing, lui faisant lever la tête. Oh… cette sensation de se sentir dominée… Commandée de la sorte… Ce fut avec une joie presque sauvage qu'elle s'abandonna et le laissa faire tandis qu'il recommençait à la prendre, doucement d'abord, puis de plus en plus fort et de plus en plus vite. Le plaisir s'insinua dans tout son être, inondant son ventre, ses bras, ses jambes ; son sexe se contractait, gonflé comme s'il était prêt à exploser.

Il lâcha sa taille et, avec sa main ainsi libérée, il entreprit de caresser et presser son clitoris. Elle jouit avec violence, comme si des vagues de plaisir venaient frapper son corps, aussi puissantes et vives que le courant de l'océan. Elle tremblait comme une feuille et crut même qu'elle allait se mettre à pleurer, tant elle était bouleversée par la force de son orgasme.

Il se retira sans qu'elle s'y attendît, la laissant vide et démunie. Mais elle ne tarda pas à sentir de nouveau sa main, ses doigts doux et délicats se frayer un chemin en elle et la caresser dans le bas des reins. Il se pencha au-dessus d'elle et parcourut sa colonne vertébrale de baisers, la faisant se cambrer de plaisir. A force d'avoir tant joui sous ses caresses, le moindre centimètre carré de sa peau était devenu d'une hypersensibilité inouïe. Il passa sa langue le long de sa chute de reins, puis glissa un doigt entre ses fesses, ce qui la fit se crisper immédiatement.

— Doucement, détends-toi…, lui murmura-t-il.

La douceur de sa voix l'apaisa immédiatement. C'était la première fois que quelqu'un explorait cette partie de son anatomie et, même si elle en était un peu effrayée, l'acte lui parut d'une sensualité incroyable.

De son autre main, il se mit à lui caresser le clitoris jusqu'à le faire gonfler de désir, une fois de plus. Elle avait peine à croire que son corps pût encore éprouver du plaisir et pourtant, les sensations étaient bien là.

— Respire…, lui dit-il en enfonçant son doigt plus profondément.

Sa voix était douce et sensuelle à la fois, chargée d'un désir palpable. Elle respira profondément, inspirant à pleines narines, par la même occasion, l'odeur de l'océan, de leurs ébats et de son parfum. Elle n'avait jamais connu une telle sensation, une telle plénitude, et à présent qu'elle l'avait découverte, elle en voulait plus.

— Prends-moi, s'il te plaît.

Il joua avec elle quelques instants encore et elle lança son corps contre le sien avec plus d'ardeur, l'accueillant plus profondément.

— S'il te plaît…, insista-t-elle, suppliante.

Elle sentit alors qu'il posait les mains sur ses hanches, puis qu'il glissait l'extrémité de son sexe en elle, dans cet endroit de son être encore vierge. Ce faisant, il décrivit de petits cercles sur son clitoris avec son pouce, glissa un doigt en elle, tout en continuant sa progression. Une immense décharge de plaisir la traversa, si intense qu'elle ne put retenir un cri, auquel il répondit en s'enfonçant plus profondément en elle, sans cesser de lui murmurer de respirer et de se détendre.

Il progressait très lentement, s'introduisant petit à petit, tandis que ses doigts l'exploraient plus profondément. Alors qu'elle commençait à se dire qu'il était peut-être trop ambitieux, il accéléra le rythme, allant et venant en elle avec plus d'assurance. Elle était étourdie par tant de sensations nouvelles, par cette douleur délicieuse qu'elle n'avait jamais éprouvée auparavant. Elle se sentait plus libre et plus épanouie que jamais, prise comme jamais elle ne l'avait imaginé, l'esprit libéré de toute contrainte, réduite à l'état non plus de corps mais de sensations pures. Et c'était exactement ce dont elle avait besoin, ce qu'elle avait inconsciemment cherché pendant si longtemps sans le trouver, sans même le soupçonner jusqu'à cet instant.

Le plaisir s'insinua plus profondément en elle, plus acéré, presque pesant, telle une pression qui s'abattait sur elle jusqu'à l'écraser de tout son poids. Elle s'affala sur le lit, à bout de forces, mais il continuait à la caresser et à la prendre sans lui laisser le moindre répit. Elle jouit encore et eut l'impression que son orgasme était comme un morceau de cristal qui éclatait en mille morceaux qui s'insinuaient profondément sous sa peau. Elle criait, pleurait, tremblait si fort que ses dents s'entrechoquaient. Elle ne pouvait plus penser à rien, hormis aux sensations exquises qui fluctuaient en elle, dans un corps qui ne lui appartenait plus, une enveloppe dont il avait totalement pris possession.

Il se contracta, grogna, accélérant encore son mouvement jusqu'à jouir à son tour, et elle eut mal, à cause de ses assauts répétés mais aussi et surtout parce qu'elle savait que l'expérience touchait à sa fin. Il s'allongea au-dessus d'elle, aussi tremblant et exténué qu'elle l'était. Il essuya les larmes sur ses joues sans dire un mot et ils restèrent allongés ainsi pendant longtemps, jusqu'à finir par sombrer dans un sommeil de plomb.

Comme chaque matin, le soleil se leva sur Veracruz, accompagné d'une brise fraîche qui allait bientôt laisser place à un air chaud et suffocant. Il était collé à elle et lui tenait chaud, la protégeant de cette fraîcheur matinale tandis qu'elle écoutait le faible murmure de sa respiration.

Elle s'allongea sur le dos, songeant à la raison pour laquelle elle avait quitté Corpus Christi. Elle se remémora son cœur brisé, qui à présent ne l'était plus. D'une certaine façon, son bel étranger l'avait soignée, guérie. Il était comme une créature magique sortie d'un conte de fées, à cette différence qu'il était on ne peut plus réel, comme en témoignait son corps endormi à côté d'elle et les courbatures qui lui restaient de leurs ébats.

Il ouvrit les yeux, ses yeux du marron de la terre, et elle

tendit la main jusqu'à toucher les vagues tatouées derrière le tigre. Il était le parfait mélange entre la mer et la terre, la personnification des deux éléments.

Soudain, elle ressentit le besoin impérieux d'être de nouveau dans l'eau avec lui.

— Viens avec moi, lui murmura-t-elle, une note de tristesse dans la voix.

Il hocha la tête et se redressa. Il se passa la main sur le visage, où un voile de barbe commençait à apparaître, puis il lui sourit et son sourire lui fit comprendre que tout allait bien. Elle le prit par la main et le conduisit, nu, jusqu'à la plage, à l'endroit où les vagues s'écrasaient sur le rivage. Le soleil dépassait à peine de la ligne d'horizon, tel un disque de feu dans le ciel endormi.

Ils entrèrent dans l'eau, et le contact de l'océan l'apaisa immédiatement tandis que les vagues l'entouraient tel un cocon, caressant sa peau et son sexe nu. Il l'entraîna plus loin, jusqu'à ce que l'eau leur arrivât à la taille, et commença à caresser l'intérieur de ses cuisses. Elle écarta les jambes et ne tarda pas à sentir ses doigts en elle alors qu'elle tendait la main à la recherche de son sexe. Elle passa ses doigts le long de l'anneau de métal, le titilla doucement, le faisant grogner tandis qu'il enfouissait son visage dans ses cheveux. Il lança ses hanches en avant pour lui faire resserrer son emprise et ils flottèrent comme ils l'avaient fait la veille. Un souvenir qui semblait déjà remonter à des millions d'années.

Il enfonça ses doigts plus profondément et pressa son clitoris avec son pouce tandis qu'elle le tenait plus fermement. Ils bougeaient, respiraient ensemble, prenant de longues inspirations entrecoupées de soupirs alors que l'orgasme se rapprochait pour tous les deux. Le plaisir se répandait doucement en elle et l'emmenait de plus en plus haut tandis que l'océan qui les faisait tanguer emplissait ses narines de son parfum sauvage.

Alors qu'elle ressentait cette contraction délicieusement caractéristique s'emparer d'elle, il approcha sa bouche de son oreille.

— Je vais jouir, murmura-t-il.

— Viens…

Leurs corps se pressèrent l'un contre l'autre sous l'effet du désir, un désir aussi sauvage que l'océan. Elle jouit et sentit au même moment son sperme chaud contre sa main. Son orgasme la submergea avec la puissance d'une marée déferlante. Elle enroula ses jambes autour de sa taille et il l'embrassa sur le front, puis ils restèrent ainsi, tandis que le soleil continuait sa progression dans le ciel rosé du matin. Ils assistèrent en silence à l'éveil du monde, environnés par le chant des oiseaux qui survolaient la plage.

Enfin, il s'écarta d'elle et l'observa un long moment sans dire un mot.

— Je pars aujourd'hui, dit-il enfin. Je vais à Cozumel pour faire de la plongée.

— Il paraît que c'est magnifique.

— Ça l'est.

Il se tut un instant et la regarda au fond des yeux avant de reprendre la parole.

— Viens avec moi.

Elle sourit et secoua doucement la tête.

— Je ne peux pas. Je dois rentrer chez moi et… reprendre ma vie. J'ai des choses à régler.

Elle avait l'impression de prendre conscience des choses à mesure qu'elle les disait.

— Comme tu voudras, répondit-il en hochant la tête. Tu veux savoir comment je m'appelle ?

— Non. Ne m'en veux pas, mais…

— Ça ne fait rien. Je comprends.

— Tu n'es pas fâché ?

— Après ce que nous avons vécu ensemble, pourquoi devrais-je l'être ?

Il tendit la main vers elle et lui caressa la joue.

— C'était comme un rêve, reprit-il, et peut-être que c'est mieux comme ça.

— Je le pense aussi.

C'était exactement ça et elle fut soulagée de voir que lui aussi l'avait compris. Une vague vint les éclabousser et elle cligna des yeux. Il se pencha vers elle et embrassa les gouttes d'eau salée qui perlaient au coin de ses paupières. Il avait l'air alangui et pourtant ses yeux sombres et sans fond lui donnaient encore et toujours le sentiment qu'il pouvait voir à travers elle et lire son âme. Elle se mit à trembler, non pas à cause du plaisir charnel cette fois, mais à cause de quelque chose de bien plus profond. Il la connaissait, elle en était certaine, et cette certitude était à la fois rassurante et terrifiante. Voilà pourquoi ils s'étaient trouvés : une force supérieure avait déterminé que ce moment devait avoir lieu et que la vie devait les réunir, même pour une si courte durée.

Elle décida de ne plus se poser de questions. Tout ce qui pouvait arriver n'avait désormais plus d'importance. Elle n'avait pas besoin d'en savoir plus pour être heureuse.

CHARLOTTE FEATHERSTONE

Quelques mots brûlants...

éditions HARLEQUIN

Titre original :
FOREVER YOURS

Traduction française de TYPHAINE DUCELLIER

83-85, boulevard Vincent-Auriol, 75646 PARIS CEDEX 13.
Service Lectrices — Tél. : 01 45 82 47 47
www.harlequin.fr

Chapitre 1

Elle se languissait de ses caresses et elle était sûre qu'il le savait, tout comme il comprenait le besoin qui grandissait en elle. Elle aussi pouvait sentir son désir dans la façon dont il respirait, soufflant contre sa joue entre deux caresses pressées et maladroites. Sous la couverture, leurs mains se cherchèrent et se trouvèrent enfin. Leurs doigts s'enlacèrent, ses longs doigts à lui s'entremêlant à ses doigts délicats pour les serrer ensuite dans une longue étreinte.

Regarde-moi…

Christian ne la regarda pas. Au lieu de cela, il se mit à califourchon sur elle et glissa ses mains sous sa chemise de nuit. De ses pouces, il déposa sur la peau de ses cuisses des caresses légères et séductrices, comme pour les persuader de s'ouvrir à lui.

Oui, touche-moi… Caresse chaque centimètre carré de ma peau de tes mains magnifiques…

Elle adorait ses mains par-dessus tout, ses paumes chaudes et dures, ses doigts longs et élégants, ce mariage entre la douceur d'une main de femme et la callosité d'une main d'homme. Des mains capables de lui procurer un plaisir si intense, si exquis, que c'en était à peine croyable.

Doucement, ses doigts experts se promenèrent sur l'intérieur de ses cuisses, provocateurs. Elle bloqua sa respiration dans l'attente interminable du moment où il écarterait les lèvres de son sexe avant d'entrer en elle.

Alors que leur désir mutuel s'intensifiait, son esprit se mit à vagabonder. Il y avait tant de choses qu'elle aurait aimé faire avec lui… Elle imaginait souvent sa main la caressant, puis ses doigts s'introduisant en elle, puis sa langue. Elle gémit à cette pensée : depuis combien de temps ne l'avait-il pas aimée de la sorte ? Elle mourait d'envie de mettre les mains sur ses épaules et de le guider jusqu'à son bas-ventre. Elle mourait d'envie de sentir sa bouche pressée contre elle et de lui demander de la lécher, de la caresser en prenant le temps nécessaire pour explorer la moindre parcelle de son corps.

Sachant ce qu'elle désirait, il la caressa du bout des doigts, jusqu'à venir à bout de sa patience, jusqu'au moment où elle resserra ses poings sur le tissu des draps, se laissant posséder par l'image de sa tête entre ses cuisses. Ce fantasme et le contact délicat de ses doigts auraient pu suffire à la faire jouir, mais elle ne voulait pas se contenter d'un orgasme provoqué par de simples souvenirs. Elle était lasse de fantasmer, fatiguée de rêver d'ébats fictifs qu'elle désirait ardemment, mais qui ne se concrétisaient jamais. Elle voulait que son rêve devînt réalité ; elle voulait sentir sa bouche sur elle, le contact de ses lèvres, le frottement de sa barbe naissante, la chaleur de sa langue et le souffle tiède de sa respiration tandis qu'elle tremblait de désir et arquait les hanches.

Embrasse-moi, le supplia-t-elle mentalement, terrifiée à l'idée de verbaliser ses envies et de lui révéler, par la même occasion, la frustration qui avait été la sienne au cours des derniers mois.

Ça fait si longtemps que nous ne nous sommes pas embrassés comme des amants.

Un coup de tonnerre retentit dans la nuit et une lumière blanche illumina le ciel. A travers la fenêtre de la chambre, elle vit le haut des arbres ployer sous un vent de plus en plus violent. Un autre coup de tonnerre résonna, suivi d'un autre éclair.

Non, pas tout de suite... S'il te plaît, pas encore...

Elle gémit de nouveau, enfonçant la tête dans son oreiller tandis qu'il caressait le bas de ses reins et lui soulevait les hanches.

Pas encore...

Elle n'était même pas sûre de comprendre ce qui se cachait derrière sa prière silencieuse. La supplication s'adressait-elle à son mari ? Signifiait-elle que son corps commençait seulement à s'animer et qu'il était trop tôt pour qu'il la prît ? Ou bien priait-elle mère nature de retenir l'arrivée de la tempête quelques minutes encore ?

Il avait besoin d'entrer en elle. *Tout de suite !* Pourquoi diable fallait-il qu'elle portât une chemise de nuit ? Tous ces froufrous, toute cette dentelle avaient pour unique effet de lui compliquer la tâche et de l'empêcher de l'atteindre. Sans parler de ses fichus doigts qui tremblaient comme ceux d'un débutant et n'arrivaient à rien, à part cafouiller tels ceux d'un novice entre les différentes couches de tissu !

Elle se tortillait sous lui, agitée par un désir incontrôlable ; ses hanches remuaient avec langueur et son ventre frottait contre son sexe. Il se pressa contre elle plus ardemment : il avait besoin de se coller à elle, de sentir son corps contre le sien pour pallier sa frustration de ne pas réussir à la dévêtir. Il n'avait qu'à arracher le tissu après tout, le réduire en lambeaux et exposer son corps pour pouvoir sentir sa peau nue contre lui, sa peau si délicate et parfumée… Enfin, il trouva l'ourlet de la chemise de nuit et put la remonter jusqu'en haut de ses cuisses.

Un coup de tonnerre fit trembler les carreaux et il la sentit se contracter et bloquer sa respiration tandis qu'elle écoutait les bruits de la nuit et de la tempête qui faisait rage au-dehors. Il jura et remonta brusquement sa chemise de nuit jusqu'à son ventre.

La pièce était plongée dans l'obscurité et il ne pouvait la voir, mais il sentait son parfum, un mélange de savon, de fleurs et d'excitation. Il n'en pouvait plus d'attendre ; il brûlait de désir pour elle et l'envie de sentir ses jambes enroulées autour de lui le consumait. Depuis combien de temps ne l'avaient-ils pas fait ? Un mois ? Oui, c'était cela. Quatre fichues semaines sans elle, même si elle avait été juste à côté de lui pendant tout ce temps. Elle était physiquement chez eux, à Sutcliffe Hall, tout en n'étant pas *vraiment* là. En réalité, cela faisait trois ans qu'elle n'était plus réellement avec lui.

Il s'introduisit en elle d'un mouvement rapide et gémit en sentant son sexe pulser autour de lui. Il faillit jouir dans l'instant : cela faisait tellement longtemps et elle l'enserrait si fort ! Il serra les dents et parvint néanmoins à se concentrer suffisamment longtemps pour reprendre le contrôle et bouger en elle.

Elle souleva son bassin et ramena les genoux au niveau de sa poitrine pour pouvoir l'accueillir dans toute sa longueur. Il entrait par à-coups lents et profonds qui provoquaient chez elle une série de soupirs et de gémissements. Doux Jésus, depuis combien de temps n'avait-il pas entendu ce son si doux à ses oreilles ? Longtemps. Trop longtemps…

Un nouveau coup de tonnerre fut suivi d'un éclair d'une clarté aveuglante. Sa bouche chercha son oreille et il en traça le contour du bout de sa langue. Elle avait le souffle court à présent, les ongles enfoncés dans son dos, réveillant le mâle primitif qui sommeillait au fond de lui. Pour la première fois depuis bien longtemps, il se sentait un homme entre ses bras. Il n'était plus un duc, ni un mari, ni même un père. Juste un homme.

Il prit ses mains dans les siennes et lui fit lever les bras au-dessus de la tête de manière à dégager ses seins de sa chemise de nuit. Ses hanches s'arquèrent instinctivement et elle l'accueillit plus profondément encore. Il appuya son torse contre sa poitrine et entendit sa respiration s'accélérer à ce contact.

A cet instant, la lumière de la pleine lune éclaira faiblement ses traits et il put lire le plaisir sur son visage. Il comprit qu'elle souhaitait être prise ainsi, les bras maintenus au-dessus de sa tête, à la merci de ses assauts.

— Ça te plaît, Elizabeth ? murmura-t-il à son oreille. Peut-être que je devrais te retourner et te prendre par derrière ? Tu veux que je te…

— Maman ! Maman !

— Pitié ! grogna-t-il en enfouissant son visage dans son cou.

Bon sang, pas maintenant !

Les mains d'Elizabeth s'immobilisèrent dans les siennes et son corps prit instantanément la rigidité d'une statue. Elle avait entendu le petit bruit fatidique en provenance du couloir. Tout ce qui venait de se passer était à présent révolu ; toutes les choses qu'il désirait lui faire ne se réaliseraient pas.

Capturant sa bouche, il tenta de l'embrasser, malgré tout, entrant profondément en elle, comme s'il la priait de cesser d'écouter les bruits extérieurs pour ne plus entendre et sentir que lui. Mais au lieu de cela, elle le repoussa sans dire un mot. Son érection s'évanouit immédiatement et il se retira sans autre forme de procès.

— Maman ! Maman ! On a peur ! Papa !

Il roula sur le côté en grognant, permettant à Elizabeth de rajuster sa chemise de nuit avant que leurs enfants ne s'engouffrassent dans la chambre, traînant derrière eux leurs couvertures, leurs ours en peluche et Dieu savait quoi d'autre.

— Ils ont juste besoin d'être rassurés, dit-elle. Ensuite, je les renverrai auprès de la nurse.

— Si la nurse avait un soupçon de jugeote, elle ne les aurait pas laissés quitter leur chambre !

— Christian !

Il vit l'expression horrifiée sur son visage, mais cela n'avait aucune importance. Il en avait assez de ce mariage, de sa femme. Il en voulait plus, bien plus que ce que sa vie était devenue.

— Tu sais bien que les enfants ont peur de l'orage.

— Ils ont peur de tout, même de leur ombre, répondit-il dédaigneusement. S'il n'y avait que l'orage ! Comptons aussi les cauchemars de Richard, John qui mouille son lit. Sans oublier à quel point il a été difficile de sevrer Jamie !

Elle plissa les yeux, les pupilles brillantes sous l'effet de la colère.

— Ce ne sont que des enfants…

— Richard a huit ans. Il a passé l'âge de venir pleurer dans les jupes de sa mère au moindre petit coup de tonnerre !

— Ce ne sont que des enfants, Christian, répéta-t-elle d'un ton réprobateur. Toi, tu es un adulte.

— Ce n'est pas parce que je suis un adulte que je n'ai pas de besoins, moi aussi. Je ne compte pas, alors ? Et les tiens de besoins ? Tu n'as plus envie de moi, c'est ça ? Tu n'es plus que l'ombre d'une femme maintenant que tu as eu des enfants ? C'est ce que tu veux dire, Elizabeth ? Tu ne veux plus faire l'amour parce que tu es mère ?

Il détourna le regard et se passa les mains sur le visage, dans un effort désespéré pour ne pas totalement perdre le contrôle. Elle était sa femme, la femme qu'il avait aimée plus que tout au monde et qu'il aimait encore. Ces enfants étaient également les siens, sa chair et son sang, et pourtant, il ressentit presque de la haine envers eux lorsqu'il les entendit ouvrir la porte et courir dans la chambre en pleurant et en reniflant.

— Mes chéris, roucoula Elizabeth en ouvrant les bras et en les laissant se hisser sur le lit.

Jamie, le plus jeune, n'avait pas encore deux ans et ne parvenait pas à y grimper. Christian le souleva, puis le regarda échapper à son étreinte pour aller se réfugier dans le giron de sa mère. Ses quatre enfants étaient à présent nichés contre la poitrine généreuse d'Elizabeth, leurs visages enfouis dans le coton de sa chemise de nuit, qui renfermait le si doux parfum de sa peau.

Ils se trouvaient exactement à l'endroit où lui aurait aimé être. Un endroit où il n'avait pas vraiment été depuis trois ans, soit depuis la naissance de Rachel. Seigneur, cela faisait vraiment trois ans que Rachel était née ? Leur mariage et leur vie intime battaient donc de l'aile depuis tout ce temps ? Ce temps qu'il venait de passer auprès d'une personne qu'il avait l'impression de ne plus connaître…

— Papa, j'ai ton genou dans le dos, ça fait mal !

C'était John, leur deuxième fils. Il n'avait que six ans, mais, ce soir, il était bien trop vieux aux yeux de Christian pour venir se réfugier auprès de sa mère à cause d'un malheureux coup de tonnerre. Il jura entre ses dents lorsque John grogna et arracha le drap qui le recouvrait jusqu'à la taille. Elizabeth lui jeta un regard à la fois surpris et fâché.

— J'en ai plus qu'assez de tout ce cirque !

Les yeux bleus de son aîné, âgé de huit ans et recroquevillé derrière le bouclier protecteur que constituait le bras de sa mère, étaient posés sur lui. Sans pouvoir s'en empêcher, il lui jeta en retour un regard plein de colère qui eut pour effet d'effrayer le petit garçon plus qu'il ne l'était déjà. Il lui tourna alors le dos pour ne plus avoir à affronter son expression apeurée, regrettant d'en être le responsable.

Elizabeth soupira, d'un soupir teinté de confusion et de désapprobation.

— Qu'est-ce que tu veux, enfin ?

Une femme, bon sang ! Mais il ne pouvait le dire devant les enfants. Au lieu de cela, il se tut et soupira à son tour, sachant parfaitement quel était le problème : leur mariage n'avait plus de raison d'être, et cet état de fait ne datait pas d'hier. Il était temps pour eux de l'admettre : il n'y avait plus rien entre eux, plus rien excepté de la rancœur, du vide et de la distance.

Il se leva et se dirigea à pas lents vers la porte qui communiquait avec son cabinet de travail.

— Où vas-tu ?

— Je m'en vais.

Sa réponse fut accueillie par un silence. Elle ne le supplia pas de rester, ne pleura pas, ne lui murmura pas des mots d'amour. Elle ne fit rien pour lui montrer qu'il avait encore de l'importance à ses yeux. Le fait que plus rien ne subsistât de leur union signifiait-il quelque chose pour elle ? Ou était-elle simplement soulagée d'être débarrassée de sa présence et de ne plus avoir à le supporter ?

Chapitre 2

— Il n'y a plus cette étincelle dans tes yeux, Elizabeth…

Elle tenta de sourire et pencha la tête, doutant cependant que quoi que ce fût pût faire étinceler ses yeux. Comment pouvait-elle expliquer à Adrian qu'elle était continuellement hantée par la pensée de son mariage qui volait en éclats ? Son ami était un homme, qui plus est célibataire : il ne comprenait pas la complexité d'une femme dans la fleur de l'âge, ni les aléas du mariage.

— Non, marmonna-t-il en émergeant de derrière son chevalet. L'inclinaison de ta tête ne convient pas : il faut que les rayons du soleil brillent sur ton visage pour accentuer tes jolis traits.

— Ça va surtout accentuer les rides autour de mes yeux ! maugréa-t-elle. La lumière directe du soleil est sans pitié pour le visage d'une femme de trente-cinq ans.

— Cesse de dire des sottises. Tu n'as aucune inquiétude à avoir, tu es splendide.

Il s'agenouilla devant elle et réarrangea sa robe, lissant le tissu, déployant son jupon. Il la saisit ensuite par les épaules et lui fit adopter une posture différente, qui faisait ressortir davantage sa poitrine et lui affinait la taille.

Lorsque leurs regards se croisèrent, elle ne put dissimuler les larmes qui lui montaient aux yeux.

— Elizabeth, enfin, que se passe-t-il ? demanda-t-il en posant une main sur sa joue.

— Rien, répondit-elle en reniflant doucement.

Elle détourna la tête pour rompre le contact. Dans un effort pour ignorer l'expression inquiète qui se peignait sur le visage d'Adrian, elle regarda par la vitre de la véranda qui surplombait la longue allée de graviers du domaine.

— Je ne crois pas t'avoir jamais vue pleurer.

— C'est la lumière du soleil qui m'éblouit, se défendit-elle, sans beaucoup de conviction cependant.

Il prit son visage dans ses mains et l'obligea à lui faire face.

— Arrête de prétendre que tout va bien, Elizabeth. Voilà des mois que tu n'es plus toi-même. Parle-moi… Tu sais que tu peux tout me dire.

Ils étaient les meilleurs amis du monde depuis leur plus tendre enfance, lorsque leurs familles étaient voisines. Elle connaissait Adrian depuis plus longtemps qu'elle ne connaissait son propre mari et elle avait le sentiment de le connaître bien mieux aussi, une pensée qui l'emplissait de tristesse.

Christian… Où pouvait-il bien être, d'ailleurs ? Que faisait-il ? Cela faisait une semaine à présent qu'il n'était pas rentré. Depuis… Sa gorge se noua et elle déglutit avec peine. Depuis cette nuit où ils avaient fait l'amour… Non, pas l'amour, car cela faisait bien longtemps qu'ils ne le faisaient plus. Ils avaient couché ensemble, plutôt, avant d'être interrompus par les enfants. Il était entré dans une telle colère contre eux, contre elle ! Il était alors parti et, depuis, elle était seule, à se demander quand il allait revenir et ce qu'il allait advenir d'eux.

Avait-il trouvé une autre femme ? Faisait-il la tournée des bordels londoniens ? Avait-il une maîtresse ? Fut un temps où elle ne l'aurait jamais cru capable de la trahir, mais tant de choses avaient changé au cours des dernières années qu'elle n'était plus sûre de rien. Ce qu'elle savait avec certitude, cependant, c'était qu'il n'était plus l'homme qu'elle avait épousé.

Elle se sentit prise d'un haut-le-cœur en l'imaginant au lit avec une autre femme, ses belles mains lui caressant la poitrine, les hanches. Elle repensa à tous les mots tendres qu'il lui murmurait à l'oreille, *avant*, et laissa échapper un sanglot en se représentant Christian les dire à une autre qu'elle.

— Que se passe-t-il, Elizabeth ? insista Adrian. Dis-le-moi…

Sa voix était pleine d'une douceur mâtinée d'inquiétude. Peut-être pouvait-il la comprendre, après tout ? Il semblait toujours la comprendre, contrairement à Christian qui, depuis trois ans, semblait tout à fait imperméable à ses besoins.

— C'est Sutcliffe ?

Lorsqu'elle hocha la tête, il souffla bruyamment et passa ses pouces sur ses joues pour essuyer ses larmes.

— Il ne te rend plus heureuse, déclara-t-il platement.

Hochant la tête de nouveau, elle extirpa un mouchoir de sa poche et s'en tamponna les yeux.

— Non…

Elle murmurait, honteuse de lui confesser un tel secret, le cœur meurtri par la douleur qu'elle ressentait en admettant enfin la vérité.

— Il ne me rend pas heureuse, en effet. Je n'ai pas été heureuse depuis… eh bien, depuis la naissance de Jamie. C'est comme si nous étions de vagues connaissances qui se croisent de temps à autre. Nous ne parlons plus, nous ne nous touchons plus, nous ne nous embrassons plus.

J'ai l'impression de ne plus le connaître. Nous sommes devenus de parfaits étrangers.

— Comment est-ce possible ?

Un nouveau torrent de larmes se mit à couler mais, cette fois, elle ne fit rien pour les dissimuler ou les retenir.

— Il ne veut plus de moi, Adrian ! Il ne me désire plus ! Lorsqu'il vient se coucher près de moi, on dirait qu'il se plie à une obligation. Il fait les choses à toute vitesse et me laisse frustrée et débordante d'un désir insatisfait. Il ne veut plus de moi, c'est évident, tout comme il ne veut plus des enfants. Il est à Londres en ce moment, et Dieu sait ce qu'il y fait ! Il est sans doute occupé à coucher avec toutes les femmes de moins de vingt-cinq ans qui croisent son chemin. Je ne peux pas lutter contre ces jeunes femmes, Adrian, et je ne peux pas lui donner ce dont il a besoin.

— Viens ici…

Il écarta les bras et elle vint se blottir contre lui avec gratitude. Il ne dit rien, ne la réprimanda pas parce qu'elle pleurait, ne lui ordonna pas d'arrêter de sangloter, ne lui donna pas de conseils sur la manière d'arranger les choses. Tout l'inverse de Christian lorsqu'il voulait la rassurer : il faisait en sorte de régler ce qui la contrariait, mais il ne prenait jamais le temps de la réconforter ou même de simplement la serrer dans ses bras. Et en dépit de ses efforts pour trouver une solution au moindre problème, jamais il n'avait semblé en chercher une qui remît en selle leur mariage. Parce que le fait que leur union s'étiolât lui était égal, c'était aussi simple que cela.

— Tu sais que je suis là pour toi, murmura Adrian en la serrant plus fort contre lui. Tu peux compter sur moi pour tout et n'importe quoi, Eliza.

Elle leva la tête et le regarda à travers ses larmes. Pourquoi Christian ne pouvait-il pas la comprendre aussi bien que lui ?

Un éclat sombre traversa soudain ses yeux verts. Adrian lui cachait beaucoup de choses de sa vie, elle le savait. Des choses dont il semblait ne pas vouloir parler. A quoi pensait-il, à cet instant précis ? Comprenait-il seulement que ce n'était pas d'un mari qu'elle avait désespérément besoin, mais d'un amant, d'un homme pour satisfaire ses attentes de femme et vénérer son corps comme s'il s'agissait d'un autel sacré ?

— Eliza, je ne peux pas croire que je m'apprête à te dire quelque chose de si banal et galvaudé, déclara-t-il en s'écartant légèrement d'elle, mais un mariage est comme un jardin : il faut l'entretenir année après année, le cultiver et le nourrir. Et lorsque les mauvaises herbes commencent à l'envahir, il faut s'en débarrasser immédiatement. Parfois, l'amour ne suffit pas pour que deux personnes restent ensemble. Tu comprends ce que je veux dire ?

Elle comprenait, oui. Parfaitement même… Elle avait négligé leur mariage et il étouffait sous le poids de la stagnation, de la complaisance, pollué par la routine et la fatigue. Elle avait tenu Christian pour acquis, s'étant attendue à ce qu'il sût ce dont elle avait besoin et ce qu'elle désirait, que ce fût dans l'intimité ou à l'extérieur de leur chambre à coucher. Elle n'avait pas pensé à lui demander ces choses, croyant qu'il le savait.

— Et pour le reste, je pense que tu fais fausse route. Tu es une femme magnifique et très désirable. N'importe quel homme serait prêt à se damner pour t'avoir dans son lit.

Elle sourit et se tamponna les yeux une fois de plus.

— Si seulement mon mari pouvait être de ton avis à ce sujet ! Je crains malheureusement que dix ans de mariage et quatre enfants n'aient eu raison de mes charmes à ses yeux.

— Sais-tu seulement ce qu'une femme de trente-cinq

ans représente pour un homme ? Elle incarne l'allure, la confiance, la maturité, le pouvoir d'aller à la recherche de ce qu'elle désire et de savoir ce qu'elle veut. Pas de mines faussement effarouchées, pas de pleurnicheries, de moues boudeuses ou de jeux stupides comme avec toutes ces jeunes idiotes. Les femmes plus âgées sont assez matures pour savoir ce qu'elles veulent et le formuler, que ce soit au lit ou dans la vie. Elles acceptent le fait qu'elles peuvent être à la fois mère, épouse et amante, avec les mêmes besoins que leurs maris. Ces jeunes femmes qui t'inquiètent tant ne sont en aucun cas une menace. Apprends à lui demander ce que tu veux, dis-lui que tu veux pouvoir lui faire tout ce dont tu as envie et, crois-moi, il n'aura d'yeux que pour toi ! Sutcliffe t'appartient, Eliza, tu ne dois jamais en douter. Comment pourrait-il quitter une femme aussi adorable, aussi désirable et sensuelle que toi ?

Désirable... Sensuelle...

Christian se tenait à l'entrée de la véranda et observait sa femme, blottie dans les bras d'Adrian Wallace. Il s'était toujours demandé si ce rapace, sous couvert d'être un ami sincère, ne convoitait pas sa femme, et il avait toujours redouté le jour où cet homme prendrait sa place dans le cœur d'Elizabeth.

Une hypothèse qui n'avait rien d'impossible : Adrian était une canaille, un artiste sombre et romantique aux airs de mauvais garçon, autant dire un homme plein de charme. Quelle femme n'aurait pas été immédiatement séduite par ses cheveux noirs ébouriffés et ses yeux verts qui lançaient des regards débordant de sensualité ? Pourquoi Elizabeth ne désirerait-elle pas quelqu'un comme lui ? Il avait la moitié des femmes de Londres à ses pieds, après tout. Mais il était hors de question que sa femme devînt l'une d'entre elles ! Plutôt mourir que la laisser saboter leur mariage pour se réfugier dans les bras et les draps d'un artiste de pacotille !

Qu'est-ce que cela pouvait bien faire s'il n'était pas aussi romantique qu'Adrian, ou s'il ne la dévorait pas du regard derrière ses longs cils noirs ? Il y avait d'autres choses dans la vie que la romance. Leur mariage avait fait d'elle une duchesse, bon sang ! Il lui avait donné de l'argent, des terres, des propriétés à ne savoir qu'en faire. Il lui avait donné quatre beaux enfants pleins de santé, conçus dans l'amour et la passion. Il s'était livré à elle corps et âme, et il était persuadé que c'était bien plus que ce qu'Adrian Wallace pourrait jamais avoir à lui offrir ou à n'importe quelle femme d'ailleurs.

Et il n'allait certainement pas rester là sans rien faire et laisser sa femme lui filer entre les doigts ! Tout comme il n'allait pas la laisser oublier ce qui les avait réunis : l'amour et une passion dévorante l'un pour l'autre. S'il était bien une chose dont il avait pris conscience au cours de la dernière semaine, c'était que leur mariage *n'était pas perdu*. Il s'était langui d'elle à en mourir et il aurait vendu son âme pour la voir juste un instant, la voir lui sourire et recevoir de sa part un signe montrant qu'elle voulait toujours de lui, qu'il occupait toujours une place dans son cœur, quelle qu'elle fût.

Il en était venu à la conclusion que, même s'il était malheureux depuis un moment, ce n'était pas la faute d'Elizabeth. Ce n'était pas non plus parce qu'il s'était lassé d'elle ni parce qu'il désirait une autre femme. Il était malheureux parce que son mariage était en train de périr. Et le responsable, c'était lui, lui qui l'avait laissé pourrir !

Il n'était pas idiot. Il savait très bien pourquoi Elizabeth était malheureuse, elle aussi. Pour la même raison que lui : il n'y avait plus de passion entre eux. Ils ne riaient plus ensemble, ne s'embrassaient plus des heures durant, il ne la caressait plus subrepticement lorsque personne ne les regardait. Ils ne faisaient plus l'amour, ils *s'accouplaient*. Ce qui arrivait une fois par semaine peut-être, et encore si aucun des enfants n'était malade, s'il n'y avait pas de tempête, s'il n'était pas rompu de fatigue après une journée passée à cheval à parcourir ses propriétés, s'il n'était pas trop soûl après avoir noyé son chagrin dans le porto pendant le dîner… Ou encore si Elizabeth n'était pas épuisée après avoir passé la journée à courir après les enfants, éreintée par ses visites aux nombreuses associations caritatives dont elle s'occupait ou par ses obligations de duchesse. Auquel cas, si aucune de ces choses ne se mettait en travers de leur chemin, ils se rapprochaient et partageaient cinq minutes d'un amour de pure forme.

Elizabeth ne se voyait plus que par leurs enfants et lui buvait sans modération… Comment en étaient-ils arrivés là ? Comment avaient-ils pu devenir de parfaits étrangers après dix ans d'un mariage d'amour et quatre beaux enfants ? Pourquoi ne se sentait-il pas plus proche de la femme qui avait donné naissance à ses enfants et qui avait partagé sa vie durant une décennie ?

Ils s'étaient tous deux transformés en automates qui vivaient dans le brouillard. Jour après jour, c'était la même routine prévisible, ennuyeuse, étouffante. Il ne voulait plus de cette vie, ni pour lui ni pour Elizabeth. Il ne voulait pas la perdre et ne voulait pas non plus que ses enfants finissent par le mépriser à force d'antipathie envers eux.

Il devait retrouver la magie des premières années, lorsqu'ils s'esquivaient pour aller faire l'amour dans la pièce voisine de celle où se trouvaient leurs invités, ou tout simplement lorsqu'ils le faisaient sur le gazon. Il devait réapprendre à la séduire et elle devait en faire autant de son côté. Ils avaient besoin de trouver du temps pour eux seuls, pour réapprendre à se connaître, se réapprivoiser en tant qu'amis et en tant qu'amants.

Il recula dans l'ombre pour dissimuler sa présence à sa femme, qui venait de se lever de sa chaise et lissait les plis de sa jupe en mousseline. Son cœur s'emballa tandis qu'il l'observait : à quand remontait la dernière fois qu'il l'avait réellement regardée ? Qu'il l'avait vue avec les yeux d'un amant qui regarde sa maîtresse, et non ceux d'un mari aigri ? Il ne s'en souvenait plus. Au cours de ces dernières années, elle avait été une duchesse, son épouse et la mère de ses enfants. Mais il lui en fallait davantage : il voulait qu'elle redevînt la maîtresse enfiévrée qu'elle avait été. Et il allait trouver un moyen de la reconquérir. Il le fallait ! Il ne pouvait supporter l'idée de la perdre, ni l'imaginer devenir la femme d'un autre que lui, et certainement pas d'Adrian Wallace ! Il préférerait mourir que de la laisser aller avec lui.

Chapitre 3

Les enfants occupés à se laver pour le déjeuner, Elizabeth profita de ce court instant de répit et s'effondra sur son lit. Elle ferma les yeux et laissa échapper un soupir plein de fatigue et de tristesse. Leur majordome l'avait prévenue que Christian était rentré deux heures auparavant et, pourtant, il n'était pas encore venu à sa rencontre. Ne lui avait-elle donc pas manqué ? Etait-ce parce qu'il avait rencontré quelqu'un d'autre à Londres ? Quelqu'un de plus jeune, de plus mince, dont le corps ne portait pas les stigmates de la maternité ? Quelqu'un capable de le flatter et de vouer des heures entières aux choses de l'amour ? Quelqu'un qui pouvait combler tous ses désirs sans faiblir ?

Fut un temps où eux aussi faisaient l'amour pendant des heures. Ils s'échappaient, s'isolaient dans un recoin de la maison et s'arrachaient leurs vêtements, tout à leur impatience de sentir le corps de l'autre. A cette époque, ils faisaient l'amour n'importe quand, n'importe où, en pleine journée, sur un canapé ou dans la calèche qui les ramenait d'un bal ou d'un dîner. A présent, ils le faisaient uniquement dans le noir et la position du missionnaire était devenue la seule qui valût. La séduction, les préliminaires, domaines dans lesquels Christian avait jadis excellé, n'étaient plus que de vieux souvenirs qui avaient laissé place à une pénétration hâtive et impersonnelle. L'intimité qu'ils partageaient lorsqu'elle se blottissait entre ses bras après l'orgasme et qu'ils s'embrassaient, s'étreignaient en se murmurant des mots d'amour n'existait plus. A présent, bien souvent, Christian sortait du lit, chassé par les enfants ou par ce qu'elle pensait être de la frustration vis-à-vis d'elle et de leurs ébats.

Il ne lui disait plus jamais à quel point il la désirait, lorsqu'il lui faisait l'amour. A quel point elle lui plaisait, à quel point il avait besoin d'elle.

Mais toi non plus, tu n'as rien fait pour le rassurer sur le fait que tu avais toujours envie de lui. Besoin de lui.

Elle devait bien avouer que la petite voix qui résonnait dans sa tête disait la vérité. N'était-elle pas elle aussi à blâmer pour la distance qui s'était installée entre eux ? N'avait-elle pas aidé à creuser ce fossé qui les séparait ?

Pourquoi ne pouvait-elle plus l'entraîner dans une pièce de la maison et remonter ses jupes pour quelques minutes de passion volées ? Lui avait essayé et, chaque fois, elle lui avait donné une tape sur la main en lui lançant un regard agacé. *Ce soir,* se disait-elle toujours. Mais le soir en question n'arrivait jamais, à tel point qu'il avait arrêté de la solliciter pour ces petits jeux coquins. Et c'était précisément ce qui lui manquait : la tentation, la séduction, l'excitation de se laisser aller au désir quand il surgit, où qu'il surgisse, avec le risque d'être surpris. Est-ce que Christian se languissait de ces moments, lui aussi ?

Soudain, elle sentit quelque chose alors qu'elle passait la main sous l'oreiller de Christian. Elle ouvrit instantanément les yeux et découvrit un morceau de papier plié en quatre.

« Je me suis mal comporté avec toi, Elizabeth, ainsi

qu'avec nos enfants, et j'en suis profondément désolé. Je n'ai pensé à rien d'autre qu'à toi et à notre mariage durant mon absence. Je sais que tu n'es pas heureuse et je veux que ça change. Je veux faire tout ce qui est en mon pouvoir pour te combler de plaisir et de bonheur.

« Du plaisir… voilà bien une chose que je ne t'ai pas procurée depuis longtemps, n'est-ce pas ? Il y a une éternité que nous n'avons pas parlé de ces choses-là. Je sais à peine par où commencer, ou quoi te dire. Comme tu le sais, je ne suis pas un maître dans l'art du romantisme. Pourtant, j'ai des sentiments et des désirs, moi aussi. »

Son cœur s'emballa, cognant follement dans sa cage thoracique. Elle ne se rappelait pas la dernière fois où Christian lui avait écrit une lettre, et celle-ci ne ressemblait à aucune des lettres d'amour qu'il lui avait adressées dans le passé. Les mots, le ton, tout était complètement différent, provocant…

Elle sentit son estomac se nouer sous l'effet d'une tension incontrôlable.

« Je rêve de toi, Elizabeth. Je fantasme sur toutes les choses que je souhaite te faire et sur toutes les choses qu'il nous reste à découvrir. Je veux que la passion nous anime de nouveau, je veux que tu sois de nouveau mon amante. »

— Maman ! Maman ! C'est l'heure du déjeuner !

Aux cris des enfants qui lui parvenaient depuis le vestibule, Elizabeth rangea la lettre dans le tiroir de sa table de nuit, se demandant ce qu'elle allait faire. Cette lettre était un drapeau blanc qui lui montrait bien que Christian aussi ressentait la distance à la fois émotionnelle et physique qui régnait entre eux. Qu'il voulait arranger les choses, exactement comme elle. Elle ne savait pas par où commencer pour panser les blessures dont souffrait leur union, mais la lettre de son mari lui donna une idée.

S'emparant d'une plume et d'un encrier, elle noircit à son tour une feuille de papier sur laquelle elle appliqua ensuite un buvard avant de la plier en trois et de la glisser dans son corsage.

C'est avec un sourire comme elle n'en avait pas eu depuis longtemps qu'elle quitta la pièce pour rejoindre ses enfants.

Les deux aînés firent irruption dans la salle à manger après une course dans le couloir, criant et sautant en tous sens. Ils s'immobilisèrent en apercevant leur père assis à sa place habituelle, en bout de table.

— Papa, dit Richard en gagnant calmement sa place, quelle joie de vous avoir à la maison !

— Bonjour, père, dit à son tour John, en prenant place en face de son frère.

Christian leur sourit, posant un regard bienveillant sur eux.

— Bonjour, les garçons. On dirait bien que vous avez grandi pendant mon absence.

Deux paires d'yeux pétillèrent de satisfaction et ses fils se redressèrent sur leur chaise pour paraître plus grands encore.

— Nounou dit que nous poussons comme de la mauvaise herbe ! déclara Richard avec la plus grande fierté.

— Vous n'êtes tout de même pas trop grands pour un baiser, si ? demanda-t-il en se levant de sa chaise. Vous m'avez beaucoup manqué, tous les deux.

Murmurant ces mots, il embrassa chacun de ses fils sur le sommet du crâne. Puis il releva la tête et son regard tomba sur Elizabeth, qui se trouvait à l'entrée de la salle à manger. Elle tenait dans ses bras un Jamie profondément endormi, dont le visage de chérubin était enfoui dans le creux de son cou, sa petite main potelée fermement agrippée à la dentelle de son corsage.

— Laisse-moi faire…

Il se dirigea vers elle et prit son fils endormi. Ses joues étaient cramoisies et il semblait légèrement fiévreux.

— Il fait ses dents, lui expliqua Elizabeth. Ça fait deux nuits qu'il ne dort pas.

Blottissant Jamie contre son torse, Christian se pencha vers sa femme et se surprit sur le point de l'embrasser sur la joue. Il interrompit son geste à temps, conscient que ce petit baiser machinal était devenu une mauvaise habitude. Parfois, ses lèvres avaient à peine touché le visage d'Elizabeth qu'il s'en allait déjà, appelé par quelque affaire urgente, ou qu'elle se détournait de lui pour s'occuper des enfants. Ils se satisfaisaient de si peu !

Il baissa le regard à la recherche de ses lèvres roses et charnues, ses lèvres pleines de promesses qui le séduisaient tant. Des lèvres qu'il n'avait pas réellement embrassées depuis une éternité, alors qu'elles lui faisaient jadis des choses qui le rendaient fou. Il sentit son sexe durcir à cette seule pensée, et son cœur se serra tandis qu'il se demandait s'ils revivraient un jour ces instants heureux.

— Tu m'as manqué.

Il baissa la tête pour l'embrasser et sentit la surprise d'Elizabeth tandis qu'il pressait ses lèvres contre les siennes.

— Beurk ! s'exclamèrent Richard et John en se couvrant les yeux.

Christian se surprit à sourire, un sourire qui mourut quand la silhouette d'Adrian apparut dans l'encadrement de la porte. Il avait Rachel dans les bras, et quelque chose en Christian se brisa lorsqu'il vit sa fille dans les bras d'un autre homme. Il ne voulait pas que quelqu'un d'autre portât ses enfants, tout comme il ne voulait pas de quelqu'un d'autre dans leurs vies, ni dans celle d'Elizabeth.

— Votre Grâce…, grommela Adrian.

Rachel se libéra de son emprise et trottina en direction de son père, avant de s'accrocher à son mollet et d'appuyer son visage contre son genou. Christian passa sa main dans les boucles noires de la petite fille en souriant. Elle lui ressemblait tellement par certains côtés.

Elle leva vers lui ses jolis yeux bleus tandis qu'il lui caressait la joue, et il fut une fois encore surpris de voir à quel point elle avait le même sourire que sa mère.

— Papa, vous êtes rentré ! Vous m'avez manqué.

— Toi aussi tu m'as manqué, ma chérie.

C'était la pure vérité. Ils lui avaient tous tellement manqué, pendant ces quelques jours ! Allongé, seul, dans le grand lit de sa résidence de Mayfair, il s'était souvenu de ces nuits où les enfants grimpaient dans leur lit, prenant toute la place et toutes les couvertures. Il ne s'était jamais rendu compte à quel point il aimait les voir endormis auprès d'eux. Les nuits passées à les regarder lorsqu'ils étaient encore bébés, blottis contre la poitrine d'Elizabeth, lui manquaient terriblement, tout comme le fait d'embrasser leurs petites mains potelées pendant qu'elle les allaitait. Embrasser Elizabeth, la remercier pour tout ce qu'elle lui apportait, cela aussi lui manquait…

Il laissa son regard se promener sur le visage de sa femme, puis descendre sur son corsage. Il ressentait un besoin impétueux de l'étreindre et de la déshabiller. De la posséder, de prendre tout ce qu'elle avait à lui donner.

— Je pense que je vais m'éclipser, entendit-il Adrian murmurer à Elizabeth.

Leurs regards se croisèrent par-dessus la tête blonde d'Elizabeth et Christian sut qu'Adrian avait vu et surtout compris l'expression dans ses yeux.

— Qu'en est-il de ta promenade à cheval, ma chérie ? demanda-t-il à Rachel. As-tu monté ton poney, aujourd'hui ?

Elle fit non de la tête.

— Dans ce cas, nous devrions partir en balade après le déjeuner, tu ne crois pas ? Et nous emmènerons tes frères. Va t'asseoir, maintenant.

Tandis que Rachel gagnait sa place, Christian se tourna vers Elizabeth et vit qu'Adrian avait disparu. Il entendit claquer la porte d'entrée et ressentit un immense soulagement de savoir qu'il était parti. Il avait envie d'être seul avec Elizabeth pour guérir les blessures de leur couple, et la dernière chose dont il avait besoin était qu'Adrian et son aura romantique traînassent dans le paysage tandis qu'il essayait de reconquérir sa femme !

Il guetta son visage, à la recherche d'un regret provoqué par le départ de son rival, mais il n'y vit rien de tel. A la vérité, il ne redoutait pas Adrian en tant que tel. Il avait peur d'être comparé à lui et que cette comparaison jouât en sa défaveur aux yeux de sa femme. Il avait beau être un homme de pouvoir, il n'était finalement qu'un banal duc, pas un artiste à la voix de velours capable de mettre n'importe quelle femme à ses genoux.

— Pourquoi n'irais-tu pas te reposer ? dit-il à Elizabeth en lui prenant la main. Tu parais fatiguée.

Elle passa son autre main dans ses cheveux d'un air légèrement contrarié et il eut envie de se donner une gifle.

Imbécile !

Pourquoi manquait-il à ce point d'égards envers elle ? Pourquoi était-il incapable de se rappeler qu'une femme n'avait pas besoin de s'entendre dire qu'elle avait l'air fatiguée ? Adrian n'aurait jamais fait l'erreur de dire une chose pareille. Il aurait transformé cette observation en une invitation sensuelle, pas en une critique.

— Elizabeth ?

Soucieux de donner un meilleur tour à la conversation, il pencha la tête et captura son regard.

— Je vais rester avec les enfants pendant que tu te reposes... Je peux peut-être passer te voir plus tard, qu'en dis-tu ?

Les yeux bleus de sa femme se parèrent instantanément d'un éclat qui brilla comme une invitation. Elle le désirait, elle voulait qu'il vînt à elle dans la lumière du jour tandis que les enfants gambaderaient dans le jardin et que Jamie serait profondément endormi dans son berceau. Et c'était exactement ce qu'il désirait, lui aussi.

Elle le prit par la main et l'emmena à l'écart, à l'abri du regard inquisiteur des enfants et des serviteurs. A part Jamie qui dormait dans ses bras, ils étaient seuls dans le vestibule.

— Tu m'as manqué, dit Elizabeth en posant sur lui un regard chaleureux et attirant.

Elle passa la main dans ses cheveux tandis qu'il approchait ses lèvres des siennes. Il l'embrassa, glissant délicatement sa langue dans sa bouche, et gémit lorsqu'elle saisit sa main libre pour la porter à sa poitrine. Il prit l'un de ses seins en coupe et le pressa avec avidité, gourmandise, sentant sa chair remplir sa paume. Il la voulait tout de suite, contre le mur, son corsage délacé libérant sa poitrine. Il voulait relever ses jupes et caresser ses formes généreuses, la porter, la sentir enrouler ses jambes autour de sa taille. Il voulait glisser son sexe en elle et murmurer des mots passionnés à son oreille. Il voulait lui raconter ses rêves, ses désirs, tous les fantasmes secrets qu'il nourrissait à son égard.

Leur baiser se prolongea et il mima avec sa langue ce qu'il désirait lui faire avec son sexe. Elle gémit, se pressant contre lui, frottant son bas-ventre contre le sien, prêt à exploser sous le tissu de son pantalon. Elle le titilla encore et encore, jusqu'au moment où il eut envie de la supplier de le faire jouir, envie de prendre sa main et de la passer sous sa ceinture pour qu'elle le caressât jusqu'à lui faire atteindre l'orgasme.

Lorsqu'il rouvrit enfin les yeux, il sentit sous ses doigts le grain d'un morceau de papier. Il sourit en retirant le feuillet plié d'entre ses seins et le porta à son visage, se laissant imprégner par la chaleur du billet, réchauffé par sa peau. Il le respira et ferma les yeux : il sentait le savon fleuri et le miel, le talc qu'Elizabeth utilisait lorsqu'elle donnait aux enfants leur bain du matin, et l'odeur naturelle de sa peau. L'odeur de sa femme.

Elle l'embrassa une dernière fois, puis le laissa seul dans le vestibule, Jamie endormi dans les bras. Il resta quelques instants adossé au mur, le cœur battant la chamade et les mains prises d'un tel tremblement qu'il put à peine ouvrir la lettre.

« Parle-moi de ces fantasmes que tu as à mon sujet. »

Voilà qui pouvait être un jeu des plus érotiques !

Il releva la tête et la vit s'engager dans les escaliers qui menaient aux appartements du premier étage. Sentant qu'il l'observait, elle se retourna et lui lança un bref regard avant de baisser les yeux. Etait-ce de la timidité ou une invitation ?

Oui, ils pouvaient s'amuser follement avec ce petit

jeu… Peut-être était-ce d'ailleurs exactement ce dont ils avaient besoin pour se reconquérir l'un l'autre.

Un enthousiasme débordant s'empara alors de lui à l'idée d'écrire des lettres délicieusement osées à Elizabeth. Et il songea avec délice qu'il avait également hâte de recevoir les siennes.

Chapitre 4

Une nouvelle lettre était apparue sur l'oreiller voisin du sien lorsqu'elle se réveilla de sa sieste. Elle brisa le sceau de cire et l'ouvrit précipitamment, impatiente de découvrir les mots de Christian.

« Mes fantasmes ? J'en ai tellement… Par où voudrais-tu que je commence ? Dans mes rêves, je te prends de tant de manières différentes ! Je dois t'avouer que nombre d'entre elles sont absolument inappropriées pour une femme de ton rang. Et pourtant, la seule pensée de les partager avec toi m'excite au plus haut point. Et toi, es-tu excitée à l'idée de ce que je pourrais écrire et de ces rêves interdits que j'ai eus à ton sujet ?

« Que dirais-tu de te donner en spectacle pour moi ? J'ai toujours pensé que tu serais éblouissante dans de la soie et de la dentelle de pacotille. Il y a quelque chose de si érotique et transgressif dans le fait de voir une femme de haut rang se comporter comme une fille de petite vertu !

« Dans mon fantasme, tu es une prostituée à la fois douce et expérimentée, avec des lèvres roses et charnues, une poitrine magnifique. Sans parler de tes hanches… Si tu savais ce que j'aimerais leur faire…

Voilà mon premier fantasme : je rêve de te payer pour

t'avoir toute une nuit à mon service. Je t'ordonnerais de me faire tant de choses avec tes jolies lèvres et tes seins plantureux. J'aimerais m'asseoir dans un fauteuil et te regarder pendant que tu te déshabilles pour moi, que tu dévoiles tes hanches à mesure que tombent tes différents jupons et les autres couches de satin bon marché qui te recouvrent. Je voudrais que tu t'adosses contre le mur, uniquement parée de tes bas de soie et de tes jarretelles… J'aimerais t'attacher, t'avoir rien qu'à moi, explorer chaque centimètre carré de ton corps avec mes mains, ma langue, mon sexe… »

Elle releva la tête et utilisa la lettre pour s'éventer. Lire ces mots l'avait excitée comme jamais elle ne s'était sentie excitée auparavant : son entrejambe était humide et son ventre se serrait dans l'attente de la suite.

La lettre lui dévoilait une facette de Christian qu'elle n'avait jamais vue. Il savait être passionné, bien sûr, et habile, sans aucun doute… Mais ça… Jamais elle n'aurait imaginé qu'il rêvât d'elle jouant le rôle d'une fille de joie ! Savoir qu'il voulait se livrer à ce genre de jeux l'excita et lui donna envie de se parer des dentelles les plus osées qu'elle possédât pour parader devant lui, faisant de son rêve une réalité. Mais elle voulait en savoir plus : elle voulait davantage de lettres comme celle-ci, affamée de l'intimité coquine qu'elles créeraient entre eux.

Tenant solidement les rênes en cuir, Christian faisait effectuer un large cercle au poney de Rachel. Il guidait doucement l'animal sous le soleil resplendissant du début de l'après-midi et riait de voir sa fille glousser de contentement.

— Maman, maman ! cria-t-elle à sa mère qui les avait rejoints. Regarde, je fais du poney !

— C'est très bien, ma chérie.

— Tu viens faire du cheval avec moi ?

— Je ne peux pas, mon cœur. Je suis juste venue dire à papa que je prenais la calèche pour me rendre au village.

— Maintenant ? demanda-t-il.

Ebloui par le soleil, il plissa les yeux pour l'étudier. Son visage était empourpré et ses doigts trituraient nerveusement quelque chose. Avait-elle trouvé sa lettre ? Qu'en avait-elle pensé ? Le prenait-elle pour un pervers après avoir lu pareille missive ? Etait-elle horrifiée d'avoir reçu confidence d'un fantasme qu'il nourrissait vis-à-vis d'elle depuis si longtemps ? Etait-elle choquée, offensée qu'il rêvât d'elle, une femme de bonne famille, une *duchesse,* sous les traits d'une fille de joie ?

— Je n'en ai pas pour longtemps, murmura-t-elle.

Elle se mit sur la pointe des pieds et effleura sa joue du bout des lèvres. Au même moment, il sentit ses doigts étreindre les siens et glisser un petit bout de papier dans sa paume.

— Je pars dans trois quarts d'heure.

Elle s'éloigna, lui laissant le loisir d'observer le balancement de ses hanches sous la mousseline de sa robe, le soleil caressant ses formes voluptueuses à chacun de ses pas. Lorsque l'attention de sa fille se porta sur la crinière du poney agitée par le vent, il ouvrit la lettre.

« J'adorerais jouer la dévergondée pour toi. Mais que fait exactement ce genre de femme ? Dis-moi ce que recherche un homme lorsqu'il se rend chez une courtisane… »

Il releva la tête en souriant et vit qu'elle le regardait par-dessus son épaule. Il comptait bien satisfaire sa curiosité !

Le valet lui ouvrit la portière et Elizabeth s'appuya sur son bras pour grimper à l'intérieur de la calèche. Elle s'était presque attendue à y trouver Christian mais, hélas, le véhicule était vide. Elle s'installa sur la banquette avec une petite pointe de déception et arrangea ses jupons pour ne pas les froisser pendant le trajet.

Il était sans doute bien trop occupé avec la propriété, se raisonna-t-elle. Après sept jours d'absence, il devait avoir mille choses à faire et certainement pas le temps de l'accompagner au village pour faire des emplettes, même si elle avait tout orchestré dans l'espoir qu'ils se retrouvassent seuls dans la calèche. Ils avaient fait l'amour dans une calèche une fois, et elle n'avait jamais oublié la sensation que cela lui avait procurée, cette excitation, entre le fait de devoir s'aimer à la hâte et le risque d'être découverts par le cocher.

La calèche pencha lorsque le valet sauta sur le marchepied arrière et les chevaux hennirent et s'agitèrent dans leurs harnais. Tandis qu'elle attendait que le cocher fît claquer son fouet et ordonnât aux bêtes de se mettre en route, elle regarda par la portière et vit que Christian se tenait à la fenêtre de son bureau, la fixant d'un regard intense qui semblait sonder son âme.

Elle tourna la tête et son regard fut alors attiré par quelque chose de blanc sur le cuir de la banquette opposée : une lettre était posée là, son sceau rouge portant les armoiries du duc de Sutcliffe.

Elle s'en saisit immédiatement et l'ouvrit.

« Lorsque tu me demandes de te dire ce que je veux, veux-tu des détails explicites, Elizabeth ?

« Je suppose qu'il me suffirait de te montrer un dessin dans un livre, mais je pense que tu veux quelque chose de totalement différent. Tu veux l'excitation qui naît à la lecture de propositions indécentes. Tu veux lire mes mots et m'imaginer en train de les murmurer à ton oreille. Tu veux être humide et avoir envie de faire l'amour en lisant quelque chose de vulgaire et d'interdit. »

Elle avala sa salive avec difficulté, réprimant son envie de hocher la tête pour confirmer ses dires. Oui, c'était exactement ce qu'elle voulait, découvrir la face cachée de son mari et non plus avoir en face d'elle le duc élégant et digne qui n'était que politesse et bonnes manières. Elle ne voulait pas le mari dévoué ou le père, mais l'homme, le mâle qu'il n'avait jamais laissé s'exprimer en lui.

« Tu veux savoir le genre de choses que je te ferais ? Et tu veux savoir comment je te demanderais ces choses ? Tu veux que je te parle crûment, en utilisant des mots sales… »

Son cœur battait si fort qu'il était sur le point d'exploser. Comment avait-il fait ? Comment avait-il deviné que, en secret, elle rêvait de l'entendre dire des mots plus inappropriés les uns que les autres ? Des mots qu'un duc ne disait jamais, mais que tout homme rêvait de prononcer ?

« Avoue que c'est ce que tu veux, et je te dirai tout ce que je veux que tu fasses. Je te dirai tout ce que je pense et tout ce que je ressens. Je te confierai tout ce qu'en esprit j'ai murmuré à ton oreille pendant que je te faisais l'amour. »

Elle leva les yeux pile au moment où la calèche se mettait en route et le vit, toujours debout près de la fenêtre, en train de l'observer. Elle hocha la tête pour lui signifier que oui, c'était bien ce qu'elle voulait, savoir ce qu'il pensait lorsqu'il lui faisait l'amour, l'écouter lui raconter ses fantasmes. Rien ne comptait plus à ses yeux que de tisser ce lien entre eux, plus intime que tous ceux qui les avaient jamais liés.

Ses yeux sombres, presque noirs, parurent s'obscurcir plus encore lorsqu'il la vit hocher la tête. Dans son regard, si intense qu'il la fit frissonner, elle pouvait lire une promesse, la promesse des plaisirs charnels inavouables qu'il lui réservait à son retour.

Elle voulut ordonner au chauffeur d'arrêter la calèche pour courir le rejoindre, puis changea aussitôt d'avis. Cela ne lui servirait à rien de tomber aussi vite dans ses bras. C'était ce que faisait une vulgaire fille, mais certainement pas une courtisane de haut rang ! N'importe quelle demimondaine savait qu'il fallait affamer sa proie et la laisser se consumer d'envie pour mieux la piéger ensuite.

— Te voilà enfin !

Elle fit volte-face en entendant la voix de Christian. Il était dans l'ombre et elle n'avait pas remarqué sa présence.

— Je ne me suis pourtant pas absentée longtemps, si ?

Il vint au-devant d'elle et prit son visage entre ses mains.

— Ça m'a paru une éternité.

Il l'embrassa, d'un baiser lent et provocant qui fit s'accélérer les battements de son cœur. Si seulement il savait ce que représentait ce qu'il venait de lui dire, cet aveu qu'elle lui manquait lorsqu'elle n'était pas à ses côtés !

Ils s'embrassèrent, doucement d'abord, puis laissèrent petit à petit s'exprimer leur passion dans un baiser plus avide, plus intense. Elle interrompit leur étreinte pour reprendre son souffle, ce qui n'empêcha pas Christian de continuer à la recouvrir d'une pluie de baisers, sur le cou, puis à la naissance de sa poitrine.

— Je veux que tu me touches, lui murmura-t-il en s'emparant de sa main et en la pressant contre la toile tendue de son pantalon. Je veux que tu me regardes, que tu me dises combien tu as envie de moi. Je veux voir dans tes yeux à quel point tu en as envie.

Elizabeth caressa son érection du bout des doigts : elle pouvait sentir son sexe, qui lui parut plus long, plus dur que dans tous ses souvenirs.

— Oui, Votre Grâce, murmura-t-elle à son tour. Je veux sentir *tout ceci* en moi.

Elle enroula ses doigts autour de lui et le sentit enfler plus encore.

— Pourquoi es-tu partie, cet après-midi ? demanda-t-il en humant le parfum de ses cheveux. J'aurais donné n'importe quoi pour que tu restes, tellement j'avais envie de toi.

— Vraiment ? Envie comment ?

Elle ferma les yeux au contact des lèvres de son mari dans le creux de son cou. Il prit une grande inspiration et elle sentit tout son corps se contracter, tandis qu'il faisait aller et venir ses mains sur ses hanches.

— Tellement envie que j'ai dû me toucher pour me soulager. Je ne m'étais pas caressé de la sorte depuis mon adolescence, si fort, si vite, si précipitamment… Mais je n'en pouvais plus et je n'avais pas la force de t'attendre.

Elle s'adossa contre le mur et sentit ses mains sur sa taille puis sur le bas de son dos. Elle l'imagina en train de se caresser tout en pensant à elle, et cette image décupla son excitation.

— J'aurais aimé te regarder.

— Me regarder pendant que je me touchais ?

Le ton de sa voix indiquait une certaine surprise.

— Ça t'excite de savoir que j'ai dû me masturber parce que j'avais envie de toi ?

Elle hocha la tête sans un mot puis l'embrassa, sa

main gauche se promenant de nouveau sur la bosse de son entrejambe.

— Ce n'est pas comme si je ne m'étais jamais touchée en pensant à toi.

Cette fois, il fut si surpris qu'il s'en étrangla presque.

— Je serais prêt à vendre l'intégralité de mes terres pour voir une chose pareille ! Je voudrais te regarder, étendue, totalement ouverte.

— Qu'est-ce que tu aimerais que je fasse d'autre ?

— Que tu te caresses la poitrine devant moi. Je te regarderais et, en même temps, je m'imaginerais en train de la lécher.

Elle plaça sa main sur un de ses seins et caressa son téton du bout des doigts, sous le regard perçant de Christian qui s'humecta les lèvres.

— Montre-moi, alors…

Il n'attendit pas qu'elle baissât son corsage : il le fit lui-même, écartant précipitamment la dentelle, exposant sa poitrine à son regard. Puis il baissa la tête et fit courir sa bouche sur sa peau, à la recherche de son téton. Il le trouva enfin et le prit dans sa bouche, l'aspirant et le titillant avec un tel savoir-faire qu'elle sentit une humidité grandissante entre ses jambes.

En réponse, elle tendit la main et se remit à le caresser à travers l'étoffe de son pantalon.

— Je veux te toucher.

— Je veux voir mon sexe dans ta main, dit-il en se pressant plus fort contre elle. Je veux le voir dans ta bouche.

— Votre Grâce ? *Oh !*

Shreeves, leur majordome, s'arrêta net à quelques mètres d'eux, le visage cramoisi, en proie à un immense embarras, lui qui était d'habitude le calme et la placidité incarnés.

— Je… Vous… Pardonnez-moi, bégaya-t-il avant de leur tourner le dos.

— Qu'est-ce que c'est ? aboya Christian d'un ton si cinglant que le majordome en sursauta.

— Votre intendant, Votre Grâce… Il vient d'arriver et a des papiers à vous faire signer. Souhaitez-vous que je lui dise de revenir plus tard ?

— J'arrive, répondit Christian.

Puis il ramena son regard noir et intense sur elle.

— Touche-moi, Elizabeth, caresse-moi. Je suis si excité, si affamé ! murmura-t-il en pressant son front contre le sien.

Elle jeta un regard par-dessus l'épaule de Christian et constata que Shreeves était parti. Ils étaient de nouveau seuls dans le vestibule, juste à côté de la porte de son petit salon. Elle avait envie de l'attirer à l'intérieur mais, au lieu de cela, elle fit quelque chose qu'elle n'avait jamais fait auparavant : elle défit les boutons de son pantalon et referma ses doigts autour de lui. Elle ne l'avait jamais senti aussi ardent, aussi excité. Il grogna et posa sa main sur sa joue.

Elle le caressa du bout des doigts, puis frotta sa paume contre son sexe, jusqu'à ce qu'il se pressât contre sa main, le souffle court.

— Ne t'arrête pas, Elizabeth. Plus vite. Bon sang, si seulement tu pouvais te mettre à genoux !

En proie à une excitation dévorante, elle se mit à le caresser plus rapidement, observant les différentes émotions qui passaient sur son visage. Il était si près… Elle voulait le satisfaire, exaucer son désir ici même. Ils étaient seuls et ça ne prendrait que quelques instants.

Glissant alors jusqu'au sol, elle se mit à genoux, sous le regard ébahi de Christian. Regard qu'elle soutint tandis qu'elle prenait son sexe rigide dans sa main.

— A quoi penses-tu ? lui demanda-t-elle.

Elle sentait le rouge lui monter aux joues, à cause de son audace, de son excitation mais aussi de la peur qu'ils soient surpris.

— Je pense à quel point j'aimerais que tu me prennes dans ta bouche, tout en sachant que n'importe qui pourrait passer par ici et nous surprendre.

Elle ferma les yeux et le prit entre ses lèvres. Son sexe était si dur et si gonflé qu'elle ne put en prendre qu'une partie mais, à en juger par les grognements de plaisir de Christian, cela semblait le satisfaire amplement. Il se mit à aller et venir dans sa bouche, s'appuyant d'une main sur le mur tandis que son autre main lui caressait la nuque.

Le silence le plus complet régnait dans le vestibule, à l'exception de ses gémissements irréguliers. Elle sentit les doigts de Christian se resserrer sur sa nuque tandis que ses hanches reculaient avant de se presser en avant une fois de plus.

— C'est si bon de me voir ainsi dans ta bouche !

Enroulant sa langue autour de lui, elle leva les yeux et rencontra son regard. Elle vit sa mâchoire se contracter et sentit son sexe pulser avec plus d'intensité. Il approchait du but.

— Encore…, dit-il en adoptant un angle différent, de façon à ce qu'elle pût l'accueillir plus profondément. Oui, comme ça, continue…

Enfin, au bout de quelques instants, il jouit pendant ce qui parut être une éternité. Il la fit ensuite se relever et la serra dans ses bras. Il était collé à elle, embrassant sa joue, le lobe de son oreille, le coin de son œil.

— Après ça, je me demande bien comment je vais faire pour me concentrer pendant mon rendez-vous avec l'intendant !

— Et si tu ne peux pas te concentrer, à quoi penseras-tu ?

Elle pressa son visage contre son épaule, avec l'impression que rien ne pouvait lui arriver quand elle était entre ses bras puissants.

Il vissa son regard au sien et lui adressa un sourire délicieusement machiavélique.

— Regarde dans ma poche.

Sans attendre, elle y glissa la main et y trouva un bout de papier.

— Toutes mes pensées sont là. Tout ce à quoi je pensais tout à l'heure. Il te suffit de lire cette lettre pour savoir ce qui m'est passé par la tête pendant que je me touchais, cet après-midi.

Il la laissa alors seule et elle le regarda s'éloigner, ses larges épaules se détachant dans la lumière du soleil qui filtrait à travers les vasistas.

Arrivé à la porte de son cabinet, il se retourna vers elle.

— J'enverrai quelqu'un pour te prévenir, une fois que j'aurai terminé. Retrouve-moi dans mon cabinet, Elizabeth. C'est dans cette pièce que je veux que tout ça devienne réalité, dit-il en faisant un geste en direction de la lettre qu'elle avait à la main.

Elle attendit jusqu'à ce qu'il eût refermé la porte derrière lui pour prendre connaissance de sa missive.

Un sourire se forma progressivement sur ses lèvres tandis que ses yeux déchiffraient les mots sur le papier.

« Je te regarde par la fenêtre, assise dans la calèche, et je me demande ce que tu portes sous ta robe et ta pelisse. J'imagine tes seins retenus par ton corset et mes mains sur toi, en train de te déshabiller. Je rêve de t'entendre gémir, d'entendre ta respiration saccadée pendant que tu me supplies du regard de te toucher et de te prendre.

« Je pense à toi, à tes jambes écartées et à ton sexe rose

et brillant qui n'attend que moi. Je veux que tu ne portes rien à l'exception de tes pantoufles de soie et de tes bas en dentelle. Rien que t'imaginer dans cette tenue me fait brûler de désir. Je suis si excité que je sais qu'une fois que j'aurai fini de t'écrire cette lettre je vais me caresser en imaginant que c'est ta main, ta bouche, ton sexe qui se referment sur le mien.

« Lorsque je me retrouverai seul avec toi, je me presserai contre toi et je ne te demanderai pas si je peux te prendre, je te l'ordonnerai. Que diras-tu alors ? Est-ce que tu me laisseras faire ? »

Chapitre 5

— Votre Grâce ?

— De quoi s'agit-il ? demanda Christian au valet debout à l'entrée de son cabinet.

— Madame la duchesse m'a demandé de vous remettre ceci. Elle dit que c'est de la plus haute importance.

Christian fit signe au valet d'entrer et se renversa sur son siège en souriant. Rien qu'à voir le bout de papier rose dans la main gantée de son serviteur et à imaginer ce qu'il contenait, il sentit son sexe durcir.

— Merci, Jenkins.

Ignorant son intendant qui parcourait une liasse de documents, il déplia la lettre d'Elizabeth.

« Je ne dirai rien, car je veux que tu me prennes. Et que tu me prennes comme tu en as envie. Brutalement, comme si nous étions des animaux, ou deux étrangers qui viennent de se rencontrer et brûlent de sentir le corps de l'autre. Comme des amants qu'on a empêchés de s'aimer pendant trop longtemps. »

Il réprima un grognement. La prendre comme si elle était un objet qui lui appartenait, comme s'il avait tous les droits sur elle, voilà qui était un autre de ses fantasmes.

« Je suis tout humide en t'écrivant, en proie à un désir si intense qu'il en est douloureux. Je veux te sentir en moi. Je veux encore te goûter, je veux encore sentir ton sexe dur et gonflé entre mes lèvres, emplissant délicieusement ma bouche.

« Je veux te regarder me prendre. Je veux voir ton sexe aller et venir lentement en moi. Je ne te l'ai jamais dit, mais j'ai toujours eu envie de faire l'amour devant un miroir, pour observer ton corps et le mien se mouvoir ensemble.

Il déglutit avec difficulté.

— Où est la duchesse, Jenkins ? demanda-t-il sans détacher ses yeux de l'élégante écriture de sa femme.

— Il me semble que Mme la duchesse est au jardin, Votre Grâce. Je l'ai aperçue avec un panier et un sécateur à la main.

— Merci, Jenkins, vous pouvez disposer. Excusez-moi un moment, lança-t-il à l'attention de son intendant.

Celui-ci lui lança un regard interdit, mais hocha la tête, clairement dépassé par ce qui se passait.

Christian franchit à grands pas pressés la distance qui séparait son cabinet de la terrasse arrière, celle qui menait au jardin. Il continua jusqu'à la roseraie, sur le côté de la maison, où il trouva Elizabeth en train de humer le parfum des roses et d'en cueillir certaines, qu'elle déposait dans le panier posé à ses pieds.

Il arriva derrière elle et la prit dans ses bras, l'attirant à lui.

— Qu'est-ce que tu fais ? demanda-t-elle en se retournant si vite qu'elle en perdit sa capuche.

Il en profita pour passer sa main dans ses cheveux et faire tomber les épingles et les peignes qui les retenaient, laissant son épaisse tresse blonde retomber dans son dos.

— Soulève tes jupes ! dit-il en la poussant contre le mur de briques.

Elle s'exécuta avec précipitation et il sentit son sang bouillir dans ses veines en la voyant ainsi offerte. Il emprisonna ses deux mains dans l'une des siennes et les plaqua contre le mur, au-dessus de sa tête.

De sa main libre, il déboutonna son pantalon et releva plus encore ses jupes jusqu'à découvrir son sexe humide et gonflé.

— Tu es à moi, murmura-t-il à son oreille.

Puis, sans attendre sa réponse, il s'introduisit en elle et l'écouta gémir profondément.

— Ça te plaît, n'est-ce pas ? demanda-t-il en s'introduisant plus profondément, guettant son regard derrière ses longs cils. Tu aimes que je te prenne comme ça ?

— Oui, chuchota-t-elle. J'adore ça. C'est exactement ce que je veux. Je n'aurais jamais cru que tu puisses avoir envie de me prendre de cette façon.

— Tu crois que je n'y ai jamais pensé ?

Il ne put dissimuler sa surprise.

— Tu penses vraiment que je n'ai jamais voulu que tu sois dévergondée ? Que je n'ai jamais rêvé de te toucher sous la table à un dîner, de regarder ton visage pendant que tu tentes de garder une contenance et de t'acquitter de ton rôle de duchesse alors que mes doigts seraient glissés dans ta culotte ? Tu crois que je n'ai jamais voulu te pousser à l'intérieur de mon cabinet, t'allonger sur la table et mettre ma tête entre tes cuisses ?

Elizabeth était si bouleversée par la sensation de sa main autour de ses poignets et de son sexe en elle qu'elle pouvait à peine se concentrer sur ce qu'il disait. Leurs vêtements et la caresse du vent faisaient barrière entre eux, mais il était bel et bien en elle, dur et brûlant.

— Tu crois que je n'ai jamais eu envie de te prendre contre un mur ? Bon sang, Elizabeth, si tu savais ! J'y ai pensé un nombre incalculable de fois. Et le faire dépasse de loin tout ce que j'avais imaginé !

Elle était excitée comme jamais d'être prise de la sorte. Elle entendait son souffle court dans son oreille et ses doigts s'enfonçaient dans la chair de ses poignets tandis qu'il accélérait le rythme de ses assauts. Enfin, l'orgasme déferla en elle et elle cria, sentant trembler la moindre parcelle de son corps.

Elle pensait qu'il allait lui couvrir la bouche de sa main pour étouffer ses cris, mais il n'en fit rien, la laissant crier son plaisir, l'admirant et l'encourageant, avant de jouir en elle à son tour.

— Tu viens de faire bien plus que réaliser mes fantasmes, murmura-t-il en la caressant juste derrière l'oreille. Je veux te rendre heureuse, moi aussi, et je te jure que c'est ce que je vais faire ce soir ! Je veux que tu me reviennes, Lizzy. Je t'en prie, reviens-moi.

— Je ne suis jamais partie, je te le jure.

Il leva son visage vers le sien et elle vit dans ses yeux tout l'amour qu'il avait pour elle.

— Je t'appartiens, Lizzy, ne l'oublie jamais.

— Votre Grâce ?

— Bon sang, ça doit être Jenkins, grommela Christian. Je suis là !

Il la libéra de son emprise avant que leur valet ne les vît dans cette position compromettante et reboutonna rapidement son pantalon, juste à temps pour ne pas être surpris.

— M. Struthers désirerait savoir s'il doit vous attendre

dans votre cabinet ou si vous souhaitez qu'il revienne plus tard dans la semaine.

Comme s'il sentait que sa présence était indésirable, Jenkins ne les avait pas rejoints, se contentant de s'adresser de loin à Christian. Elizabeth le vit alors couler un regard plein d'excuses dans sa direction et se passer la main dans les cheveux.

— Le devoir t'appelle…, lui dit-elle. Ne t'en fais pas, je suis là si tu as besoin de moi.

— Voilà précisément la raison de nos problèmes. J'ai cru que tu serais toujours là, et c'est seulement quand il est devenu évident que tu ne le serais peut-être pas toujours que j'ai enfin pris conscience que je risquais de te perdre. Tu n'imagines pas à quel point cette idée me terrifie !

— C'est tout ce que je voulais entendre, s'exclama-t-elle en se jetant à son cou pour l'embrasser. J'avais simplement besoin de savoir que je représentais encore quelque chose à tes yeux.

— Elizabeth… Tu es toute ma vie…

Sa voix était étranglée par l'émotion.

— Etre duc est une occupation et un devoir, mais ce n'est pas ça qui me fait vivre : c'est toi !

— Votre Grâce ? insista Jenkins.

— Il arrive ! répondit Elizabeth.

Le regard de Christian s'obscurcit soudain.

— Jamais je n'aurais pu te laisser aller avec lui.

— Avec qui donc ?

Il tendit la main et lui caressa doucement la joue.

— Adrian. Je vous ai vus, ce matin, dans la véranda. J'avais envie de le tuer, ce misérable ! J'aurais voulu t'emmener dans notre chambre et t'empêcher à tout jamais de partir et de me quitter. Je peux tout endurer, Elizabeth, mais je ne pourrais pas supporter de te perdre. Tu m'appartiens, tu m'as appartenu à la seconde où j'ai posé les yeux sur toi, assise sur la terrasse, à cette fête donnée par lady Ashton. Si tu savais à quel point je t'aime et à quel point je suis désolé de ne pas avoir été à la hauteur, de ne pas avoir été le mari, l'homme dont tu avais besoin au cours des derniers mois !

— Tu es tout ce dont j'ai besoin, Christian, et les mots que tu viens de me dire sont tout ce que j'attendais de toi.

Il l'embrassa, plus passionnément et amoureusement que jamais.

— Et ce n'est que le début, Elizabeth. Crois-moi, ce n'est que le début !

Chapitre 6

L'après-midi touchait à sa fin lorsque le serviteur envoyé par Christian vint frapper à la porte de leur chambre à coucher.

— Votre Grâce ? Monsieur le duc souhaiterait que vous le rejoigniez dans son cabinet.

Ajoutant une dernière épingle à sa coiffure, Elizabeth recula d'un pas pour examiner son reflet dans le miroir. A l'extérieur, elle avait son apparence habituelle, celle de la duchesse de Sutcliffe, mais c'était une toute nouvelle femme qui se cachait sous sa robe.

— Votre Grâce ?

— Dites-lui que je serai là dans quelques minutes, merci.

Elle glissa ses pieds à l'intérieur de ses chaussures à talons hauts couleur crème, incrustées de perles nacrées, de petits nœuds roses et de dentelle.

Ces chaussures avaient été fabriquées à Paris et elles étaient ce qui se faisait de plus féminin et de plus moderne en matière de mode. Elle espérait que Christian saliverait de désir en les voyant, sans parler des bas assortis et autres dentelles affriolantes qu'elle avait revêtues.

Totalement maîtresse d'elle-même, elle se dirigea vers la porte et traversa le long couloir qui menait à l'escalier. Elle se dirigea à pas nonchalants vers le cabinet de son mari et fut étonnée de ne pas trouver de valet montant la garde à la porte.

Christian les avait-il tous renvoyés afin de s'assurer qu'ils ne seraient pas dérangés ?

Elle sourit et entra.

— Tu m'as fait appeler ?

Il se tenait près de la fenêtre, un verre de brandy à la main, dominant leur propriété du regard. Il tourna la tête et s'octroya le plaisir de la détailler de haut en bas. Ses yeux brillaient d'un désir impossible à ignorer, si ardents qu'elle eut l'impression que la température de la pièce venait de grimper de plusieurs degrés.

— Je me disais que, peut-être, tu accepterais de jouer avec moi aux échecs ?

— Aux échecs ? répéta-t-elle, désappointée.

— Oui, aux échecs, dit-il en souriant et en lui tendant la main. L'après-midi est délicieuse, tout comme la brise qui souffle à travers la fenêtre, et je me suis dit que ce serait un intermède agréable. Juste une partie, d'accord ?

Elle leva les sourcils, en proie à une certaine confusion.

— Une partie ? demanda-t-elle, incertaine quant à ce qu'il était exactement en train de lui proposer.

— Oui, une partie d'échecs, confirma-t-il avec le regard d'une panthère chassant sa proie. A quelle sorte de jeu pensais-tu ?

— A rien du tout, murmura-t-elle en secouant la tête. Allons-y pour une partie d'échecs…

— Parfait !

Un sourire mutin dévoila ses dents étincelantes tandis qu'il l'invitait d'un geste à prendre place sur un canapé et poussait la table sur laquelle se trouvait le plateau devant elle. Puis il saisit une chaise et s'assit dessus à califourchon, une posture qui mettait particulièrement en valeur les muscles de ses jambes.

Il retira alors sa veste et son gilet. Jamais elle ne l'avait vu habillé de façon si informelle. D'habitude, il était soit vêtu de pied en cap, soit nu, deux apparences qu'elle trouvait très attirantes. Mais cette allure-ci avait quelque chose de totalement scandaleux, qui la séduisait au plus haut point.

— Commence, je t'en prie…, dit-il.

Elle porta son regard sur le plateau et avança un pion. Quatre coups plus tard, elle menaçait déjà de s'emparer du cavalier de Christian.

— C'est presque trop facile.

Elle tapa dans ses mains avec une joie non dissimulée lorsqu'il bougea son fou, laissant son cavalier à découvert.

— Enfin, Christian, laisser ton cavalier se faire capturer par un simple pion, qu'est-ce qui t'arrive ?

— On dirait bien que j'ai du mal à me concentrer, murmura-t-il en la regardant à travers ses longs cils.

Elle rougit et s'empourpra davantage encore lorsqu'elle vit ses yeux se poser sur son décolleté.

— Peut-être que nous devrions jouer avec quelque chose de plus intéressant à gagner à la clé ?

— Tu veux dire que nous devrions parier ?

Sa voix avait un air faussement indigné. En réalité, elle commençait à aimer la tournure que prenaient les choses.

— Pas exactement…

Il sourit, ses longs doigts fins reposant sur la pièce qu'il avait prévu de bouger ensuite.

— Je pensais plutôt à une faveur. Si j'arrive à te prendre une pièce, je gagne le droit de te demander quelque chose. De ton côté, tu pourras en faire autant, si tu réussis à me prendre une pièce.

— Si je réussis ? Tu es drôlement arrogant de croire

que tu peux faire mieux que moi, si l'on considère que tu n'as pris qu'une seule de mes pièces pour le moment ! Quant à moi, j'ai ton cavalier, une tour et de nombreux autres pions… Sans compter ta reine, qui est menacée par mon fou.

— C'est vrai, admit-il en étudiant le plateau. Avec cette probabilité et ton évidente supériorité, peut-être qu'en effet ça ne vaut pas le coup de prendre plus de risques.

Quelque chose dans l'éclat de ses yeux l'excita. Tout cela faisait partie d'une stratégie qu'il avait savamment mise au point, et dont elle se délectait. Les enfants faisaient la sieste à l'étage et tous les serviteurs vaquaient à leurs occupations. La porte du cabinet était verrouillée et la clé se trouvait dans la poche de Christian. Ils étaient donc absolument seuls, enfermés dans la pièce. Et personne n'osait venir déranger le duc de Sutcliffe quand il était dans son cabinet.

Elle sourit, bien décidée à entrer dans son jeu.

— Très bien, Votre Grâce. Il semble évident que vous allez perdre, mais si vous parvenez à vous emparer d'une de mes pièces, je vous accorderai toutes les faveurs que vous voulez.

— Excellent !

En deux mouvements astucieux, il avait capturé son cavalier et se dirigeait dangereusement vers son fou.

— Vous avez l'air de faire de grands progrès.

— N'est-ce pas ? J'ai toujours trouvé les grands enjeux très stimulants.

Il s'empara de son fou au moyen de son dernier cavalier.

— A présent, je pense que vous me devez une faveur, madame. Ou plutôt deux, mais je me contenterai d'une grande faveur.

— J'écoute…

Elle affecta un air d'ennui mais, en réalité, elle attendait avec impatience ce qui allait venir.

— Que voulez-vous ?

Il sourit d'un air si supérieur et si sensuel qu'elle se demanda, l'espace d'un instant, si elle avait bien interprété ses intentions.

— Retire ta robe.

— Ici ? demanda-t-elle, un instant désarçonnée.

Il faisait encore jour, et n'importe qui pouvait s'aventurer dehors et les voir par la fenêtre, y compris les enfants.

— Elizabeth, reprit-il en insistant sur chaque syllabe de son nom, je veux que tu ôtes cette robe. Et je veux te regarder pendant que tu te déshabilles.

— Canaille ! grogna-t-elle.

Ses doigts tremblants cafouillèrent avec les lacets qui refermaient sa robe dans son dos et ce fut seulement lorsqu'elle entreprit de faire glisser une de ses manches par-dessus son épaule qu'elle eut le courage de lever les yeux vers lui.

A ce signal, il se leva, déplaça la petite table avec le plateau de jeu, reprit sa chaise et s'installa de nouveau à califourchon, en face d'elle, un bras sur le dossier et le menton appuyé dans la main.

Il observait le moindre de ses mouvements sans ciller, suivant des yeux la mousseline qui glissait le long de ses bras et de sa poitrine. Lorsqu'il ne lui resta plus que son corsage, elle hésita et le sonda du regard, pour jauger sa réaction.

— Retire ça aussi, lui ordonna-t-il.

Elle se leva et le tissu glissa le long de ses hanches et de ses jambes, jusqu'à ne former qu'une flaque de mousseline autour de ses chevilles. Dans un effort pour être aussi gracieuse que possible, elle poussa robe et corsage du bout du pied et vint se placer devant lui.

Dans l'après-midi, elle avait ôté son corset pour faire la sieste et n'avait pas pris la peine de le remettre. Seule sa chemise rose et crème recouvrait son imposante poitrine. La soie française et la dentelle épousaient ses formes à la perfection et effleuraient sa poitrine et ses hanches dans ce qu'elle espérait être une invitation provocante à explorer son corps.

Elle vit le regard de Christian la parcourir de bas en haut avant de croiser le sien. Il lui faisait penser à un pacha, assis de la sorte à l'observer effrontément, ses yeux parcourant son corps comme si elle était une esclave qu'il envisageait d'acheter.

— Tu es absolument magnifique, murmura-t-il tandis que ses yeux venaient une fois de plus se poser sur sa poitrine, son ventre et son entrejambe. Je paierais cher pour t'avoir une nuit entière, Elizabeth.

— Vraiment ?

— Oui, et je ne serais pas le seul. Avec de telles hanches et une telle poitrine, tu es le rêve de tout homme, l'incarnation de l'idéal sexuel.

— Mais suis-je votre idéal, Votre Grâce ? demanda-t-elle avec audace. Suis-je votre rêve ?

— Tu tiens le rôle principal dans tous les rêves coquins que j'ai faits depuis que je t'ai rencontrée. Et crois-moi, j'en ai fait beaucoup au cours de ces dernières années !

— Vraiment ?

— Tu n'en as pas idée… Je suis d'ailleurs en train d'en réaliser un, en ce moment même.

— Le rêve de jouer aux échecs ?

Il sourit, paraissant ravi du culot dont elle faisait preuve et de la façon dont elle jouait à l'ingénue.

— Celui de jouer, tout court. De réaliser des fantasmes.

Il se redressa sur sa chaise, ce qui permit à Elizabeth de voir à quel point il était excité par leur petit jeu.

— Dans mon esprit, je m'imagine que je vais gagner et qu'en gagnant contre toi, je vais également gagner le droit de t'acheter pour ce qui reste de la journée. Et si je t'achète, ça signifie que tu devras m'obéir.

— Et qu'allez-vous me faire faire ?

— Un peu de patience, murmura-t-il.

Il baissa les yeux et elle vit que son regard se fixait sur ses tétons, qui pointaient à travers sa chemise.

— Très bien, dit-elle à voix basse.

Elle se rassit sur le canapé et se pencha de façon à faire remonter sa chemise, dévoilant ainsi la dentelle en haut de ses bas.

— C'est à mon tour de jouer, il me semble ?

Elle tenta d'ignorer la manière dont le tissu épousait ses formes tandis qu'elle se penchait en avant pour bouger sa tour. Son mouvement fit glisser une de ses bretelles sur son épaule, dénudant un sein.

Elle sentit le regard de Christian se fixer intensément sur sa peau blanche et fit le geste de remettre sa bretelle en place.

— N'y touche pas ! l'interrompit-il d'une voix sourde.

Elle leva les yeux sur lui et lut sur son visage un désir ardent.

— Je veux te regarder, je veux fixer ta poitrine dénudée. Ça ne fait que multiplier mon envie de capturer ton roi. Mais maintenant que je viens de te l'avouer, peut-être voudras-tu m'accorder une nouvelle faveur et me montrer tes seins ?

Elle sentit une tension délicieuse naître dans son ventre. Avec une lenteur calculée, elle écarta son corsage d'un geste sensuel et révéla ce qu'il souhaitait voir si intensément. A la vue de ses tétons dressés, il tendit la main et les caressa du bout des doigts.

— Fabuleux, murmura-t-il.

Il lui lança une fois de plus un de ses fameux regards, à travers ses longs cils.

— Peut-être m'autoriserais-tu à les embrasser ?

Elle releva son corsage et dissimula de nouveau sa poitrine.

— Pas encore.

Il afficha alors un air renfrogné qui la ravit, et elle en profita pour bouger son cavalier. Satisfaite de sa manœuvre, elle se laissa confortablement aller contre les coussins du canapé. Mais son sourire s'évanouit lorsque Christian s'empara de son fou avec sa reine. Leurs regards se croisèrent immédiatement au-dessus du plateau, et Elizabeth eut l'impression que son cœur s'arrêtait de battre.

— Tu es si jolie, Elizabeth, je ne sais pas par où commencer. Portes-tu une culotte classique, ou une culotte à la française ?

— Pourquoi tenez-vous à le savoir ?

— C'est un jeu stratégique, ma chère. Je n'ai droit qu'à une question, alors je veux en faire bon usage. Si tu portes une culotte, ravissante j'en suis sûr, ça signifie que la partie de toi que je désire voir le plus est dissimulée. D'un autre côté, l'aperçu que tu m'as offert de ta poitrine a fait germer en moi un tas d'autres idées.

— Je suis nue sous cette chemise.

— Vraiment ? demanda-t-il en haussant les sourcils. Quel délice ! Je propose donc que tu soulèves cette jolie chemise de façon à ce que je puisse voir le haut de tes bas.

Au lieu de lui obéir tout de suite, elle attendit, laissant

s'écouler quelques secondes durant lesquelles elle promena ses doigts sur ses cuisses et joua avec l'ourlet de dentelle.

— Maintenant ! ordonna-t-il.

Il plaça le fou à côté des autres pièces qu'il lui avait prises, sans la quitter des yeux un instant. Elle prit une profonde inspiration et releva sa chemise de quelques centimètres. Son corsage peinait à retenir sa poitrine, et les bretelles glissèrent de ses épaules pour venir s'enrouler autour de ses bras.

Elle adopta une pose aguicheuse et observa la réaction de son mari, qui avala péniblement sa salive.

— Plus haut, dit-il d'une voix sourde en s'humectant les lèvres. Continue jusqu'à ce que je te dise d'arrêter.

Elle s'immobilisa un instant, craignant presque, l'espace d'une seconde, d'être prise d'un vertige. Elle ne l'avait jamais connu si autoritaire, et pourtant son corps semblait réagir naturellement à sa voix et à ses instructions. Elle se demanda jusqu'où il allait lui demander de remonter sa chemise, et dans quelle mesure elle souhaitait lui obéir. Après tout, c'était un jeu, et tout jeu exigeait la participation d'au moins deux joueurs.

Les mains légèrement tremblantes, elle s'exécuta et releva le tissu jusqu'à révéler la peau pâle de ses cuisses, au-dessus de ses jarretelles. Christian se redressa sur sa chaise et détailla lentement son corps… Elizabeth sentit alors naître sur son propre visage un sourire de satisfaction typiquement féminin.

— L'attente en valait la peine…

Il fixait avidement ses cuisses et ses hanches.

— Je n'ose imaginer le moment où je sentirai mes pouces presser ta chair tendre, juste là, au-dessus de tes jarretelles. Est-ce que tu sens, toi aussi, mes pouces qui s'impriment dans ta peau tandis que j'écarte tes jambes ? Peux-tu imaginer de quoi j'aurai envie, après ça ?

— Vous n'y êtes pas encore, Votre Grâce, minauda-t-elle en feignant l'indifférence. Je pense que c'est à mon tour de jouer…

Il écarquilla les yeux en la voyant s'emparer de son fou avec sa reine.

— On dirait que c'est à moi de demander une faveur, à présent.

Ce fut sans hésiter qu'elle choisit mentalement la partie du corps de Christian qu'elle désirait voir nue : son torse. Ses muscles fermes et les contours de son estomac l'avaient toujours fascinée. Le voir ainsi, vêtu de rien d'autre que son pantalon noir, assis à califourchon sur une chaise, était une perspective qui l'émoustillait au plus haut point.

— Eh bien ?

— Retirez votre chemise.

Il haussa les sourcils, visiblement surpris, mais ce fut sans protester qu'il défit le nœud de sa cravate. Elle sentait ses yeux sur elle, mais évitait soigneusement son regard : elle préférait observer ses doigts s'affairer à détacher le nœud.

Il fit glisser le tissu amidonné autour de son cou et le laissa pendre au bout de ses doigts un instant avant de le faire tomber sur le sol. Elizabeth suivit des yeux la trajectoire de la cravate, et avant qu'elle eût le temps de relever la tête vers Christian, la chemise était déjà venue la recouvrir.

Elle tourna alors doucement la tête, prenant tout son temps pour étudier l'éclat de sa peau hâlée, la manière dont la lumière en déclin vacillait sur son torse, mettant en valeur ses larges épaules. Les muscles sous ses côtes la fascinaient et lui donnaient envie de couvrir sa peau de caresses. Ses yeux descendirent jusqu'à la ligne sombre de poils qui naissait sous son nombril et disparaissait sous l'étoffe de sa ceinture. Il défit le premier bouton de sa braguette d'un geste du pouce, ce qui permit à Elizabeth de suivre encore un peu la trajectoire de la ligne, et par la même occasion d'admirer sa spectaculaire érection, sous le tissu de son pantalon.

— Ferai-je l'affaire, Elizabeth ? Penses-tu que ce corps peut t'apporter satisfaction ?

Ses yeux brillaient d'un éclat malicieux.

— C'est possible, répondit-elle, laissant ses doigts se promener le long de sa cuisse.

Elle décida de les glisser sous sa chemise et vit le regard de Christian s'obscurcir.

— Touche-toi…

Ses yeux étaient fixés sur l'endroit où se cachait sa main, sous l'ourlet de dentelle de sa chemise.

— Je veux te regarder. Je veux te voir écarter les cuisses et glisser ta main entre elles.

— Pas encore, Votre Grâce. Il me semble que vous n'êtes pas encore parvenu à me soustraire une pièce supplémentaire.

Il grogna, ou plutôt râla à la manière d'un animal, ce qui la fit rire comme elle n'avait pas ri depuis très longtemps. Mais son rire s'arrêta net lorsqu'il lui déroba son fou. Il le posa bruyamment à côté des autres pièces qu'il lui avait prises et reporta toute son attention sur elle.

— Je veux que tu te touches, et pendant ce temps, je veux que tu me regardes et que tu dises mon nom.

Sans dire un mot, elle écarta les jambes, dévoilant son sexe à son regard. Elle descendit sa main jusqu'à ses lèvres, les écarta et pressa doucement son clitoris du bout du doigt. Les yeux clos, elle gémit, sachant pertinemment qu'il la dévorait du regard.

— Non, Elizabeth : ouvre les yeux et regarde-moi !

Elle obéit et ce qu'elle vit dans ses yeux la fit se sentir plus débauchée et plus belle que jamais.

— Christian, chuchota-t-elle, sentant qu'elle s'approchait de l'orgasme.

— A quoi penses-tu ? lui demanda-t-il, tout en se levant de sa chaise.

Elle arqua les hanches et se mordit la lèvre inférieure pour retenir un cri. Elle était si proche du point de non-retour.

— Dis-moi, Elizabeth, à quoi penses-tu ?

— Je pense à votre bouche. J'aimerais sentir votre bouche sur moi, qu'elle me donne du plaisir et je voudrais vous regarder pendant ce temps.

Il se leva alors, s'avança jusqu'au canapé, puis se mit à genoux devant elle. Il fixa longuement ses doigts, qui jouaient avec son sexe rose et soyeux, en titillant sa propre chair jusqu'à faire se contracter tous ses muscles et trembler ses cuisses.

— J'en meurs d'envie, moi aussi, dit-il.

Son aveu le surprit, mais il ne voulait plus cacher ses pensées derrière un silence de pierre. Elizabeth avait les joues écarlates, et sa poitrine se soulevait et redescendait lourdement sous sa chemise. Il la regardait dans les yeux tandis qu'elle faisait courir ses doigts sur son sexe.

— Je veux être en toi et sentir ton sexe autour du mien.

Ses mots la firent jouir instantanément. Il la contempla, regarda son corps se contorsionner et se tendre comme un arc. Il admira sa poitrine gonflée, ses tétons durcis contre la soie de sa chemise. C'était un spectacle si beau, si érotique ! Et il n'avait même pas eu à la toucher pour la mettre dans cet état : il n'avait eu qu'à rester assis devant elle, en lui disant des mots crus.

Mais à présent, il mourait d'envie d'inverser les rôles.

— Laisse-moi te goûter, dit-il.

Il lui prit la main et lui lécha un doigt, puis un deuxième. Les yeux clos, il la savoura, dégustant le souvenir d'elle se caressant, le goût de son sexe au bout de ses doigts.

Elle passa sa main dans ses cheveux et il leva les yeux vers elle tandis que sa langue parcourait lentement la longueur de son doigt.

— Tu m'as dit que tu me dirais ce que tu voulais que je fasse.

Sa voix était à peine audible et ses joues cramoisies. Il lui lâcha la main, se rapprocha d'elle et lui retira sa chemise, révélant enfin son ventre et sa poitrine. Elle était entièrement nue à présent, à l'exception de ses bas et de ses jarretelles, et c'était une vision si érotique qu'il avait peine à croire qu'il s'agissait de sa femme.

Il tendit la main et se mit à décrire des petits cercles autour de l'aréole de ses seins.

— Tu veux vraiment savoir ? demanda-t-il, incapable de détacher son regard de ses doigts sur ses tétons.

— Oui, dis-le-moi, répondit-elle d'un ton suppliant.

La façon dont sa voix résonna dans le silence pesant qui régnait dans la pièce lui donna l'impression qu'il allait exploser. Il la prit par la taille et l'attira tout contre lui, pressant son torse contre ses seins, avant de s'asseoir à son tour sur le divan.

— Je te veux, je veux ton adorable bouche autour de mon sexe et je veux te donner des ordres. Je veux que ton corps soit humide et prêt à recevoir le mien, et je veux que tu me laisses te donner du plaisir comme bon me semble.

Le désir presque désespéré qu'elle vit dans ses yeux la fit sourire et elle frotta sensuellement son corps contre le sien. Elle ne tarda pas à tendre la main vers sa taille et à déboutonner son pantalon. Un instant plus tard, elle l'étreignait et le caressait. Il avait les lèvres légèrement écartées et son regard restait fixé sur sa main.

— Tu es vraiment une petite chose insatiable, pas vrai ?

Lorsqu'elle se rendit compte qu'il suivait le moindre de ses mouvements, elle commença à bouger les hanches suivant un rythme délicieusement lent et érotique, pour le provoquer, comme il l'avait provoquée précédemment.

— Ton savoir-faire est digne de la plus experte des courtisanes et pourtant, tu as l'air d'un ange. Tu ferais pécher un saint, Elizabeth !

— Vous n'avez rien d'un saint, dit-elle d'un air mutin avant de se pencher et de passer sa langue sur le bout de son sexe.

Elle adorait le fait de posséder un tel pouvoir sur lui et jouissait pleinement de cette liberté sexuelle à laquelle il l'encourageait. Il passa la main dans ses cheveux, faisant tomber plusieurs de ses épingles. Alors que ses mèches blondes tombaient en cascade sur ses épaules, sa respiration devint sensiblement plus bruyante et saccadée.

— Bon sang, Elizabeth, c'est si bon !

Il gémissait à présent, poussant son bassin en avant pour qu'elle l'accueillît plus profondément dans sa bouche. Il prit son sexe dans sa main et suivit le contour de sa bouche avec son extrémité. Elle sortit alors sa langue et la passa tout autour de son gland, une sensation et une vision qui le firent grogner de plaisir.

Il se remit à se caresser de plus belle et lui demanda de bien vouloir recommencer, pour avoir de nouveau le plaisir de voir sa langue rose se promener sur lui.

Il se laissa complètement aller contre le dossier du canapé et écarta les cuisses, permettant ainsi à Elizabeth de s'agenouiller entre ses jambes. Puis il la regarda s'affairer avec une dévotion qui n'avait rien d'angélique. Elle le mettait au supplice avec ses regards sensuels, le fixant droit dans les yeux tandis qu'elle le caressait avec sa langue, le titillant sans relâche jusqu'à ce qu'il se lançât en avant pour qu'elle le prît dans sa bouche.

— Plus profond… Je veux sentir ta bouche tout autour de moi.

Il tendit les mains vers sa poitrine et la fit gémir en lui pinçant les tétons, ce qui le fit vibrer dans le même temps de tout son être. Sentant l'orgasme se rapprocher, il la saisit par les bras et la fit se mettre à califourchon au-dessus de lui. Le contact du sexe d'Elizabeth contre sa cuisse lui indiqua à quel point elle était excitée, et cette découverte l'enchanta au plus haut point. Il passa ses doigts sur sa taille et ses cuisses, ainsi que sur le haut de ses bas, et se rendit compte alors qu'elle portait toujours ses chaussures à talons, ce qui le rendit fou de désir.

— Je te veux ! Je veux te voir revêtue uniquement de ces bas et de ces chaussures et te posséder ainsi, c'est ce dont j'ai toujours rêvé. Si tu savais à quel point j'ai hâte d'être en toi, à quel point je suis impatient de te regarder me faire l'amour !

Ses mots la troublèrent tellement qu'elle en eut la chair de poule.

— J'oublie tout quand vous me touchez ainsi, dit-elle dans un souffle. J'adore voir vos mains me caresser, me posséder.

— C'est exactement ce que je veux : te posséder. Je veux te marquer pour que tu n'oublies jamais que tu m'appartiens.

Elle tremblait toute à présent. Il passa ses pouces sur la pointe de ses seins, faisant naître en elle une nouvelle vague de frissons. Puis il plaça ses mains autour de sa taille, la souleva jusqu'à ce que son sexe fût à la hauteur de sa bouche et se mit à la caresser avec ses lèvres et sa langue.

Complètement chamboulée par la sensation d'être ainsi au-dessus de lui, son sexe contre sa bouche, Elizabeth était incapable de dire un mot. Les mains de Christian couraient le long de ses reins, ses doigts caressant le bas de son dos et se glissant en elle. Tremblante, elle passa sa main dans ses cheveux et maintint sa tête à cet endroit, sa langue pressée contre son clitoris, jusqu'à ce qu'enfin, un orgasme d'une violence incroyable la submergeât.

Au lieu de la laisser reprendre ses esprits, Christian l'allongea alors sur le canapé, les jambes écartées, son sexe humide entièrement exposé à son regard. Il fit courir ses mains le long de ses cuisses, imprimant ses pouces dans la chair au-dessus de ses bas, ce qui l'incita à écarter les jambes plus encore.

Elle s'offrait sans vergogne à ses regards et elle adorait ça : elle adorait la manière dont il l'examinait avec gourmandise et la façon dont son propre corps réagissait.

— Prends-moi, l'implora-t-il.

Et c'est ce qu'elle fit, regardant son sexe entrer en elle, l'observant aller et venir, fascinée à la vue de cette partie de lui qui disparaissait en elle. Il lui fit l'amour lentement et ils regardèrent tous les deux, chose qu'ils n'avaient jamais faite auparavant.

— Tu es si beau, Christian…

Son regard rivé au sien, il prit son visage dans ses mains, sans un mot, et ferma les yeux, pendant qu'Elizabeth ne sentait plus rien que la chaleur de ses assauts.

Debout près des portes-fenêtres, Elizabeth observait les champs et les fermes à l'horizon. Christian dormait paisiblement sur le canapé derrière elle, dans le plus simple appareil.

Sa chemise, qu'elle avait enfilée après leurs ébats, avait encore son odeur, et elle aurait pu jurer que le lin était encore imprégné de la chaleur du corps de son mari.

Soudain, elle sentit une présence derrière elle, et la seconde suivante, le corps de Christian était collé contre le sien, ses mains posées au-dessus d'elle sur l'encadrement de la fenêtre, tandis qu'il enfouissait son nez dans ses longs cheveux défaits.

— Excuse-moi de m'être endormi, mon amour. Tu aurais dû me réveiller au lieu de rester ici toute seule. Cela dit, je n'aurais pas pu me réveiller devant un paysage plus agréable. C'est fou comme tu as de l'allure dans ma chemise ! Le lin blanc te va aussi bien que la soie crème et la dentelle rose. Je ne suis pas près d'oublier tes jambes dans ces bas… Tout comme je ne risque pas non plus d'oublier cette vue-là, ajouta-t-il en traçant les contours du bas de son dos sous sa chemise.

— Ne me dis pas que tu as une autre érection, le gronda-t-elle, sentant son sexe pressé contre le bas de son dos. Mon Dieu, tu es vraiment insatiable !

— C'est que tu m'as tellement manqué, Elizabeth. Tout cela m'a tellement manqué ! Est-ce que tu trouves que c'est trop ?

Elle ferma les yeux et laissa sa tête reposer contre son épaule.

— Ce n'est jamais trop. Je ne pourrais jamais me lasser de faire l'amour avec toi.

— J'ai besoin de toi. Est-ce que je peux te prendre ainsi ?

Le désir monta immédiatement en elle et elle se pressa contre sa main tandis qu'il la caressait, faisant courir ses doigts le long de son clitoris jusqu'à ce qu'elle se mît à trembler et chanceler, au bord de l'orgasme.

Il lui releva alors une jambe et s'introduisit en elle, lui arrachant un profond soupir. Il gémit et la prit plus profondément, ses mains ancrées autour de sa taille par la force de son désir.

— J'ai tellement envie de toi, je veux que tu n'oublies jamais que tu es ma femme.

Il glissa ses mains sous la chemise et caressa sa poitrine.

— Je veux te sentir. Je veux te voir.

Il se retira et la fit se retourner de façon à ce qu'elle fût le dos au mur. Il fit sauter les boutons de la chemise et la dévêtit précipitamment. Puis il porta avidement sa poitrine à ses lèvres et prit un de ses tétons dans sa bouche, ce qui la fit gémir bruyamment. La soulevant du sol, il enroula ses jambes autour de sa taille et emprisonna ses mains au-dessus de sa tête, la prenant avec une vigueur toute animale. Chacun avait les yeux rivés aux yeux de l'autre et leurs respirations se faisaient sensuellement écho dans chaque soupir, chaque halètement, chaque murmure.

— Dis-moi que tu ne veux personne d'autre que moi, Elizabeth. Dis-moi que je suis le seul qui compte pour toi, l'implora-t-il au moment où il jouissait en elle.

— Je te veux et je t'ai toujours voulu. Il n'y a toujours eu que toi, Christian. Je t'aime.

Il la serra contre lui, avant de la faire se retourner de nouveau pour qu'elle pût regarder à travers la fenêtre les pâtures vertes qui composaient une partie de leurs terres.

— Tu vois l'endroit où les champs disparaissent à l'horizon ? Toutes ces terres, et les terres après celles-là, m'appartiennent. Elles sont le patrimoine de six générations de Sutcliffe et elles ont fait la fierté de chaque duc de ma famille. Pourtant, j'en étais arrivé à ne plus rien ressentir, en regardant par cette fenêtre, qu'un vide immense, un sentiment de vacuité que je ne comprenais pas jusqu'à cette dernière semaine.

Il se serra plus fort contre elle et leurs doigts s'enlacèrent.

— Ce vide que je ressentais, continua-t-il, c'est parce que j'étais seul. Désormais, je veux partager tout ça avec toi. Je veux que le domaine porte les fruits de notre labeur commun. Lorsque je regarde par cette fenêtre, je veux que ce soit avec toi, Elizabeth. Je ne veux pas te perdre : tout ce que j'ai t'appartient, et mon cœur est à toi à tout jamais.

Une sensation nouvelle l'envahit à ces mots, comme si des centaines de papillons prenaient leur envol dans son estomac. Elle pressa ses doigts contre les siens, submergée par l'émotion qu'elle lisait dans ses yeux.

— Quelqu'un qui m'est très cher m'a dit un jour que le mariage est comme un jardin qu'il faut entretenir année après année. Eh bien, je commence à croire que cette personne avait raison : j'ai laissé d'autres choses faire irruption dans nos vies, mais ça n'arrivera plus. Et surtout, j'ai appris que je ne devais pas tenir pour acquis le moindre jour passé à tes côtés.

— Serait-ce un nouveau départ, mon amour ?

— Je le pense, répondit-elle en se blottissant contre lui. Un nouveau départ, à partir d'aujourd'hui.

— J'attends avec impatience tes prochaines visites dans mon cabinet, si toutefois je peux m'attendre à ce genre de comportement de ta part.

— Certainement ! Y aura-t-il d'autres lettres, Votre Grâce ?

— Tu peux en être sûre. Allons rejoindre les enfants à l'étage, à présent. Et ce soir, nous recommencerons, mais cette fois, devant un miroir.

Composé et édité par les
éditions HARLEQUIN
Achevé d'imprimer en Italie (Milan)
par Rotolito Lombarda
en juin 2014

Dépôt légal en juillet 2014

Pour l'éditeur, le principe est d'utiliser des papiers composés de fibres naturelles, renouvelables, recyclables, et fabriquées à partir de bois issus de forêts qui adoptent un système d'aménagement durable. En outre, l'éditeur attend de ses fournisseurs de papier qu'ils s'inscrivent dans une démarche de certification environnementale reconnue.